MIROIRS DE SANG

DU MÊME AUTEUR CHEZ POCKET

FIÈVRE DE GLACE
LA MAISON INTERDITE
LE MASQUE DE L'OUBLI
LA MORT À LA TRAÎNE
LA NUIT DES CAFARDS
LA NUIT DU FORAIN
LA PESTE GRISE
UNE PORTE SUR L'HIVER
LA VOIX DES TÉNÈBRES
LES YEUX DES TÉNÈBRES
LUNE FROIDE
LA CACHE DU DIABLE
Mr. MURDER

en Pocket Thriller

PRISON DE GLACE

COLLECTION TERREUR
dirigée par Patrice Duvic

DEAN R. KOONTZ

MIROIRS DE SANG

POCKET

Titre original :
The Vision
Traduction de Maud PERRIN

Si vous souhaitez recevoir régulièrement notre zine **« Rendez-vous ailleurs »**, écrivez-nous à :

« Rendez-vous ailleurs »
Service promo Pocket
12, avenue d'Italie
75627 PARIS Cedex 13

PRESSECO
PAPIER RECYCLÉ
NATURE PROTÉGÉE

ISBN 2-266-02929-0

1

Lundi 21 décembre

— DES gants de sang.

La jeune femme leva ses mains à la hauteur de ses yeux et son regard d'une intense fixité semblait voir *au travers*.

— Des mains d'homme couvertes de sang, reprit-elle de la même voix douce mais tendue, en regardant toujours les siennes d'une blancheur immaculée.

Son mari assis à l'arrière de la voiture de police se pencha en avant :

— Mary ?

Elle ne répondit pas.

— Mary, tu m'entends ?

— Oui.

— Le sang de qui vois-tu ?

— Je ne sais pas bien.

— Celui de la victime ?

— Non. En fait... c'est celui de l'homme.

— Du meurtrier ?

— Oui.

— Le sang sur ses mains serait le sien ?

— Exact.

— Il s'est blessé ?

— Pas gravement.

— Mais comment ?

— Je n'en sais rien.

— Essaie de te glisser dans sa tête.

— J'y suis déjà.
— Plus profond.
— Je ne peux pas lire dans les esprits, tu le sais bien.
— Je le sais, ma chérie, mais ce que tu fais revient au même.

La transpiration donnait au visage de Mary Bergen l'aspect vernissé du bois des statues de saints, et sa peau veloutée reflétait la lueur verdâtre du tableau de bord. Ses yeux sombres brillaient aussi, mais le regard était vague, sans expression. Et brusquement elle se pencha en avant, parcourue d'un long frisson. Harley Barnes, le chef de la police, s'agita sur son siège, mal à l'aise, ses larges mains se crispant sur le volant.

— Il suce la plaie, dit Mary. Il suce son propre sang.

Après trente ans de carrière dans la police, Barnes pensait que rien ne pouvait désormais le surprendre ni l'effrayer. Et voilà qu'en une seule soirée il avait été surpris à plusieurs reprises et avait senti la peur accélérer les battements de son cœur.

Les rues bordées d'arbres lui étaient aussi familières que les traits de son visage, et pourtant ce soir noyées sous une pluie diluvienne elles prenaient un aspect inquiétant. Les pneus crissaient sur la chaussée glissante et l'essuie-glace battait sur un rythme obsédant de métronome.

La jeune femme aux côtés de Barnes semblait bouleversée mais son attitude était moins troublante que le climat qu'elle faisait régner dans la voiture depuis qu'elle était entrée dans cet état second. L'air chargé d'humidité avait acquis une certaine transparence, Barnes ne pouvait le nier ; et les bruits familiers de l'orage et du moteur semblaient maintenant couverts par un étrange bourdonnement, celui de fréquences fantômes. Il percevait une indescriptible force irradiant de la jeune femme, et malgré son esprit rationnel imperméable à toute superstition il était bien obligé de reconnaître ce qu'il ressentait si profondément en ce moment.

Mary se pencha brusquement en avant, retenue par sa ceinture de sécurité, ses bras enserrant ses épaules, et se mit à gémir comme dans les douleurs de l'enfantement.

Du siège arrière, Max Bergen allongea le bras pour

poser sa main solide sur la frêle épaule de Mary dont la voix s'apaisa jusqu'au murmure et qui se détendit un peu. Grand, osseux mais très musclé, le visage dur, la quarantaine, dix ans de plus que sa femme, des yeux qui étaient son trait le plus marquant : gris, au regard froid, sans la moindre trace d'humour. Barnes ne l'avait jamais vu sourire. Les sentiments de Max envers Mary étaient de toute évidence à la fois très forts et complexes ; mais le reste du monde semblait le laisser parfaitement indifférent.

— Tournez au prochain croisement, dit soudain Mary.

Barnes freina légèrement et s'informa :

— A gauche ou à droite ?

— A droite.

Des maisons et des bungalows dans le style hispano-californien pour la plupart, datant d'une trentaine d'années mais bien entretenus, bordaient chaque côté de la rue, et la lueur ambrée des éclairages filtrait à travers les doubles rideaux soigneusement tirés par cette froide et humide nuit de décembre. La rue était beaucoup plus sombre que celle qu'ils venaient de quitter, avec des lampadaires au sodium seulement aux intersections, jalonnant les étendues d'ombres violettes et de flaques d'eau.

Après le tournant, Barnes ne dépassa plus les 15 km à l'heure car l'attitude de la jeune femme laissait entendre que la poursuite touchait à sa fin.

Mary se redressa et reprit son commentaire mais d'une voix plus forte, plus nette qu'au début de sa phase de clairvoyance, cette faculté paranormale qu'elle possédait :

— J'ai la vision d'une... clôture... oui... je vois ce qui est arrivé... il s'est entaillé la main dessus.

— Pas une blessure grave ? demanda Max en lui caressant les cheveux.

— Non, une simple coupure... au pouce... profonde quand même... mais il peut s'en servir.

Elle leva une main menue, sembla oublier l'intention première de ce geste et la laissa retomber sur ses genoux.

— Mais s'il saigne, si l'entaille est profonde, il va sans doute abandonner pour ce soir ?

— Non.

— Tu en es sûre ?
— Absolument.
— Ce salaud a déjà assassiné cinq femmes, intervint Barnes, et certaines se sont défendues sauvagement. Elles l'ont griffé, blessé, et lui ont même arraché des touffes de cheveux, mais il n'abandonne pas facilement !

Ignorant les remarques du policier, Max s'occupait de calmer sa femme et lui caressait doucement la joue tout en la questionnant :
— Quelle sorte de clôture, Mary ?
— Du grillage... mais le haut pas terminé est très acéré.
— Quelle hauteur ?
— Un mètre cinquante.
— Qu'est-ce que ça entoure ?
— Une cour.
— D'entrepôt ?
— Non. Derrière une maison.
— Cette maison, tu en as l'image ?
— Oui.
— Quel genre ?
— Un étage.
— Les murs en stuc ?
— Oui.
— Et la toiture ?
— En tuiles rondes.
— Aucun détail frappant ?
— Ma vision n'est pas très nette...
— Une véranda ?
— Non.
— Un patio ?
— Non... je vois... un chemin dallé qui serpente.
— Derrière ou devant ?
— Devant, conduisant à la maison.
— Des arbres ?
— Deux magnolias identiques... de part et d'autre de l'allée.
— Quoi encore ?
— Quelques palmiers... dans le fond.

Harley Barnes plissa les paupières pour essayer de

repérer les magnolias jumeaux à travers le pare-brise ruisselant de pluie.

Au début de cette affaire il s'était montré sceptique, convaincu que les Bergen étaient deux imposteurs, et il avait joué son rôle dans cette comédie simplement parce que le maire, lui, croyait en eux. C'était lui qui les avait fait venir dans sa ville et avait insisté pour obtenir la coopération de la police.

Bien entendu Barnes avait lu des articles sur les détectives doués de perceptions extra-sensorielles, en particulier le célèbre clairvoyant hollandais Peter Hurkos. Mais de là à les utiliser pour retrouver un meurtrier psychopathe et le prendre sur le fait... Barnes n'y croyait guère. Mais au fond, peut-être que si ? La jeune femme était ravissante, pleine de charme, tellement sincère aussi et convaincante qu'elle l'avait sans doute convaincu à son tour... sinon, pourquoi s'efforcerait-il ainsi de chercher les deux magnolias ?

Elle émit une plainte, comme un animal qui se débattrait depuis longtemps entre les mâchoires d'un piège ; pas un cri d'agonie, plutôt un miaulement presque inaudible. Quand une bête gémit de cette manière elle semble dire : j'ai toujours mal, mais je m'y suis résignée.

Bien des années auparavant, pendant son enfance dans le Minnesota, Barnes avait chassé, et posé des pièges. Et c'était justement ce gémissement étouffé du gibier blessé qui lui avait fait abandonner ce sport.

Jusqu'à ce soir, il n'avait jamais entendu le même son émis par un être humain. Apparemment en utilisant ses facultés psi pour localiser le tueur, elle souffrait du contact avec cet esprit malade. Barnes en frissonna.

— Mary, que se passe-t-il ? demanda son mari.

— Je le vois à présent. Il est sur le derrière de la maison, sa main sur la porte... et le sang... son sang, tache le chambranle blanc. Il parle tout seul.

— Que dit-il ?

— Je ne...

— Mary !

— Il... il dit des choses dégoûtantes sur cette femme.

— Celle qui habite là et qu'il va attaquer ?

— Oui.

— Il la connaît ?

— Non. C'est une étrangère... choisie au hasard. Mais il l'observe depuis plusieurs jours... la suit... connaît ses habitudes.

Sur ces mots elle s'affaissa contre la portière et prit plusieurs respirations profondes. Elle était obligée de se décontracter de temps à autre pour rassembler ses forces et pouvoir maintenir le contact psychique. Pour certains clairvoyants les visions se produisent sans tension, presque sans effort, Barnes le savait, mais apparemment pas pour Mary.

Des voix fantômes chuchotaient ou crépitaient, jaillissant par rafales de l'émetteur de la voiture. Dehors, le vent balayait un fin rideau de pluie à travers la chaussée. La saison la plus humide depuis bien longtemps, songeait Barnes. Vingt ans plus tôt c'eût été normal, mais la Californie était devenue progressivement un pays où régnait la sécheresse, et des pluies aussi abondantes semblaient maintenant insolites... comme tout le reste de cette soirée d'ailleurs.

Attendant le prochain commentaire de Mary il ralentit à moins de dix à l'heure.

Des magnolias de part et d'autre d'une allée dallée et sinueuse...

Ses efforts pour distinguer quelque chose dans la lumière des phares étaient épuisants, et il avait beaucoup de mal à apercevoir le paysage sur les côtés. Ils avaient très bien pu passer devant les magnolias sans les remarquer.

La légère incertitude de Mary Bergen provoqua la première intervention de Dan Goldman depuis plus d'une heure.

— Il ne nous reste plus beaucoup de temps, madame Bergen.

Goldman était un jeune policier très sûr et consciencieux, celui en qui le chef avait le plus confiance. Assis à côté de Max Bergen, derrière Barnes, il gardait les yeux rivés sur la jeune femme. Il croyait aux facultés parapsychiques, et était assez impressionnable. Barnes constata dans le rétroviseur que les événements de la soirée avaient donné à son visage large, aux traits ordinaires, une expression hagarde.

— Il ne reste plus beaucoup de temps, répéta-t-il, si ce fou est déjà devant la porte...

Brusquement Mary se tourna vers lui, la voix chargée d'inquiétude :

— Ne sortez pas de la voiture... pas avant que l'homme ait été arrêté.

— Que voulez-vous dire ? demanda Goldman.

— Si vous essayez de le capturer, vous serez blessé.

— Il va me tuer ?

Un frisson convulsif la parcourut, et des gouttes de sueur perlèrent à la racine de ses cheveux. Barnes sentit la transpiration sur son propre visage.

— Il vous poignardera... avec le couteau qui lui a servi pour toutes ses victimes... il va vous blesser, gravement... mais il ne vous tuera pas.

Elle ferma les yeux un instant, et répéta entre ses dents :

— *Restez dans la voiture.*

— Harley, qu'en pensez-vous? demanda Goldman inquiet.

— Tout se passera bien, assura Barnes.

— Vous feriez mieux d'écouter Mary, conseilla Max à Goldman. Ne sortez pas de la voiture.

— Si j'ai besoin de vous, vous me suivrez. Il n'y aura pas de casse, n'ayez crainte, dit Barnes à Goldman, ennuyé à l'idée que cette femme pouvait saper son autorité. Il nous faudrait un numéro pour la maison que vous avez décrite, une adresse, ajouta-t-il avec un bref coup d'œil vers Mary.

— Ne la bousculez pas, intervint sèchement le mari.

Quand il s'adressait à une autre personne que Mary, sa voix avait la douceur de l'acier trempé.

— Ça n'avancera à rien de la bousculer, ça ne fera que la gêner.

— Ce n'est rien, Max, dit Mary.

— Mais je leur ai déjà expliqué, insista-t-il.

Elle se remit droite sur son siège, regardant devant elle.

— Je vois... la porte de derrière... ouverte.

— Où est l'homme, le meurtrier ? demanda Max.

— Dans une pièce... sans lumière... petite... la lingerie... oui, c'est ça, la lingerie au fond de la cuisine.

— Que fait-il ?

— Il ouvre une autre porte... celle de la cuisine... il n'y a personne... une petite lumière au-dessus de la cuisinière... de la vaisselle sale. sur la table... il est debout... immobile... il écoute... sa main gauche fermée, pour empêcher le pouce de saigner... il écoute toujours... on entend du Benny Goodman sur la stéréo du living...

Brusquement elle posa sa main sur le bras de Barnes et dit sur un nouveau ton, net, pressant :

— Deux rues plus loin... sur la droite. La deuxième maison... non, ou la troisième à partir du coin.

— Vous êtes sûre ?

— Je vous en prie, dépêchez-vous !

Est-ce que je vais me ridiculiser, se demandait Barnes. Si je la prends au sérieux et qu'elle se trompe je n'aurai plus qu'à encaisser les grosses plaisanteries jusqu'à la fin de ma carrière !

Il actionna quand même la sirène et écrasa l'accélérateur. Les roues dérapèrent légèrement et la voiture s'élança dans un grincement de pneus, tandis que Mary continuait d'une voix haletante :

— Je le vois toujours... il traverse la cuisine... lentement.

Si cette femme joue la comédie, c'est une actrice extraordinaire, songeait encore Barnes.

La Ford fonçait dans la rue mal éclairée, la pluie martelant le pare-brise. Ils franchirent comme un bolide un premier croisement avec des stops sur quatre voies, puis un second.

— Il tend l'oreille entre chaque pas... prudent... nerveux... il sort le couteau de la poche de son pardessus... sourit en regardant le fil de la lame... un vrai couteau de boucher...

Arrivée au pâté de maisons indiqué, la voiture se gara le long du trottoir de droite, devant la troisième : deux magnolias identiques, une allée sinueuse, une maison de stuc à un étage, les lumières allumées au rez-de-chaussée.

— Bon Dieu ! s'écria Goldman avec une nuance de respect dans la voix. Exactement ce qu'elle a décrit !

2

BARNES descendit de la voiture dans les gémissements décroissants de la sirène bientôt silencieuse. Le gyrophare rouge sur le toit projetait des ombres folles sur l'asphalte humide. Une deuxième voiture pie s'était arrêtée derrière la première, ajoutant ses feux au carrousel cramoisi. Plusieurs hommes en étaient déjà sortis, dont deux policiers en uniforme, Malone et Gonzales, qui se hâtèrent vers Barnes. Le maire, Henderson, tout rond dans son imperméable de vinyle noir luisant de pluie, avait l'air d'un gros ballon rebondissant dans la rue, avec sur ses talons Harry Oberlander, petit et filiforme, son opposant le plus véhément aux séances du conseil municipal.

Le dernier était Alan Tanner, le frère de Mary Tanner Bergen, qui aurait dû se trouver dans la première voiture avec sa sœur. Mais il s'était disputé avec Max et évitait sa compagnie.

— Malone et Gonzales, séparez-vous, ordonna Barnes. Contournez la maison de chaque côté jusqu'à la porte de derrière. Je m'occupe du devant. Allons-y.

— Et moi ? demanda Goldman.

— Restez là, c'est mieux.

Goldman se sentit soulagé.

Sortant le 357 magnum de son étui, Barnes fonça vers l'entrée. Le nom « Harrington » était inscrit sur la boîte aux lettres. Au moment où il sonnait, la pluie diluvienne se calma, faisant place à une simple bruine.

Attirée par les sirènes, la femme avait guetté de sa fenêtre l'arrivée de Barnes et lui ouvrit aussitôt la porte.

— Madame Harrington ?

— *Mademoiselle*... j'ai repris mon nom de jeune fille après mon divorce.

C'était une petite blonde d'une quarantaine d'années, aux formes confortables mais sans excès de poids. De toute évidence son apparence physique était son souci majeur. En jeans et T-shirt elle passait certainement la soirée chez elle, mais semblait sortir tout droit de chez le coiffeur, avec une mise en plis, des faux cils et un maquillage impeccables, et une couche toute fraîche de vernis à ongles couleur de sorbet à l'orange.

— Vous êtes seule ? demanda Barnes.

— Pourquoi cette question ? répliqua-t-elle d'un air provocant.

— Il s'agit d'une enquête policière, mademoiselle.

— Dommage !

Elle avait un verre à la main et Barnes savait déjà que ce n'était pas le premier de la soirée.

— Vous êtes seule ? répéta-t-il.

— Je vis seule, oui.

— Rien à signaler ?

— Je n'aime pas vivre seule.

— Ce n'est pas ce que je voulais savoir. Tout est normal dans le coin ? Pas d'ennuis ?

— Pourquoi ? Je devrais en avoir ? fit-elle en jetant un regard sur le revolver qu'il tenait.

Agacé par son attitude et le fait d'avoir à hausser la voix pour dominer la musique de danse tonitruante, il laissa froidement tomber :

— Nous avons des raisons de croire que votre vie est en danger.

Elle éclata de rire.

— Je sais... ça paraît exagéré, comme ça, mais...

— Et qui me veut du mal ?

— Les journaux l'ont surnommé « l'égorgeur ».

Elle fronça les sourcils mais se reprit aussitôt, se rappelant sans doute qu'elle risquait de faire naître des rides.

— Vous plaisantez ?

— Nous avons de bonnes raisons de penser que vous êtes la victime choisie pour ce soir.

— Quelles raisons ?

— Celles d'une clairvoyante.

— Une quoi ?

Malone entra au même moment dans le living par l'autre côté, et éteignit la chaîne. La femme se retourna, interloquée.

— Nous avons trouvé quelque chose, chef.

— Quoi ? demanda Barnes, franchissant le seuil sans y avoir été invité.

— La porte de derrière était ouverte.

— Vous ne l'aviez pas fermée ? demanda Barnes à la femme.

— Par une nuit pareille ? quelle question !

— Mais l'aviez-vous verrouillée ?

— Ça, je n'en sais rien.

— Il y a du sang sur le chambranle, reprit Malone, et aussi sur la porte entre la lingerie et la cuisine.

— Et il a disparu ?

— Il a dû filer en entendant les sirènes.

Barnes était en sueur, conscient que son cœur battait trop vite, et se demandant comment il allait intégrer la clairvoyance et autres phénomènes parapsychiques dans sa conception de la vie, jusque-là dénuée de complications. Il suivit le jeune policier dans la cuisine puis dans la lingerie, la femme sur ses talons posant des questions auxquelles il ne se donna pas la peine de répondre.

Hector Gonzales attendait à la porte de derrière.

— Il y a une allée de l'autre côté de ce grillage, lui dit Barnes. Fouillez-la systématiquement jusqu'au deuxième croisement dans chaque direction.

— Je n'en reviens pas ! s'écria la femme.

Et moi donc ! pensa Barnes, qui ordonna à Malone :

— Vous, battez les buissons de chaque côté de la maison, et aussi la haie le long de la clôture.

— A vos ordres, chef.

— Et gardez l'arme au poing, tous les deux.

Près des voitures de police Harry Oberlander s'amusait

à provoquer le maire, le regardant en hochant la tête comme s'il n'en croyait pas ses yeux.

— Quel drôle de maire, quand même ! Engager une sorcière pour faire le travail de la police, railla-t-il lourdement.

— Ce n'est pas une sorcière, répliqua simplement Henderson avec la lassitude du géant face à un nouvel adversaire présomptueux.

— Les sorcières n'existent pas, c'est bien connu, continua Oberlander.

— C'est exactement ce que je viens de dire, monsieur le conseiller municipal.

— Il s'agit donc d'une imposture.

— Une clairvoyante, rectifia Barnes.

— Clairvoyante... flairvoyante...

— On jongle avec les mots, je vois.

— Une version sophistiquée de « sorcière », sans plus.

Dan Goldman observait Oberlander, aussi las de cette joute que le maire lui-même. Pas de pires ennemis que deux amis jadis très liés, songea-t-il. Il faudrait qu'il les sépare si Harry, ne se contentant plus de paroles cinglantes, se mettait à marteler de coups pourtant peu efficaces le ventre bien rembourré du maire. C'était déjà arrivé.

— Sais-tu pourquoi je t'ai vendu mes cinquante pour cent de l'affaire de meubles ? demanda Oberlander à Henderson.

— Parce que tu n'as pas eu de vision prémonitoire... répliqua Henderson avec malice.

— Vision... illusion. J'ai vendu parce que je savais qu'un idiot superstitieux dans ton genre la ferait capoter tôt ou tard.

— Le magasin marche mieux que jamais, annonça Henderson.

— Coup de chance. Coup de chance pur et simple !

Fort heureusement avant qu'ils en soient venus aux mains Harley Barnes apparut à la porte d'entrée.

— Tout va bien, venez ! cria-t-il.

— On va voir qui de nous deux est un imbécile, lança Henderson. Ils ont dû le pincer.

Avec cette grâce déroutante de certains obèses, il enfila au pas de course le trottoir et la pelouse toute glissante de pluie, Oberlander sur ses talons, telle une souris en colère harcelant un monstre. Et Goldman les suivit, réprimant son amusement.

Alan Tanner avait fini par s'asseoir au volant pour être à l'avant près de sa sœur.

— Mary, crois-tu qu'ils ont pris le tueur ? demanda-t-il en voyant Harley sur le seuil.

— Je ne sais pas, répondit-elle d'une voix sans timbre, l'air complètement épuisée.

— Il y aurait eu un coup de feu, non ?

— Je ne sais pas.

— Du brouhaha, au moins ?

— Sans doute.

De l'arrière, Max intervint d'une voix pressante :

— Mary, rien à craindre pour Goldman ?

Elle secoua la tête en soupirant, et pressa ses paupières du bout des doigts.

— Vraiment, je ne sais pas. J'ai perdu le contact, je ne vois plus rien.

Max abaissa sa vitre. L'air humide portait bien la voix :

— Hé, Goldman !

Le policier s'arrêta en plein milieu de la pelouse et se retourna.

— Vous feriez peut-être mieux de rester avec nous.

— Harley me demande, répondit Goldman.

— Pensez à ce que ma femme vous a dit.

— Ne vous inquiétez pas, tout se passera bien. Ils l'ont eu.

— Vous en êtes sûr ?

Mais Goldman avait déjà fait demi-tour en direction de la maison.

— Mary ? fit doucement Alan.

— Oui ?

— Tu ne te sens pas bien ?

— Si, ça va.

— Ça n'en a pas l'air.

— Fatiguée, c'est tout.

— Il t'en demande trop, remarqua-t-il avec sollicitude sans même un regard pour Max, comme s'il était seul dans la voiture avec sa sœur. Il ne voit pas combien tu es fragile, insista-t-il.

— Ça va, je t'assure, répéta-t-elle.

Mais Alan n'entendait pas en rester là :

— Il ne sait pas te guider, t'aider à préciser tes visions. Il manque de finesse et te pousse toujours trop.

Ignoble petit salaud, songeait Max en jetant à son beau-frère un regard sévère. Mais il ne dit rien, à cause de Mary qui prenait toujours très à cœur les disputes entre les deux hommes de sa vie et préférait faire semblant de croire qu'ils s'entendaient bien. En fait, même si elle ne prenait pas vraiment parti pour Alan, elle finissait toujours par en vouloir à Max quand la querelle tournait mal.

Pour ne plus penser à Alan il détourna son regard vers la maison. La porte laissait passer un faisceau lumineux qui révélait les contours de certains buissons très denses.

— Il faudrait peut-être verrouiller nos portières, dit-il.

— Verrouiller les portes ? fit Mary en se retournant vers lui d'un air surpris.

— Par sécurité.

— Je ne comprends pas, Max.

— Par crainte de quoi ? demanda Alan à son tour.

— Les flics sont tous là-bas et aucun de nous n'a une arme.

— Tu penses que nous en aurons besoin ?

— Ce n'est pas impossible.

— Deviendrais-tu clairvoyant toi aussi ? railla Alan.

— Il n'y a rien de parapsychique là-dedans, rétorqua Max se forçant à sourire. C'est du simple bon sens.

Il verrouilla sa porte et celle de Mary, puis voyant qu'Alan ne bougeait pas fit de même pour les deux autres portes.

— On se sent tranquille à présent ? railla encore Alan, mais Max tourna son regard vers la maison sans mot dire.

*
**

Barnes, Henderson et Oberlander se pressèrent dans la lingerie pour examiner les traces sanglantes laissées par le tueur, tandis que Mlle Harrington se faufilait à côté du chef, bien décidée à ne rien manquer de l'excitation générale. En fait, elle semblait enchantée d'avoir été choisie par le fou.

Dan Goldman préféra rester en arrière, dans la cuisine. Barnes faisait déjà remarquer la concordance des preuves découvertes avec les visions de Mary Bergen. Le maire allait prendre des airs triomphants, et Oberlander décontenancé sur le coup ne manquerait pas de laisser éclater sa colère. Les piques et les vannes allaient rapidement dégénérer en une querelle violente et impitoyable. Et Goldman en avait assez de ces scènes.

En outre, la grande cuisine méritait l'examen d'un connaisseur. Elle avait été conçue et aménagée par quelqu'un qui aimait cuisiner et qui avait les moyens de choisir ce qui se faisait de mieux.

Mlle Harrington ? Goldman en doutait fortement. Elle ne semblait pas être le genre de femme à envisager avec plaisir de passer plusieurs heures devant ses fourneaux. Son ex-mari avait dû être le cuisinier. On avait dépensé beaucoup d'argent à installer cette cuisine de vrai professionnel, tout en lui conservant une atmosphère campagnarde avec un sol de tommettes au jointoiement marron, des placards en chêne remplis de porcelaine, des plans de travail en céramique blanche. Il y avait deux fours ordinaires plus un à micro-ondes, deux grands réfrigérateurs-congélateurs, deux éviers doubles, une large plaque de cuisson centrale, un bloc encastré réservé aux appareils électroniques à usages multiples, plus une dizaine d'autres machines, accessoires et gadgets divers.

Goldman aimait beaucoup cuisiner, mais lui devait se débrouiller avec une vieille cuisinière à gaz et ce qu'on trouvait de moins cher en guise de casseroles, poêles et autres ustensiles.

Il s'arrêta net dans son inspection envieuse en apercevant soudain du coin de l'œil une porte qui s'ouvrait à moins d'un mètre en arrière. Elle était entrouverte à son arrivée dans la pièce, mais il n'y avait pas prêté attention. Il se retourna et se trouva face à un homme en imperméable qui sortait d'une réserve aux rayonnages chargés de conserves. La main gauche de l'inconnu était couverte de sang, le pouce replié sous les doigts fermés.

Bon Dieu ! elle avait bien vu... songea Goldman. La main droite levée serrait le manche épais d'un couteau de boucher.

Le temps cessa d'exister pour Goldman, chaque seconde se trouvant multipliée par cent, chaque instant se gonflant comme une bulle de savon, l'enveloppant et l'isolant du reste du monde où les pendules poursuivaient leur rythme normal.

Là-bas Henderson et Oberlander avaient repris leur querelle, et il semblait soudain impossible que ce fût dans la pièce voisine. Leurs voix sonnaient étrangement, comme sur un 78 tours joué à 45.

L'inconnu fit un pas en avant, et des reflets de lumière jouèrent un instant sur la lame affûtée.

Lentement, comme s'il devait vaincre une incroyable résistance, Goldman dirigea sa main vers son revolver sur sa hanche.

Le couteau pénétra dans sa poitrine, en haut, à gauche et très profond. Curieusement Goldman ne ressentit aucune douleur, mais une large tache de sang macula rapidement sa chemise. Et il songeait à Mary Bergen. Comment savait-elle tout cela ? Qui était-elle réellement ? Il finit par ouvrir son étui. Trop lentement... beaucoup trop lentement ! Et avant de s'être rendu compte que la lame avait été retirée, il la vit avec horreur descendre à nouveau. Le tueur l'arracha aussi brutalement, et Goldman s'effondra contre le mur éclaboussé de son sang.

La douleur ne venait toujours pas, mais ses forces l'abandonnaient comme si elles s'écoulaient par un robinet ouvert. « Ne pas tomber... », se disait-il, « ne pas tomber... surtout... sinon tout est perdu. » Mais le tueur en avait fini avec lui. Il fit demi-tour et courut vers la salle à manger.

Sa main gauche étreignant de plus en plus faiblement sa blessure, Goldman tituba à la poursuite de l'homme. Mais quand il atteignit le vestibule, obligé de s'appuyer contre la cloison pour reprendre son souffle, le tueur entrait déjà dans le living-room. Goldman avait réussi à dégainer, mais incapable de lever son arme il tira dans le plancher pour attirer l'attention de Barnes. La détonation sembla restituer son cours normal au temps, et la douleur explosa enfin dans la poitrine de Goldman. Sa respiration se fit extrêmement pénible, ses genoux fléchirent, et il s'écroula.

— Qu'est-ce que c'est ? s'écria Alan au milieu d'une phrase.

— Un coup de feu, dit Max.

— Il est arrivé quelque chose à Goldman, affirma Mary. Je le sais, j'en suis sûre.

Une silhouette sortit en trombe de la maison, vêtue d'un imperméable qui claquait et se gonflait au vent.

— C'est *lui*, cria Mary.

A la vue des voitures l'homme s'arrêta, décontenancé. Il regarda à droite, puis à gauche, décida apparemment qu'aucun des côtés n'était sûr, et fit demi-tour en direction de la maison.

Harley Barnes apparut alors sur le seuil. Malgré la distance, la vitre sale, l'obscurité et la bruine, Max aperçut l'énorme revolver dans sa main. Une horrible langue de feu jaillit du canon. Le tueur décrivit quelques virevoltes surprenantes, s'écroula, roula dans l'allée, mais réussit à se remettre debout et repartit en direction de la rue. Il n'avait sûrement pas été touché. Une balle de magnum 357 l'aurait cloué définitivement au sol, Max en était sûr. Il connaissait bien les armes à feu dont il possédait une vaste collection.

Barnes tira une seconde fois.

— Bon Dieu, ces flics de province ! s'écria Max furieux. Trop d'armes et pas assez d'entraînement. Si ce con rate sa cible il réussira bien à tuer l'un de nous !

La troisième balle atteignit le fuyard dans le dos au moment où il arrivait au trottoir.

Max tenait deux indices : la balle n'avait pas traversé la poitrine de l'homme, ni cassé une vitre de la voiture. C'était donc une cartouche de faible puissance, spécialement conçue pour tirer dans des rues très passantes. Le projectile avait juste l'impact suffisant pour stopper un coupable en fuite sans le transpercer en risquant de blesser quelqu'un d'autre. En outre, d'après la façon dont l'homme avait décollé du sol il devait s'agir d'une balle à tête creuse.

Au bout d'un vol plané sans grâce le tueur vint s'écrouler contre la voiture de police, s'accrochant un instant à la portière de Mary et glissant jusqu'à se trouver à sa hauteur.

— Mary Bergen...

Sa voix était rauque, ses ongles griffaient la vitre.

— Mary Bergen, dit-il encore avant de vomir du sang sur la glace.

Mary se mit à hurler. Le corps heurta l'asphalte.

3

L'AMBULANCE qui emportait Dan Goldman tourna le coin de la rue sur les chapeaux de roue, dans le hurlement décroissant de sa sirène ; Max espérait que la vie du jeune policier ne déclinait pas à la même allure.

Sur le trottoir le mort gisait sur le dos, contemplant le ciel d'un regard fixe et semblant attendre patiemment l'arrivée du médecin légiste.

— Mary est bouleversée à l'idée que le tueur la connaissait par son nom, fit remarquer Alan.

— Il avait sans doute vu sa photo en tête d'une de ses rubriques, mais il avait aussi appris qu'on l'avait fait venir pour le démasquer, dit Max.

— Je croyais que seuls le maire et le conseil municipal étaient prévenus... et la police, bien sûr.

— Eh bien, le type l'a appris. Il était au courant de sa présence en ville, et il l'a reconnue tout à l'heure. Rien de très étrange là-dedans. Pourquoi, ça l'inquiète ?

— Je sais bien, comme vous, que l'explication est toute simple, et au fond Mary le sait aussi. Mais en fonction de ses nombreuses expériences elle ne peut s'empêcher de se poser des questions. A propos, j'ai parlé à Barnes. Il met à notre disposition un de ses hommes et une voiture. Il faut ramener Mary à l'hôtel et qu'elle se repose.

— Entendu, mais seulement quand tout sera réglé avec le maire, précisa Max.

— Ça peut prendre des heures.

— Non. Une demi-heure, au plus. Bon, si c'est tout ce que tu avais à me dire...

— Elle est morte de fatigue, insista Alan.

— Comme nous tous, non ? Elle récupérera, ne t'inquiète pas.

— ... dit le mari dévoué.

— Ah, et puis ça suffit comme ça !

Les deux hommes discutaient derrière la première voiture pie, dans laquelle Mary était encore assise les yeux clos et les mains croisées sur ses genoux. La pluie avait cessé de tomber, laissant une humidité odorante dans l'air.

Alan jeta un coup d'œil inquiet sur les gens des maisons voisines, qui s'étaient rassemblés sur les lieux du drame.

— Les journalistes vont arriver d'une minute à l'autre, dit-il. Il vaudrait mieux éviter qu'elle ait affaire à eux ce soir.

Max savait très bien ce que son beau-frère souhaitait. Alan partait en vacances pour deux semaines le lendemain et désirait avoir un dernier entretien avec sa sœur avant, en tête à tête, une heure entière au moins pour essayer de la convaincre que l'homme qu'elle avait épousé ne lui convenait pas. Et Max n'avait que ses poings pour lutter contre cette hostilité au sein dc son foyer. Il avait quinze centimètres et dix-huit kilos de plus qu'Alan, une carrure et des biceps de débardeur, et des mains larges comme des battes. Néanmoins, il était conscient qu'une lèvre fendue, des dents cassées et une mâchoire brisée ne réduiraient Alan Tanner au silence que pour un temps. Il ne possédait aucun moyen de l'empêcher d'intervenir dans son ménage, sinon... de l'étrangler.

De toute façon, Max avait cessé de régler ses problèmes à coups de poing. Il avait juré à Mary, et s'était promis à lui-même, que sa période de violence était à jamais révolue.

Hormis la force, et la volonté d'en faire usage, Alan, lui, possédait toutes les armes indispensables pour ce duel familial. En premier lieu, son physique. Avec ses cheveux noirs et ses yeux bleus, comme Mary, il était très séduisant ; alors que Max avait un visage taillé à coups de serpe, des plus ingrats. Les traits délicatement dessinés d'Alan, renforcés par un air d'innocence juvénile, plaidaient en sa faveur, même auprès de sa sœur. *Particulièrement,* auprès de sa sœur.

Il avait la voix charmeuse et persuasive d'un acteur, habile à créer une ambiance de son choix et à dramatiser une situation. Il en jouait avec art pour gagner la confiance de sa sœur et l'inciter à éprouver envers son mari un sentiment inconscient mais insidieux de vague mécontentement.

Max se considérait intellectuellement au-dessus de la moyenne, mais savait qu'Alan lui était supérieur sur ce plan. Alan ne jouait pas seulement de ses inflexions de voix dans ses propos ; il mobilisait aussi toute sa vive intelligence. Et... sa séduction aussi, car en cas de besoin elle lui sortait par tous les pores. Max s'imaginait volontiers le pressant comme un tube de pâte dentifrice pour en expulser tout le charme, et voir ce qui resterait alors d'authentique dans le personnage.

En outre, et ce n'était pas là le moindre atout, Alan et Mary avaient partagé trente années d'existence en commun. Le grand frère avait trente-trois ans et se trouvait uni à Mary par les liens du sang, et ceux créés par trois décennies de vie quotidienne avec ses joies et ses peines.

La foule grossissait alentour, et Max vit une autre voiture de police arriver.

— Vous avez raison, il ne faut pas que Mary reste ici plus longtemps, dit-il à Alan.

— C'est certain.

— Je l'emmène à l'hôtel.

— Vous ? Mais... il faut que vous restiez ici.

— Et pourquoi donc ?

— Vous le savez très bien.

— Dites-le-moi quand même.

— Vous savez régler mieux que moi ce genre de chose, finit par dire Alan réticent.

— Quel genre de chose ?

— Je sais pourquoi vous aimez qu'on vous le dise. Parce que c'est en fait votre seul point fort. Votre unique atout pour garder Mary.

— Quel genre de chose, répéta obstinément Max.
— Inquiet, hein ?
— Quel genre de chose !
— Faire rentrer l'argent dans la caisse, voilà. Vous êtes content à présent ?

Mary gagnait bien sa vie en rédigeant des rubriques sur les phénomènes métapsychiques pour une chaîne de journaux, et avait aussi touché pas mal d'argent grâce à trois « best-sellers » consacrés à sa carrière. Mais elle aurait pu vivre à l'aise en recevant des honoraires pour ses consultations, si elle l'avait voulu. Elle voyageait beaucoup, aidant la police à débrouiller des cas d'homicides violents quand on la sollicitait. Mais elle n'en tirait aucun profit pécunier, ne se faisant pas rémunérer pour ses visions. Elle avait une fois aidé une actrice célèbre à retrouver un collier d'une valeur de 100 000 dollars, mais n'avait pas demandé d'honoraires. Elle se faisait simplement rembourser ses frais — billets d'avion, location de voiture, repas et chambre d'hôtel —, et encore... à condition d'apporter une aide réellement efficace.

Quand Max entra dans sa vie, c'était son frère qui se chargeait de récolter l'argent des notes de frais. Seulement, Alan n'avait ni le don ni l'envie d'aller quémander auprès des maires, des conseillers municipaux et de l'administration en général. Une fois sur deux après que Mary s'était acquittée de sa tâche et que le coupable se trouvait appréhendé, les politiciens locaux qui avaient fait appel à ses services essayaient de la renvoyer chez elle sans lui régler son dû. De son côté, Alan faisait rarement pression sur eux. En conséquence elle perdait chaque année des dizaines de centaines de dollars, et malgré ses autres gains considérables elle s'acheminait lentement vers la faillite.

Dans les deux mois qui suivirent leur mariage, Max rétablit la situation financière de sa femme. Il renégocia le contrat avec le bureau qui organisait les conférences, et fit doubler ses honoraires. Lorsque le contrat avec la chaîne de journaux arriva à terme, il le renouvela à l'avantage de Mary au-delà de ses espérances. Et bien sûr il veillait au remboursement des notes de frais.

— Alors ? fit Alan.

— D'accord. Vous la ramenez à l'hôtel. Mais n'oubliez pas ce que vous m'avez dit : je sais mieux m'occuper des finances que vous, et ce sera toujours vrai.

— Ça c'est certain. Vous avez le flair, reconnut Alan avec un sourire sarcastique. Vous avez même vite repéré la poule aux œufs d'or, non ?

— Tirez-vous.

— La vérité vous gênerait-elle ?

— Tirez-vous avant que je vous casse en deux.

Alan baissa les yeux sous le regard implacable de Max, puis se dirigea vers Harley Barnes.

Max s'aperçut au bout d'un moment que des gens dans la foule le regardaient curieusement. Il les dévisagea à son tour, un à un, jusqu'à ce qu'ils détournent leur regard, gênés. Mais ils le ramenaient vers lui dès qu'il avait les yeux ailleurs. Aucun ne se trouvait pourtant assez près pour avoir saisi des bribes de la discussion. Et il comprit tout à coup qu'ils étaient fascinés par son visage déformé par la rage, ses épaules remontées, tel un fauve prêt à bondir, et ses énormes mains plaquées contre son corps, poings fermés. Il s'appliqua à se détendre, laissant retomber ses épaules et enfonçant ses mains dans les poches de sa gabardine pour que personne ne remarque ses poings qu'il était incapable de desserrer dans sa rage impuissante.

4

DANS la chambre d'hôtel, une seule des quatre lampes agressivement laides avec leurs abat-jour voyants était allumée. Installé dans un fauteuil pivotant de vinyle noir, le visage creusé d'ombres dures par l'éclairage venant de sa gauche, Alan tenait entre ses mains un verre de scotch et regardait sa sœur, assise sur le lit non défait, loin du cercle de lumière. Mary attendait avec impatience le retour de Max pour aller dîner. Elle avait faim et se sentait physiquement et moralement épuisée.

— Tu as toujours ta migraine ? demanda Alan.

— L'aspirine m'a fait du bien.

— Tu as les traits tirés... et tu es si pâle.

— Une bonne nuit de sommeil arrangera tout ça.

— Quand même, tu m'inquiètes.

— Tu t'es toujours fait du souci pour moi, fit-elle avec un sourire affectueux, même quand nous étions tout petits.

— C'est que je t'aime beaucoup.

— Je sais.

— Tu es ma sœur, et je t'adore.

— Je sais, mais...

— Il exige trop de toi.

— Alan, ne recommence pas je t'en prie.

— Mais c'est vrai !

— Je voudrais tellement que vous vous entendiez bien, Max et toi.

— Moi aussi, vois-tu. Mais c'est impossible.

— Et pourquoi ?

— Parce que je le connais trop bien.

— Que veux-tu dire par là ?

— D'abord, il ne te ressemble pas du tout. Il n'a pas ta sensibilité, ta générosité de cœur... Tu es bonne et douce, mais lui... dit Alan comme s'il plaidait sa cause.

— Il sait l'être aussi, répliqua-t-elle.

— Vraiment ?

— Avec moi en tout cas, il est très gentil.

— Tu as le droit d'avoir ton opinion.

— Je te remercie de me l'accorder, railla-t-elle, saisie soudain d'une flambée de colère qui mourut aussitôt. Mary n'avait jamais pu en vouloir à son frère plus que quelques minutes, et encore !

— Je ne veux pas me disputer avec toi, Mary.

— Alors prouve-le.

— Nous n'avons jamais eu de mots tous les deux, jusqu'à ce que Max entre en scène.

— Je ne suis pas en état de discuter ce soir, Alan.

— ... ni de faire quoi que ce soit d'ailleurs, parce qu'il te harcèle et te bouscule trop dans tes phases de clair-voyance.

— Il me dirige très bien.

— Pas aussi bien que moi avant lui.

— Au début il me pressait un peu trop, mais plus maintenant.

Alan reposa son verre, se leva et alla jusqu'à la fenêtre, se réfugiant dans un silence boudeur, le dos tourné à Mary qui ferma les yeux avec lassitude, espérant que Max allait arriver. Au bout d'un moment Alan changea de tactique et vint se planter au pied du lit, observant longuement sa sœur.

— J'ai même peur de partir en vacances, dit-il.

— Peur de quoi ? demanda-t-elle sans ouvrir les yeux.

— De te laisser seule.

— Max reste avec moi.

— C'est justement ce qui me fait peur... te savoir seule avec lui.

— Alan, je t'en prie, soyons sérieux.

— Mais je le suis !

Elle ouvrit les yeux et se redressa sur son séant :

— Tu te conduis comme un gamin. Ridicule. Je refuse de t'écouter une seconde de plus.

— Si je ne me souciais pas de toi je m'en irais tout de suite. Et que ça te plaise ou non, je vais te dire ce que je pense vraiment de lui.

Elle répondit par un soupir résigné.

— C'est un opportuniste, commença Alan.

— Et alors ?

— Il aime l'argent.

— Moi aussi... et toi aussi.

— Oui mais lui l'aime beaucoup trop.

— On ne peut pas reprocher cela à qui que ce soit, fit-elle avec un sourire indulgent.

— Je vois que tu ne me comprends pas, insista Alan.

— Alors éclaire-moi.

Alan hésitait, une expression chagrine dans le regard.

— Max aime trop... l'argent des autres, finit-il par dire.

Elle le regarda bien en face, l'air profondément étonnée.

— Alan, si tu veux insinuer qu'il m'a épousée pour mon argent...

— C'est exactement ma pensée.

— Cette fois, c'est toi qui vas trop loin, fit-elle d'une voix tranchante.

Le ton d'Alan se radoucit aussitôt :

— Je cherche seulement à te faire voir les choses en face, sans autre...

— Ai-je donc si peu d'attrait que personne ne voudrait de moi si j'étais pauvre ? lança-t-elle en redressant la tête d'un air provocant.

— Tu es très belle, tu le sais bien.

Mais cette réponse ne sembla pas la satisfaire.

— Alors je suis sans doute une petite chose sans cervelle auprès de laquelle les hommes s'ennuient ?

— Ne crie pas ainsi. Calme-toi, je t'en prie, conseilla Alan qui semblait sincèrement navré de l'avoir peinée mais qui poursuivit néanmoins : Beaucoup d'hommes donneraient tout ce qu'ils possèdent pour t'épouser... avec de bonnes intentions. Mais pourquoi donc as-tu choisi Max ?

— Il a été mon seul soupirant valable, le premier homme digne de ce nom qui m'a fait une demande sérieuse.

— Ce n'est pas vrai. J'en connais au moins quatre autres.

— Les deux premiers étaient de charmantes chiffes molles, le troisième faisait l'amour avec la douceur d'un taureau dans l'arène, et le quatrième quasiment impuissant ! Max, lui, avait une grande personnalité. Il était intéressant, fascinant même.

— Tu ne l'as pas épousé parce qu'il était fascinant, intelligent, mystérieux ou romantique, mais parce qu'il était grand, fort, et autoritaire. L'image idéale du père, quoi.

— Et depuis quand te lances-tu dans la psychanalyse ?

Elle savait bien qu'il n'aimait pas la harceler de la sorte, et s'il s'acharnait ce soir c'est qu'il pensait que c'était une nécessité. Il agissait en grand frère exemplaire, et même s'il se trompait sur le fond, ses intentions étaient louables. Si Mary en avait eu le moindre doute, elle l'eût prié de sortir.

— Pas besoin d'être psychiatre pour comprendre qu'il te faut un homme sur lequel tu puisses t'appuyer. Tu as toujours été ainsi. Dès l'instant où tu as pris conscience de ce don de clairvoyance et de ce qu'il impliquait, tu en as été effrayée et t'es sentie incapable de l'assumer seule. Tu t'es appuyée sur moi un certain temps, mais je n'avais pas la carrure pour remplir ce rôle très longtemps.

— Pour la première fois de ma vie j'ai envie de te gifler, Alan.

Il vint s'asseoir sur le bord du lit et prit sa main dans les siennes.

— Ecoute-moi, Max était un raté, un journaliste bidon qui n'avait pas signé un seul grand reportage en dix ans. Et tu l'as épousé à peine six semaines après votre rencontre.

— Je n'avais pas besoin de plus pour le connaître, fit-elle en se détendant et prenant la main d'Alan. Ne t'inquiète pas, tout va bien entre nous et tu devrais être content pour moi.

— Tu n'es mariée que depuis quatre mois.

— Et je peux t'assurer que je l'aime encore plus qu'au début.

— C'est un individu dangereux. Tu connais son passé.

— Allons, allons, quelques bagarres dans les bars. Il ne les fréquente plus maintenant, en tout cas.

— C'est plus sérieux que ça... il a quand même failli tuer des types dans ces « bagarres », comme tu dis.

— Tu sais, avec quelques verres de trop certains esprits deviennent belliqueux et s'attaquent justement au plus grand et au plus fort à proximité. Max était une cible idéale. Ce n'était jamais lui qui commençait.

— C'est ce qu'il prétend.

— Personne n'a jamais porté plainte.

— Ils avaient peut-être peur...

— De toute façon, il a changé. Il avait besoin de quelqu'un qui l'aime et qui lui fournisse aussi l'occasion de se sentir indispensable. Je suis arrivée au bon moment.

Alan hocha la tête d'un air chagrin.

— Tu veux boire quelque chose ? demanda-t-il.

— Merci, j'attendrai Max.

Alan avala son scotch en trois gorgées, puis reprit :

— Tu es vraiment sûre de toi, en ce qui le concerne ?

— Au sujet de Max ? Absolument.

Alan retourna à la fenêtre et s'absorba un instant dans la contemplation du ciel sombre.

— Je ne pense pas retravailler à tes côtés après mes vacances, dit-il au bout d'un moment.

Elle se leva pour le rejoindre, et l'obligea à se retourner en le prenant par les épaules.

— Répète-moi ça.

— Je suis devenu la cinquième roue de la charrette.

— C'est ridicule ! Tu t'occupes presque entièrement de mes affaires.

— Simple travail de secrétaire. Avant l'arrivée de Max, j'étais indispensable. Je te dirigeais dans tes phases de clairvoyance. A présent je n'ai plus de rôle important, et puis je veux éviter ces frictions constantes avec Max.

— Que comptes-tu faire ?

— Rien de bien précis encore. Mais je sais déjà que je vais prendre deux mois de vacances au lieu de deux semaines. J'en ai les moyens, grâce à ta très grande générosité.

— Je t'ai donné ce que tu avais gagné, rien de plus.

— En tout cas j'ai assez d'argent pour vivre à l'aise pendant de longues années. Je retournerai peut-être à l'Université pour terminer mon diplôme de sciences politiques.

— Tu as l'intention de quitter notre maison de Bel Air ?

— Ce serait la meilleure solution. Je trouverai un appartement.

— Pour toi et Jennifer ?

— Elle m'a plaqué.

— Quoi ?

— Oui, pour un autre type.

— Je l'ignorais.

— Je ne voulais pas en parler.

— Excuse-moi.

— Ce n'est pas grave. Ce n'était pas vraiment mon genre de femme.

— Pourtant vous aviez l'air heureux ensemble.

— Oui... mais ce fut bref.

— Qu'est-ce qui n'a pas marché ?

— Tout, en même temps.

— Tu ne vas pas t'installer trop loin de chez nous, dis ?

— Sans doute dans le coin de Westwood.

— Ça va, nous serons presque voisins.

— C'est vrai.

— On déjeunera ensemble une fois par semaine.

— Entendu.

— Et de temps en temps, un petit dîner aussi.

— Sans Max ? demanda-t-il.

— Toi et moi, en tête à tête.

— Splendide.

Une grosse larme roula sur la joue de Mary.

— Allons, pas d'enfantillage, gronda doucement Alan en l'essuyant.

— Tu vas me manquer.

— Un frère et une sœur ne peuvent pas habiter toute leur vie sous le même toit. Ce n'est pas normal.

Un bruit de clé dans la serrure les fit se tourner vers la porte. Max entra et se débarrassa de son imperméable, tandis que Mary venait l'accueillir par un baiser sur la joue. Ignorant délibérément la présence d'Alan, il lui entoura les épaules et lui demanda :

— Comment te sens-tu, mieux ?

— Seulement un peu lasse.

— Tout s'est bien passé, malgré la présence d'Oberlander, expliqua Max, et j'ai le chèque pour ta note de frais.

— Tu réussis toujours à le récupérer, remarqua-t-elle avec fierté.

— Bon, je m'en vais, annonça Alan qui s'était dirigé vers la porte pendant ce dialogue.

Elle avait d'abord espéré qu'il partirait avant le retour de Max, pour éviter l'habituelle et fastidieuse querelle. Mais maintenant qu'Alan allait pratiquement sortir de sa vie, elle ne tenait pas à le voir disparaître aussi vite, aussi simplement.

— Tu ne veux pas prendre un autre verre ? suggéra-t-elle.

— Je ne crois pas que ce soit une bonne idée, répliqua-t-il avec un regard appuyé en direction de Max.

Celui-ci resta immobile, et impassible, sans un mot, un sourire ni même un battement de paupières, son bras passé autour de la taille de Mary et la soutenant solidement.

— Nous n'avons pas parlé de ce qui est arrivé ce soir, et pourtant il y a tant de choses à dire, insista-t-elle.

— Rien qui ne puisse attendre, affirma Alan.

— Tu comptes toujours remonter la côte en voiture ?

— Oui. Je resterai sans doute quelque temps à San Francisco. Je connais une fille là-bas qui m'a invité pour Noël. Et après je pousserai peut-être jusqu'à Seattle.

— Tu me téléphoneras ?

— Bien sûr.

— Quand ?

— Disons dans une semaine.

— Pour Noël ?
— Promis.
— Tu vas me manquer, Alan.
— Prends bien soin de toi, petite sœur.
— Je m'en charge, coupa Max.
Mais à son tour Alan l'ignora et s'adressa à Mary :
— Sois bien prudente, hein ? Et souviens-toi de ce que je t'ai dit.
Il sortit et referma la porte derrière lui, laissant Mary seule avec Max.

*
**

Dans la salle de la petite auberge aux lumières tamisées régnait une douce ambiance d'intimité, malgré le monde qui s'y pressait à cette heure déjà tardive. Mary et Max étaient installés dans un box d'angle, devant deux cocktails préparés à la perfection par le barman. Après quoi ils commandèrent des assiettes de viande froide et une bouteille de vin rouge. Arrivée à la moitié de son repas Mary repoussa son assiette et se versa un troisième verre.
— Je me demande si les frais d'hôpital de Dan Goldman seront pris en charge, dit-elle.
— La municipalité a toujours assuré largement les membres de sa police, répondit Max. Goldman a été blessé en service, il n'aura pas un sou à débourser.
— Tu en es si sûr que cela ?
— Je savais que ce point te préoccuperait.
— Je ne comprends pas...
— Je me doutais que tu t'inquiéterais à ce sujet, alors j'ai posé la question au maire.
— Mais en supposant que ses frais soient couverts, il ne touchera pas sa solde entière pendant son arrêt de travail ?
— Erreur. Je me suis également renseigné sur ce point.
— Dis-moi, tu lis dans mes pensées ? s'écria-t-elle étonnée.
— Je te connais trop bien, c'est tout. Et tu as le cœur le plus tendre qui soit.
— Pas vraiment. Mais là, je pense qu'il faut faire un geste pour ce malheureux Goldman.

— On pourrait lui offrir une cuisinière électrique toute neuve, ou un four à micro-ondes.

— Pourquoi cela ? fit-elle surprise.

— J'ai interrogé ses camarades, et sa passion c'est de jouer les chefs cuisiniers, mais l'équipement lui fait défaut.

— Dans ce cas on pourrait lui offrir la cuisinière *et* le four, déclara-t-elle avec un sourire ravi. Des casseroles et des poêles aussi...

— Doucement, doucement. Il s'agit d'un appartement, pas d'un restaurant. Et puis au fond, pourquoi te sens-tu endettée envers lui ?

— Si on ne m'avait pas fait venir dans cette ville, il n'aurait pas été blessé, répondit-elle en regardant fixement son verre de vin.

— Mary Bergen ! Prête à porter le poids du monde sur ses épaules tout comme Atlas, plaisanta-t-il en lui prenant la main sur la nappe. Te rappelles-tu notre première conversation, à propos ?

— Comment l'aurais-je oubliée, Max ? Je t'avais trouvé plutôt bizarre...

A l'occasion de leur rencontre lors d'une réception il s'était montré d'une timidité inattendue avec elle alors qu'il semblait se comporter avec aisance et assurance devant les autres invités. Il l'avait abordée d'un air si peu naturel qu'elle en avait été gênée pour lui. Et il lui avait proposé de but en blanc un des jeux de salon sur l'auto-analyse.

Mary sourit en repensant à cette soirée.

— Tu m'avais demandé quelle machine j'aimerais être si j'avais le choix entre toutes. C'était bizarre.

— La jeune femme que j'avais interrogée juste avant m'avait répondu « Une Rolls, pour aller dans les endroits les plus chics ». Mais toi, tu m'as dit que tu aimerais être n'importe quel élément d'un équipement médical servant à sauver des vies humaines.

— Une bonne réponse, non ?

— Ça sonnait assez faux, ce soir-là. Mais maintenant que je te connais bien je sais que tu étais sincère.

— Et comment me définirais-tu à présent ?

— Comme un être qui s'inquiète sans cesse pour les

autres et... qui pleure à chaudes larmes en regardant n'importe quel mélo !

— Je t'ai fait jouer au même jeu ce soir-là, tu te souviens ? fit-elle entre deux gorgées de vin. Je t'ai posé la question piège.

Il acquiesça et prit son verre à la main lui aussi.

— Et je t'ai répondu que j'aimerais être un service de rencontres par ordinateur, pour m'annexer ta fiche perforée...

— Ça m'avait bien plu, dit-elle avec un rire de gamine. Ça me plaît toujours, d'ailleurs. C'était surprenant de découvrir un esprit aussi romantique sous tes allures de dur à cuire.

Max se pencha vers elle et lui dit d'une voix tendre :

— Sais-tu quelle machine je voudrais être ce soir ?

Il montra dans le fond de la salle le juke-box aux lumières multicolores.

— Cette sorte de boîte à musique, dit-il, et je ne m'occuperais pas des boutons poussés par les clients ; je ne jouerais que des ballades pour toi seule.

— Max ! Plutôt à l'eau de rose ton idée, non ?

— Oui, mais tu aimes bien ça.

— C'est vrai. D'ailleurs, je suis celle qui pleure à chaudes larmes devant n'importe quel mélo, n'est-ce pas ?

5

Le cauchemar la tira brutalement de son sommeil, mais continua de la hanter quelques instants encore après qu'elle se fut redressée sur son séant, terrifiée. Des bribes d'images en couleurs flottaient devant ses yeux, instantanés irréels et sanglants de corps mutilés, de crânes défoncés, plus nets encore que dans toutes ses visions antérieures.

Et puis l'obscurité de la chambre d'hôtel reprit ses droits, et lorsque Mary fut capable de discerner à nouveau les contours du mobilier, elle décida de se lever. Mais la pièce se mit à tourner autour d'elle comme un manège fou, et elle chercha désespérément un pilier pour s'y appuyer. Ayant réussi à reprendre son équilibre elle alla dans la salle de bains, prenant soin de ne pas fermer la porte de crainte de réveiller Max. Pour la même raison elle n'alluma pas le plafonnier mais seulement la lampe à infrarouge, plus douce. Et l'image que lui renvoya le miroir dans cet éclairage insolite l'inquiéta : des cernes sombres sous les yeux, une peau moite, flasque. Pourtant, son reflet habituel aurait fait l'envie de n'importe quelle femme : des cheveux noirs et soyeux, des yeux de porcelaine, des traits délicats, un teint de rose... Mais à cet instant, celle qui lui renvoyait son regard, là dans ce miroir, était une étrangère, une créature inconnue.

Mary se sentait personnellement en danger, car dans son cauchemar les cadavres semblaient constituer une sorte de chaîne dont elle était peut-être le dernier maillon.

Elle but un verre d'eau fraîche, puis un second ; mais ses dents s'entrechoquaient contre le rebord, et elle dut le tenir à deux mains.

Dès qu'elle fermait les yeux elle revoyait le même passage de l'atroce vision : une jeune femme aux cheveux noirs, avec un œil bleu qui semblait contempler le plafond sans vraiment le voir, et l'autre tout boursouflé, dans une parodie de clin d'œil macabre, le visage déformé, lacéré et couvert d'ecchymoses.

Pire encore, Mary avait le sentiment que si l'on nettoyait les plaies de ce visage ensanglanté, et si ses traits distordus se recomposaient, elle l'identifierait aussitôt. Elle reposa son verre et s'appuya contre le lavabo.

Qui donc était cette jeune femme? Mais le visage horriblement défiguré refusait de livrer ses traits normaux. Et comme si Mary, mue par un certain masochisme, cherchait à surpasser l'horreur de son cauchemar, elle évoqua volontairement l'image du psychopathe abattu ce même soir : ses traits distordus, ses dents blanches et brillantes comme du marbre, ses mains collées à la vitre de la voiture pie, sa voix à peine audible, tel un souffle glacé quand il murmura son nom.

Un signe prémonitoire... un sinistre présage. Mais de quel genre ?

Il n'y avait rien de très étrange à ce qu'il connût le nom de Mary. Il avait pu apprendre sa présence en ville, même si cette information était censée être réservée à un petit cercle, et l'avoir reconnue d'après la photo en tête de sa rubrique, même si elle n'était pas très bonne et datait de six ans. C'était l'explication que donnait Alan, en tout cas ; et pourtant, sans aucune raison valable, Mary savait que ce n'était pas la bonne. Après tout le meurtrier à l'esprit malade l'avait peut-être identifiée en vivant sa première (et dernière, en l'occurrence) expérience télépathique à l'instant même où la mort le frappait. Peut-être encore l'incident avait-il une signification intraduisible en termes rationnels. En revoyant l'expression démoniaque du fou, elle entendait une voix intérieure lui répéter : « c'est un messager de l'enfer... un message de l'enfer ». Et si elle ne comprenait pas le sens réel de cette pensée, elle se gardait bien de la rejeter avec mépris sous prétexte qu'elle avait des relents de soufre.

Ses voyages aux quatre coins du monde, ses nombreuses conversations avec des clairvoyants comme Peter Hurkos et Gerard Croiset, ses entretiens et échange de correspondance avec d'autres sujets doués de facultés psi, l'avaient peu à peu amenée à croire que tout était possible. Elle avait connu des demeures hantées par des poltergeists, où vaisselle, tableaux, bibelots et meubles lourds volaient à travers les airs et allaient se fracasser contre les murs sans que personne ne les ait touchés ni même approchés. Elle n'aurait su dire si c'étaient là les œuvres de fantômes en pleine activité, ou celles d'un occupant de la maison doté de pouvoirs télékinésiques ; mais elle était certaine que « quelque chose » se trouvait là. Elle avait assisté à une séance de psychophotographie du célèbre Ted Serios, dont le *Time* et *Popular Photography* ainsi que bien d'autres magazines américains avaient cherché en vain à dénoncer la fraude. Il projetait ses pensées sur une pellicule vierge, et cela sous le contrôle sévère de scientifiques assez sceptiques. Elle avait vu un mystique indien — un fakir, mais pas un imposteur — accomplir l'impossible. Il plantait des graines dans un pot rempli de terre qu'il recouvrait d'un morceau de gaze. Puis il entrait en méditation profonde, et en l'espace de cinq heures, sous le regard vigilant de Mary, les graines commençaient de germer, la plante de croître, et les fruits de mûrir (des petites mangues). Au bout de vingt ans de contact régulier avec l'extraordinaire, Mary ne se moquait plus de rien. Jusqu'à ce qu'il soit prouvé de façon irréfutable que les phénomènes dits paranormaux ou surnaturels relevaient de l'imposture (et personne n'y parviendrait jamais), elle croirait au domaine de l'irréel, du surnaturel, du suprarationnel avec autant de conviction que les esprits dogmatiques croient en un monde réel, tangible, cohérent et unique. ... *un messager de l'enfer.*

Elle était pratiquement convaincue qu'il existait une autre vie après la mort, mais ne jugeait pas exacte la description qu'en faisaient les mythes judéo-chrétiens. Elle ne pouvait accepter l'idée du ciel et de l'enfer, par trop simpliste. Et pourtant si elle n'y croyait pas, pourquoi éprouvait-elle cette certitude inébranlable que le tueur dément de ce soir était la manifestation de forces sataniques ? Et pourquoi traduire en jargon religieux ce signe prémonitoire ? Mary frissonna d'angoisse, glacée jusqu'aux os.

Elle revint dans la chambre, mais laissa la salle de bains allumée tant l'obscurité la mettait mal à l'aise. Elle enfila sa robe de chambre. Max dormait paisiblement, avec un léger ronflement. Elle lui effleura la joue du bout des doigts, et il se réveilla aussitôt.

— Qu'y a-t-il ?

— J'ai peur. J'ai besoin de parler. Je ne peux pas rester seule.

— Ne crains rien, je suis là, dit-il en lui prenant le poignet.

— J'ai vu quelque chose d'horrible... atroce, confia-t-elle, encore toute frissonnante.

Il s'assit, alluma la lampe de chevet et jeta un regard circulaire à la pièce.

— Non, une vision, précisa-t-elle.

Il l'obligea avec douceur à s'asseoir près de lui.

— Ces images m'ont surprise pendant mon sommeil, expliqua-t-elle, mais elles sont restées devant mes yeux une fois réveillée.

— Pendant ton sommeil ? Mais ça n'est jamais arrivé jusque-là.

— Non, jamais.

— Peut-être un simple cauchemar, alors.

— Je sais faire la différence !

Lâchant le poignet de Mary il lui passa doucement la main dans les cheveux, dégageant son front.

— Et quel genre de vision ? demanda-t-il.

— Des cadavres.

— Un accident ?

— Non. Un meurtre. Des corps meurtris de coups et lacérés.

— Où ça ?

— Assez loin d'ici.

— Un nom de ville ?

— Non, mais au sud d'ici.

— Rien de plus précis ?

— Je crois que c'est dans la région d'Orange. Peut-être à Santa Ana, ou Newport Beach, Laguna Beach. Anaheim... dans ce coin-là.

— Combien de cadavres ?

— Quatre ou cinq. Des femmes. Toutes au même endroit, et...

— Oui ?

— Ce n'est qu'un début. Il y en aura d'autres.

— Tu le sens ?

— Oui.

— En prémonition ?

— Oui.

— Combien vont suivre ?

— Je ne peux pas dire.

— Tu as vu le meurtrier ?

— Non.

— Quelques indices sur sa personne ?

— Non.

— La couleur de ses cheveux, au moins ?

— Non, Max, absolument rien.

— Et ces meurtres sont déjà accomplis ?

— Je ne crois pas, mais je n'en suis pas certaine. Les images m'ont tellement surprise dans mon sommeil que je ne m'y suis pas accrochée comme j'aurais dû le faire.

Il se leva et enfila à son tour sa robe de chambre. Mary se mit debout et vint se blottir contre lui.

— Tu trembles, remarqua-t-il.

— C'était atroce, fit-elle, et sa voix trahissait son besoin de tendresse et de protection.

— C'est toujours horrible, ces images.

— Cette fois, c'était pire que jamais.

— Bon, c'est fini en tout cas.

— Non. Peut-être ça l'est déjà pour les victimes, ou c'est tout près de l'être. Mais pas pour nous. Nous allons nous trouver étroitement mêlés à cette affaire. Mon Dieu... tant de cadavres, et tant de sang. Et puis... je crois que je connais l'une des victimes.

— Qui est-ce ? demanda-t-il en la serrant davantage contre lui.

— Elle était trop défigurée... je n'ai pas pu l'identifier... mais je suis sûre que je la connais.

— Et moi je suis sûr qu'il s'agit d'un cauchemar, insista-t-il d'un ton rassurant. Ces visions ne surgissent jamais comme ça, sans ton concours. Tu as toujours dû faire un gros effort de concentration pour les capter. Et quand tu es lancée sur la piste d'un meurtrier tu as toujours besoin d'un objet ayant appartenu à sa victime, avant de recevoir des images du coupable.

Elle savait tout cela, bien sûr, mais il cherchait à la rassurer, tel un père expliquant à sa fille terrifiée que les fantômes entrevus dans sa chambre n'étaient que les rideaux agités par la brise nocturne, comme la lumière rallumée le lui prouvait.

En vérité, peu importait ce qu'il lui racontait. Le simple fait de l'entendre parler et de le sentir près d'elle la calmait.

— Tu sais bien que tu n'es pas capable de retrouver un bijou disparu sans voir le coffret ou le tiroir qui l'a contenu. Ce que tu as vu cette nuit ne peut être qu'un mauvais rêve, puisque tu n'étais sur aucune piste.

— Je me sens mieux à présent.

— Excellent.

— Mais pas parce que je crois qu'il s'agissait d'un cauchemar. Non. Je *sais* que c'était bien une vision perçue en clairvoyance ou en prémonition, et que suivant le cas ces jeunes femmes sont déjà mortes ou le seront bientôt. Dieu les protège ! soupira-t-elle en revoyant les visages atrocement défigurés.

— Mary...

— C'est la réalité, je t'assure, insista-t-elle, lui lâchant la main et s'asseyant sur le lit. Et nous allons être mêlés à cette affaire...

— La police va te demander ton concours ?

— Oui, mais ça ne s'arrêtera pas là. Nous serons intimement concernés, oui nous personnellement, et il en résultera même un bouleversement dans notre existence.

— Comment le sais-tu ?

— Comme pour le reste, en prémonition.

— Bon, mais ce bouleversement mis à part y a-t-il un moyen de venir en aide aux « victimes » ?

— J'ai si peu de détails ! Si nous appelons la police, que leur dire d'utile ?

— Tu ne connais toujours pas l'endroit exact ? Alors, la police de quelle ville faut-il appeler ? Crois-tu pouvoir reprendre ta vision ?

— Non. Tout s'est effacé.

— Peut-être resurgira-t-elle impromptu, comme la première fois.

— Possible, fit-elle en frissonnant, mais je ne le souhaite pas. J'ai eu suffisamment de visions désagréables jusque-là, je ne tiens pas à ce qu'elles se mettent à surgir sans que je me concentre pour les appeler. Si cela se produisait régulièrement, je finirais dans un asile.

— Bon, puisque nous ne pouvons vraiment rien faire d'utile dans l'immédiat, mieux vaut essayer d'oublier, suggéra Max. Tu as besoin de boire quelque chose.

— J'ai bu de l'eau.

— De l'eau ? Tu plaisantes. Je pensais à un truc plus fort.

— A une heure pareille ?

— Ce n'est même pas le matin. Nous nous sommes couchés tôt, souviens-toi. Il y avait à peine une demi-heure que nous dormions.

Elle regarda le réveil qui indiquait vingt-trois heures dix.

— Je croyais que cela faisait des heures !

— Quelques minutes, tu veux dire. Bon, vodka et tonic ?

— Non, plutôt un scotch si tu me tiens compagnie.

Max alla chercher l'alcool, les verres et des glaçons sur une petite table près de la fenêtre. Malgré sa haute stature, Max se déplaçait avec la souplesse et la grâce silencieuses d'un félin. Il faisait tout avec beaucoup d'élégance, y compris le simple geste de préparer un cocktail. Le mot « gauche » n'avait pas été créé à son intention, songeait Mary en l'observant.

Il revint s'asseoir près d'elle sur le lit :

— Tu crois que tu vas te rendormir ?
— J'en doute.
— Tiens, bois ça.
Elle sirota son scotch qui lui brûlait la gorge.
— Qu'est-ce qui t'inquiète à l'instant ? demanda-t-il.
— Rien.
— Je le vois bien. C'est ton cauchemar ?
— Non.
— Ecoute, ça ne sert à rien de se tracasser. En tout cas, tâche de ne pas voir un éléphant bleu au sommet d'une pièce montée.
Elle le regarda, tout interloquée, et il ajouta avec un large sourire :
— Alors, qu'est-ce qui te préoccupe maintenant ?
— Devine ? Un éléphant bleu au sommet d'une pièce montée, bien sûr.
— Tu vois, j'ai réussi à te faire oublier ta vision.
Elle rit franchement cette fois. Max avait toujours l'air tellement sérieux que ses plaisanteries surprenaient.
— A propos de bleu... ta robe de chambre te va à ravir, dit-il.
— Je l'ai déjà portée.
— Je sais. Et à chaque fois je te trouve éblouissante.
Elle l'embrassa doucement, effleurant ses lèvres du bout de sa langue puis se reculant, par taquinerie.
— Oui, éblouissante, reprit-il, mais tu le serais dix fois plus sans rien.
Il posa son verre près de l'autre sur la table de chevet, et dénoua lentement la ceinture de la robe de chambre qui s'entrouvrit.
Mary sentit un frisson de plaisir courir sur sa peau nue au contact de l'air frais. Elle devenait soudain une chose tendre et fragile, qui avait besoin de Max. Et les larges mains de Max se firent légères pour effleurer lentement les seins de Mary, les saisir, les pétrir avec douceur. Il s'agenouilla devant elle, plongea son visage dans le creux de la poitrine offerte, et baisa les pointes dressées, tandis qu'elle lui prenait la tête entre ses mains et passait ses

doigts dans les cheveux épais et brillants. Alan était injuste envers Max, songea-t-elle.

Elle s'étendit sur le lit, et il laissa ses lèvres courir sur le ventre ferme et tendu, le long des cuisses, sa langue titillant délicatement le sexe humide. Puis il glissa ses mains sous le bassin de la jeune femme, pour le soulever légèrement.

Ses murmures de plaisir croissaient et décroissaient comme un déferlement d'ondes insaisissables, et Max releva la tête pour lui dire doucement :

— Je t'aime.

— Alors, fais-moi l'amour.

Il enleva son peignoir et la rejoignit sur le lit.

Ils s'arrêtèrent vers minuit, épuisés et encore sous le charme de cette fusion totale. Elle ferma les yeux, avec l'agréable impression de se trouver en apesanteur. Curieusement, elle prenait encore plus conscience de son corps après l'accouplement.

Mais quelques instants plus tard, le souvenir de sa vision lui revint brutalement. Des visages ensanglantés, mutilés, sur l'écran noir de ses paupières closes, des scènes de carnage. Lorsqu'elle ouvrit les yeux, la pièce plongée dans l'obscurité semblait hantée de formes étranges. Elle ne voulait pas réveiller Max, mais ne cessait de se tourner et de se retourner dans le lit, au point qu'il finit par allumer la lampe de chevet.

— Tu as besoin d'un calmant, décida-t-il.

— Je vais aller en prendre un.

— Non. Ne te lève pas.

Il revint avec un verre d'eau et une de ces pilules qu'elle prenait un peu trop fréquemment depuis quelque temps.

— Je ne devrais peut-être pas la prendre après mon scotch.

— Tu n'en as bu que la moitié.

— Mais j'avais bu de la vodka avant.

— Tu l'as déjà éliminée, ne t'inquiète pas.

Elle avala le sédatif qui resta dans sa gorge et qu'elle dut faire glisser avec un autre verre d'eau.

Max se recoucha et prit la main de Mary, la gardant jusqu'à ce que le sommeil fût venu.

Et tandis qu'elle flottait doucement vers la perte de conscience, la certitude qu'Alan était très injuste envers Max la submergea.

6

Mardi 22 décembre

— ICI le poste de police d'Anaheim.
— Vous faites partie de la police, mademoiselle ?
— Je suis la standardiste.
— Je désirerais parler à un de vos officiers.
— Vous voulez porter plainte ?
— Oh non, rien de personnel. Je n'ai pas à me plaindre de la police, au contraire, j'admire son travail.
— Quelle est la raison de votre appel ? Un vol ? Un crime ?
— Je ne suis pas très sûre. Il s'est passé quelque chose d'étrange.
— Quel est votre nom ?
— Alice Barnable.
— Votre adresse ?
— Appartement B dans l'immeuble Peregrine, Euclid Avenue.
— Ne quittez pas, je vous passe un responsable de service.
— Allô, ici le sergent Erdman.
— Vous êtes vraiment sergent ?
— Qui êtes-vous, madame ?
— Je m'appelle Alice Barnable.
— Que puis-je faire pour vous ?
— Vous êtes bien sergent, c'est vrai ? Votre voix paraît si jeune !

— Ecoutez madame, je suis dans la police depuis vingt ans et...

— Moi j'ai soixante-dix-huit ans, et je ne suis pas gâteuse...

— Je n'ai jamais dit cela, madame.

— Vous savez, on nous traite tellement souvent comme des enfants, nous autres du troisième âge !

— Eh bien pas moi, madame. J'ai une mère âgée de soixante-quinze ans qui a un esprit plus vif que le mien.

— Bon, en tout cas il faut que vous croyiez ce que je vais vous dire.

— Je vous écoute.

— Il y a quatre infirmières qui vivent dans l'appartement au-dessus du mien, et je sais qu'il leur est arrivé quelque chose de grave mais je n'en sais pas plus. Je leur ai téléphoné plusieurs fois, personne ne répond.

— Qu'est-ce qui vous fait penser qu'elles ont eu des ennuis ?

— Il y a une flaque de sang dans ma seconde salle de bains.

— Le sang de qui ? Je ne vous suis pas bien.

— Voyez-vous, les tuyauteries d'eau qui alimentent l'appartement du dessus ne sont pas encastrées dans le mur et montent dans un angle de ma salle de bains. Attention, n'allez pas vous imaginer que j'habite un immeuble sordide. Les tuyaux sont peints en blanc et on les remarque à peine. Le bâtiment est ancien, mais a une certaine classe, plutôt dans le genre original que bon marché. Mon Charlie m'a laissé assez d'argent pour vivre à l'aise.

— J'en suis certain, madame. Alors, le sang ?

— Les tuyaux traversent le plafond, et le passage est d'un diamètre un peu plus grand, peut-être un demi-centimètre tout autour. Pendant la nuit, du sang a coulé par cet espace, les tuyaux portent des traînées tout le long et il y a une tache gluante sur mon carrelage.

— Vous êtes sûre que c'est du sang, et pas de l'eau colorée par de la rouille ou quelque chose...

— Vous êtes en train de me traiter comme une enfant, inspecteur.

— Excusez-moi.

— Je sais reconnaître du sang. Alors je me suis dit... je me suis demandé si vos gens ne devraient pas venir jeter un coup d'œil là-haut, sans tarder.

Les agents Stambaugh et Pollini trouvèrent la porte de l'appartement entrebâillée et tachée d'empreintes de sang séché.

— Tu crois qu'il est encore là ? demanda Stambaugh.

— On ne sait jamais. Couvre-moi.

Pollini entra, revolver au poing et son collègue sur les talons. Le living, sans luxe mais agréable, avait un mobilier en osier et rotin, des murs blancs ornés de gravures aux couleurs vives représentant des villages indigènes, des palmiers, des filles à la peau brune, les seins nus, en sarong bayadère.

Ils trouvèrent le premier corps dans la cuisine. Une jeune femme en pyjama noir et vert, qui gisait sur le dos, ses longs cheveux blond paille étalés en éventail autour de sa tête, avec quelques mèches collées par du sang séché. Elle avait été poignardée, et le visage frappé à coups de pied.

— Bon Dieu ! s'écria Stambaugh.

— C'est quelque chose ça, hein ?

— Ça ne te fait rien à toi ?

— Bah, c'est du déjà vu.

Pollini montra du doigt le plan de travail près de l'évier, où traînaient une assiette de carton, deux tranches de pain, du fromage et un pot de moutarde.

— Des indices ? demanda Stambaugh.

— Elle a dû se réveiller au milieu de la nuit, une insomnie peut-être, et elle était occupée à se faire un petit casse-croûte quand il est entré. Apparemment elle ne s'est pas défendue. Donc il l'a surprise, ou alors elle le connaissait et avait confiance.

— Tu crois qu'on ne ferait pas mieux de se taire ? demanda Stambaugh.

— Et pourquoi donc ?

Stambaugh se contenta d'un geste en direction des autres pièces.

— Le meurtrier ? Crois-moi, il y a longtemps qu'il a filé.

Stambaugh avait une grande admiration pour son collègue. Il avait huit ans de moins que Pollini et n'était dans la police que depuis six mois alors que l'autre avait sept ans d'ancienneté, et possédait toutes les qualités d'un parfait représentant de l'ordre, intelligence, courage, et expérience sur le terrain.

Plus important encore, Pollini s'acquittait de sa tâche sans se laisser impliquer. La vue de cadavres mutilés ne lui arrachait pas un battement de paupières, pas même s'il s'agissait d'enfants, victimes pourtant des plus émouvantes. Pollini était un véritable roc. Mais en dépit de ses efforts pour ressembler à son modèle, Stambaugh se sentait malade à la vue de trop de sang.

— Allons, viens, dit Pollini qui le précéda, retraversant l'entrée pour s'introduire dans la salle de bains où un éclairage cru tombait sur la céramique éclaboussée de sang et sur le dessus de la coiffeuse, affreusement maculé.

— Cette fois-ci, il y a eu lutte, remarqua Stambaugh.

— Rapide. Ça n'a pas dû dépasser quelques secondes.

Une autre jeune femme vêtue seulement d'un slip gisait en position fœtale dans un coin, la poitrine, le ventre, le dos et les fesses lacérés d'une cinquantaine de coups de couteau, ou plus. Son sang formait une flaque autour des tuyaux qui descendaient dans l'appartement d'Alice Barnable au premier étage.

— C'est drôle, fit Pollini.

— Drôle ? répéta Stambaugh qui n'avait jamais vu une boucherie pareille et était incapable de concevoir le fonctionnement du cerveau dérangé qui l'avait voulue.

— C'est drôle qu'il n'en ait violé aucune, acheva Pollini.

— Il aurait dû, normalement ?

— Ce genre de cinglé le fait neuf fois sur dix.

De l'autre côté de l'entrée la chambre d'amis contenait deux lits non défaits, mais pas de corps. C'est dans la chambre principale qu'ils trouvèrent le cadavre nu d'une rousse sur le lit le plus proche de la porte, la gorge tranchée.

— Pas de signe de lutte, constata Pollini. Il l'a trouvée endormie et ne l'a pas violée non plus, apparemment.

Stambaugh acquiesça en silence, la gorge serrée. Les deux occupantes de cette chambre devaient être catholiques pratiquantes sinon dévotes, car plusieurs objets de culte jonchaient le sol. Un crucifix, du moins ce qu'il en restait, était tombé près de la table de chevet de la rousse, la croix de bois cassée en quatre morceaux, la statuette du Christ, en aluminium, pliée à la taille, la couronne d'épines touchant les pieds nus, et la tête tordue semblait regarder par-dessus son épaule.

— Ça n'a pas été cassé accidentellement, nota Pollini penché sur les restes du crucifix. L'assassin l'a décroché du mur et s'est acharné à le mettre en pièces.

Deux autres statuettes religieuses à l'origine sur la coiffeuse avaient également été brisées, certains fragments réduits en poussière à coups de talons qui avaient laissé leur empreinte de plâtre blanc sur la moquette.

— Il a vraiment quelque chose contre les catholiques celui-là, fit remarquer Pollini. Ou contre la religion en général, en tout cas.

Stambaugh le suivit à contrecœur vers le deuxième lit où gisait la quatrième victime, poignardée à plusieurs reprises et étranglée avec un chapelet. De son vivant elle avait dû être très belle car même à présent, nue et froide, les cheveux collés par le sang, le nez cassé, un œil fermé par les paupières tuméfiées, le visage couvert d'ecchymoses déjà violacées, on retrouvait pourtant des vestiges de sa beauté. Vivante, ses yeux bleus devaient être transparents comme des lacs de montagne ; lavés et brossés avec soin, ses cheveux devaient être épais et soyeux. Elle avait de longues jambes fuselées, une taille fine, un ventre plat et des seins charmants.

J'ai déjà croisé ce genre de beauté, songea tristement Stambaugh. Elle devait marcher les épaules bien en arrière, fière de son corps, et exprimant sa joie de vivre à chaque pas.

— Elle était infirmière, constata Pollini.

Stambaugh aperçut l'uniforme et la coiffe disposés sur une chaise près du lit, et sentit ses jambes fléchir.

— Qu'est-ce qu'il y a, ça ne va pas ?

Stambaugh se racla la gorge avant de répondre en hésitant :

— Euh… c'est que… ma sœur est infirmière, elle aussi.

— Bon, mais cette fille n'est pas ta sœur.

— Je sais, mais elle est du même âge.

— Et tu la connais ? Elle travaillait avec ta sœur ?

— Non, je ne la connais pas du tout.

— Alors, qu'est-ce qui t'ennuie ?

— Ça aurait pu être ma sœur, c'est tout.

— Ne me dis pas que tu craques !

— Ça va aller.

— Tu t'y feras, tu verras.

Stambaugh ne répliqua pas.

— Tiens, celle-là s'est fait violer, remarqua Pollini.

Stambaugh déglutit avec peine, pris de malaise.

— Tu vois, là ? lui dit Pollini.

— Quoi ?

— Sur les poils du pubis, c'est du sperme.

— Bon Dieu !

— Je me demande s'il l'a prise avant ou après.

— Avant ou après quoi ?

— De la tuer.

Stambaugh se précipita dans la salle de bains, s'agenouilla devant la cuvette des W.-C. et vomit. Lorsque les contractions de son estomac eurent cessé, il comprit que ces dix minutes lui avaient appris quelque chose d'important sur lui-même. Contrairement à ce qu'il avait cru ce matin-là, il ne désirait plus devenir comme Ted Pollini. Jamais.

7

MARY finissait de s'habiller quand Max revint dans la chambre. Il était onze heures trente. Il l'embrassa légèrement sur les lèvres, et elle pensa qu'il sentait bon le savon, la lotion après-rasage, et le tabac de pipe parfumé à la cerise qu'il préférait aux autres.

— Tu es allé faire un tour ? demanda-t-elle.

— Depuis quand es-tu réveillée ?

— Une heure seulement.

— Je me suis levée à huit heures et demie.

— Eh bien, j'ai dormi dix heures d'affilée ! Quand j'ai fini par m'arracher du lit j'étais encore complètement abrutie. Je n'aurais jamais dû prendre un sédatif après avoir bu de l'alcool.

— Tu en avais grand besoin.

— Mais pas de me sentir dans cet état ce matin !

— Tu as l'air en pleine forme maintenant.

— Alors, où étais-tu passé ?

— Au café, en bas. J'ai mangé quelques toasts, et bu un jus d'orange en lisant les journaux.

— As-tu lu quelque chose au sujet de ma vision d'hier soir ?

— Il y a un bel article dans le journal local. Toi et Barnes prenant l'Egorgeur au piège. Ils annoncent aussi que l'état de Goldman n'est plus inquiétant.

— Je ne parlais pas de cette affaire mais des jeunes femmes sauvagement assassinées, dans ma vision.

— Non, rien à ce sujet dans la presse.

— Ce sera dans l'édition du soir.

Le visage de Max s'assombrit, et il posa une main réconfortante sur l'épaule de Mary.

— Il faut te détendre un peu, laisser ton esprit au repos. Ne t'embarque pas dans cette nouvelle affaire, Mary. Essaie d'oublier. S'il te plaît, fais-le pour moi.

— Je n'y arriverai jamais, répondit-elle tristement car elle souhaitait de toutes ses forces ne plus y penser.

Avant de quitter la ville ils s'arrêtèrent dans une boutique d'électroménager, et choisirent une cuisinière et un four à micro-ondes pour Dan Goldman.

Plus tard sur l'autoroute, ils prirent la sortie à Ventura pour déjeuner dans un restaurant qu'ils connaissaient et où ils commandèrent des salades composées, des cannellonis, et une bouteille de cabernet sauvignon. De leur table ils contemplaient l'océan aux vagues hautes et serrées, immense miroir couleur d'ardoise où se reflétait un ciel tourmenté. Quelques mouettes volaient en piqué au-dessus de la grève.

— Ça va être bon de se retrouver chez soi, dit Max. On devrait arriver à Bel Air avant deux heures.

— Si tu conduis à cette allure nous y serons bien avant !

— Nous pourrions pousser jusqu'à Beverly Hills et faire quelques achats pour Noël ?

— Puisque nous arriverons assez tôt, je préférerais aller voir mon analyste. J'ai rendez-vous à quatre heures et demie, et j'ai manqué beaucoup trop de séances ces derniers temps. Je ferai les courses demain. D'ailleurs je n'ai pas encore réfléchi aux cadeaux, et je n'ai pas la moindre idée en ce qui te concerne...

— Je comprends ton problème. Je suis un homme qui possède déjà tout.

— Ah bon ?

— Bien sûr, puisque je t'ai !

— Ça, c'est vraiment à l'eau de rose.

— Mais je le pense sincèrement.

— Tu vas me faire rougir.

— Avec toi, c'est facile.

— Je me sens déjà les joues en feu, dit-elle en portant

la main à son visage. Je voudrais bien pouvoir me contrôler.

— Et moi je suis ravi que tu n'y arrives pas, car tu es adorable ainsi. Une vraie petite fille.

— Moi, une petite fille ?

— Oui, pure et candide.

— Tu te souviens de moi au lit cette nuit ?

— Comment oublier !

— Et tu appelles ça de la candeur ?

— C'était le paradis !

— Oui, pas très candide tout ça.

— Tu vois, tu rougis encore.

— Oh, bois ton vin et tais-toi.

— Je t'assure, tu rougis.

— C'est le vin, voilà.

— Tu rougis...

— Arrête maintenant, fit-elle en riant.

Quand ils en furent aux glaces et au café Mary lança :

— Que penses-tu de l'adoption ?

— Nous sommes trop vieux pour trouver des parents à présent, plaisanta-t-il en secouant la tête d'un air désespéré. Qui voudrait d'enfants aussi grands que nous ?

— Allons, sois sérieux un peu.

Il la regarda longuement, reposa sa cuiller pleine de glace et demanda d'un ton incrédule et ravi :

— Tu penses sérieusement que toi et moi pourrions... adopter un enfant ?

— Nous avions parlé d'avoir des enfants ensemble, reprit-elle encouragée. Mais comme je ne pourrai jamais en avoir...

— Pourquoi ? Il ne faut pas désespérer.

— Non. Le docteur a été formel à ce sujet.

— Les docteurs se trompent parfois, c'est connu.

— Il y a trop de choses qui ne vont pas en moi. Je n'aurai jamais d'enfant, Max, jamais.

— Une adoption... répéta Max d'un air rêveur en dégustant son café. Oui, ce serait une belle chose, admit-il avec un large sourire. Une jolie petite fille...

— Je pensais à un petit garçon.

— Voilà un désaccord apparemment insoluble.

— Mais non, répliqua-t-elle vivement. Il suffit d'adopter une fille *et* un garçon...

— Tu as vraiment pensé à tout, hein ?

— Max, mon idée te plaît, je le vois bien. On pourrait aller dans une agence cette semaine, et si...

— Pas si vite, coupa-t-il moins souriant tout à coup. Nous ne sommes mariés que depuis quatre mois. Rien ne presse. Il faut apprendre à mieux se connaître, soi-même et mutuellement. Alors, nous serons prêts pour avoir des enfants.

— Et combien de temps cela prendra-t-il à ton avis ? demanda-t-elle, visiblement déçue.

— Le temps qu'il faudra... six mois... un an peut-être.

— Ecoute-moi, Max. Je te connais bien, et tu me connais. Nous sommes intelligents, sensés, et ne manquons pas d'argent. Que nous faut-il de plus pour être de bons parents ?

— Une certaine paix intérieure.

— Tu ne te lances plus dans des bagarres, maintenant. Tu as trouvé ta paix intérieure.

— A moitié seulement. Et toi tu te trouves confrontée à un certain nombre de problèmes.

— Dis-moi donc lesquels, lança-t-elle d'un ton provocant, bien que connaissant déjà la réponse.

— Il faut absolument que tu assumes ce qui s'est passé il y a vingt-quatre ans, que tu te rappelles ce que tu as jusque-là banni de ta mémoire... tout ce que cet homme t'a fait quand tu avais six ans, tous les détails de l'agression que tu as subie. Tant que tu n'y parviendras pas, tu auras des cauchemars, te ne trouveras jamais la paix si tu ne réussis pas à affronter ces souvenirs pour les exorciser.

— Je n'ai pas besoin de cela pour être une bonne mère, il me semble.

— Moi je crois que si.

— Mais il y a tant d'enfants sans foyer, sans espoir et sans avenir, Max... nous pourrions tout de suite offrir à deux d'entre eux un...

— Voilà que tu te prends pour Atlas, une fois de plus, coupa-t-il en lui prenant la main. Je te comprends, Mary. J'ai trouvé en toi plus d'amour qu'en n'importe quelle personne que je connais. Et tu veux le partager, l'offrir. C'est même ce qui donne un sens à ta vie. Je t'ai promis que tu en aurais l'occasion. Mais l'adoption est une grave décision, et nous ne la prendrons que quand nous serons vraiment prêts.

Elle ne pouvait pas se fâcher, et se contenta de dire en souriant :

— J'arriverai à user ta résistance, je te le jure.

— C'est bien probable, soupira-t-il.

***

Mary n'aimait pas la vitesse en voiture. Son père était mort dans un accident. Elle avait alors neuf ans, et se trouvait elle aussi dans le véhicule. Pour elle, c'était une machine perfide et dangereuse.

Elle ne supportait la vitesse que lorsque Max était au volant. Alors seulement elle arrivait à se détendre, et même à éprouver une certaine excitation en regardant le paysage défiler à travers la fenêtre. Max était son ange gardien, qui veillait sur elle et savait la protéger. Rien de grave ne pouvait lui arriver quand elle était avec lui.

Il prenait plaisir à conduire la Mercedes à des vitesses qui mettaient à l'épreuve son adresse, et aussi son habileté à éviter les contraventions. Il aimait la voiture autant que sa collection d'armes, et il conduisait avec la même concentration que lorsqu'il faisait l'amour. Dans les longues lignes droites sur l'autoroute, son attention rivée sur la voiture qui le suivait et sur l'asphalte qui s'élançait à leur rencontre, il n'avait guère envie de parler. Silencieux et courbé sur le volant, il ressemblait à un prédateur à l'affût.

Dans ces moments-là, Mary remarquait sans peine ce goût du risque, de l'action et de la violence, qui avait entraîné Max dans des dizaines de bagarres. Curieusement d'ailleurs, cette facette de sa personnalité ne l'effrayait pas, et elle le trouvait au contraire plus attirant que jamais.

Ils fonçaient maintenant vers Los Angeles à 150 km à l'heure.

*
**

La maison Tudor de dix-huit pièces dans Bel Air avait une élégante majesté, à l'ombre bienvenue des arbres. Le domaine d'un hectare avait coûté à Mary tout ce qu'elle avait gagné grâce à ses deux premiers best-sellers, mais elle n'avait jamais regretté cet achat.

Max arrêta la voiture dans l'allée circulaire, et Emmet Churchill sortit pour les accueillir. Il avait soixante ans, des cheveux gris, et une moustache soigneusement taillée. Lui et sa femme avaient passé fort agréablement leur existence au service des autres.

— Avez-vous fait bon voyage, Mr Bergen ? demanda-t-il.

— Excellent, répondit Max. J'ai poussé l'engin jusqu'à 200 à l'heure, ou presque, sur quelques kilomètres, et Mary n'a même pas hurlé.

— Moi je l'aurais fait ! avoua Emmet.

— Alan n'est pas là ? demanda Mary qui s'attendait à voir une autre Mercedes dans l'allée.

— Il est passé prendre des vêtements, mais il avait hâte de commencer ses vacances.

Mary était déçue, ayant espéré le convaincre une fois encore que lui et Max arriveraient à s'entendre si chacun y mettait du sien.

— Comment va Anna ? demanda-t-elle à Emmet.

— On ne peut mieux. Dès votre coup de téléphone ce matin elle s'est mise aux préparatifs du dîner. Elle est dans la cuisine.

— Max va faire un brin de toilette et ira ensuite à Beverly Hills faire des courses, dit Mary. Il faudrait sortir nos bagages de la Mercedes avant qu'il la reprenne.

— Je vais m'en occuper tout de suite.

— Pourriez-vous aussi sortir ma voiture du garage, ajouta-t-elle en se dirigeant vers la porte d'entrée. J'ai un rendez-vous chez le docteur Cauvel à quatre heures et demie et j'aimerais...

L'homme marchait sur elle, d'un air farouchement implacable... la force du coup... le couteau s'enfonçait profondément dans son ventre, la lame tordue dans la plaie béante, les chairs déchirées... le sang jaillissait, la douleur explosait... et puis l'obscurité... le néant...

*
**

Elle reprit connaissance au moment où Max la déposait sur le lit de la grande chambre du deuxième étage. Elle s'accrocha à lui, agitée de tremblements convulsifs.

— Ça va mieux ? demanda doucement Max.

— Serre-moi fort.

— Remets-toi. C'est fini maintenant.

Blottie contre lui, elle sentait les battements forts et réguliers de son cœur.

— J'ai soif, dit-elle au bout d'un moment.

— Tu n'as mal nulle part ? Tu ne veux pas que j'appelle un docteur ?

— Non. Donne-moi seulement de l'eau.

— Tu sais que tu as perdu complètement connaissance.

— Ça va très bien à présent.

Il revint de la salle de bains avec un grand verre d'eau, et l'aida à s'asseoir sur le lit, tenant toujours le verre et le levant au fur et à mesure qu'elle buvait, la maternant comme un enfant malade.

— Raconte-moi ce qui s'est passé, demanda-t-il quand elle eut fini.

Elle s'installa plus confortablement, appuyant sa tête contre le bois du lit.

— Encore une vision que je n'avais pas recherchée, mais... différente de toutes les autres.

Elle avait dû pâlir à nouveau car il s'empressa de dire :

— Calme-toi. C'est fini.

Max était parfait, merveilleux. Si fort, si solide. Elle se détendit un peu, simplement grâce à ses paroles.

— Je n'ai pas seulement vu cette scène d'horreur. Je l'ai vécue, cette fois. Le couteau... j'ai senti le couteau pénétrer dans ma chair, m'éventrer...

Elle posa la main sur son ventre, qui ne portait aucune blessure, pas même une ecchymose. La peau était lisse et bien tendue.

— Attends, je voudrais bien comprendre. Tu t'es vue poignardée ?

— Non.

— Alors, qu'as-tu vu ?

Elle se leva, refusant d'un geste d'être soutenue, et alla jusqu'à la fenêtre où elle embrassa du regard la grande piscine derrière la demeure principale, la pelouse magnifiquement entretenue, et le petit bâtiment où logeaient les Churchill à l'autre bout de la propriété. Ce spectacle d'une réalité familière et agréable aurait dû l'apaiser, mais la vision obsédante l'emporta.

— J'ai vu une autre femme, et j'ai ressenti sa douleur physique comme s'il s'agissait de moi.

— Ça ne t'était jamais arrivé jusque-là.

— Non. C'est la première fois.

— As-tu entendu parler de ce transfert de sensations chez un autre clairvoyant, comme Hurkos, Croiset ou Dykshoorn ?

— Non, jamais, répondit-elle en tournant le dos à la fenêtre. Qu'est-ce que tout cela signifie, Max ? Que va-t-il m'arriver ?

— Rien du tout, je t'assure, dit-il tendrement.

Convaincu à présent qu'elle allait bien, il entreprit avec douceur de lui poser les questions susceptibles de la guider au cours d'une vision, ou à travers les souvenirs qui lui en restaient.

— Ce que tu as vu est déjà passé ?

— Non, pas encore.

— Et cette femme qui va être poignardée... serait-ce une des victimes de ton cauchemar d'hier soir ?

— Pas du tout.

— As-tu pu voir son visage, avec netteté ?

— Oui, mais très brièvement.

Mary était assise dans un fauteuil à oreillettes près de la fenêtre, et ses mains pâles, presque diaphanes, se détachaient étrangement sur le brun du velours frappé. Elle se sentait soudain plus légère que l'air, comme si sa vie n'était plus qu'un souffle ténu qui allait en disparaissant.

— Essaie de me décrire cette jeune femme.

— Elle est jolie.

— Des cheveux de quelle couleur ? demanda-t-il en arpentant la pièce.

— Brun foncé.

— Les yeux ?

— Verts... ou bleus.

— Elle est jeune ?

— Oui. Mon âge environ.

— Une idée de son nom ?

— Aucune. Mais j'ai l'impression de l'avoir déjà vue.

— C'est ce que tu pensais aussi d'une des victimes d'hier.

Elle acquiesça en silence.

— Qu'est-ce qui te le fait croire ?

— Rien de précis. C'est une simple impression.

— Et le lieu du crime est le même que dans ta vision d'hier ?

— Non. Cette femme va être assassinée... dans un salon de coiffure.

— Tu en es certaine ?

— Oui, tenu par un homme.

— Et lui, que va-t-il lui arriver ?

— Il sera tué lui aussi.

— D'autres victimes ?

— Une autre femme.

Elle éprouvait des sensations très vives pendant les quelques secondes de ce défilé d'imagerie mentale, et à chaque nouvelle image resurgissait le souvenir atroce des coups de couteau qu'elle avait psychiquement reçus en même temps que la victime.

— Et le nom de ce salon ?

— Je l'ignore.

— Tu as une idée de l'adresse ?

— Non, mais ce n'est pas loin d'ici.

— Dans le Comté d'Orange aussi ?

— Oui.

— Une ville précise ?

— Non, je ne vois pas.

Max poussa un soupir déçu, et s'assit dans un fauteuil face à Mary. Puis il reprit les questions.

— Est-ce que le meurtrier est le même que celui de ta vision d'hier ?

— Oui, sans le moindre doute.

— C'est donc un malade mental, un de ces obsédés du crime qui va récidiver, qui va tuer quatre ou cinq personnes dans un endroit et trois dans un autre, apparemment.

— Et ce n'est peut-être que le début, ajouta-t-elle dans un murmure.

— Tu pourrais me décrire cet homme ?

— Non, je ne le vois pas.

— Sa taille au moins ? Grand, petit ?

— Je n'en sais rien.

— Son nom ?

— Je voudrais bien le connaître !

— Quel âge, environ ?

— Je ne le sais pas non plus.

L'air dans la pièce était devenu étouffant, et Mary se leva pour ouvrir la fenêtre.

— Si tu n'as pas d'image de l'assassin comment peux-tu affirmer qu'il s'agit du même dans les deux visions ? demanda Max.

— Par prescience. Je le *sais*, c'est tout.

Elle se rassit, face à la fenêtre, se sentant toujours aussi fragile et légère, s'imaginant très facilement emportée par la brise. Ces récentes visions involontaires l'avaient vidée d'une grande partie de son énergie, et elle ne pourrait certainement pas en supporter beaucoup d'autres de ce genre sa vie entière.

Bientôt, je n'aurais même pas besoin d'une tornade comme Dorothy (1) pour me transporter à Oz, songeait-elle. Un souffle d'air suffira.

— Que peut-on faire pour empêcher ce fou de tuer ?

— Rien.

— Alors, essayons d'oublier pour l'instant.

— Tu sais ce qui me fait le plus souffrir ? Quand je me sens mal, au point de ne plus avoir le goût de vivre ?

Il attendit la suite, remarquant la nervosité de Mary qui

(1) L'héroïne du film « Le Magicien d'Oz ».

ne cessait d'ouvrir et de fermer ses mains posées sur ses genoux.

— C'est quand une chose horrible va arriver, mais que je n'en sais pas suffisamment pour intervenir à temps. J'ai reçu ce don, mais il n'est pas sans entraves. Pourquoi ne suis-je pas capable de brancher et de couper mon écran mental comme un simple téléviseur ? Et pourquoi mes visions deviennent-elles floues juste à l'instant où je les voudrais tellement nettes ? C'est une torture pour moi, et aussi une sinistre farce. Beaucoup de gens vont mourir parce que je n'arrive pas à voir clairement certains détails. J'en ai marre, marre !

Elle se leva d'un bond et se dirigea d'un pas nerveux vers le téléviseur qu'elle se mit à allumer et à éteindre avec assez de violence pour briser le commutateur.

— Tu ne dois pas te sentir responsable de ces visions, Mary.

— Mais je ne peux m'en empêcher !

— Il faut que tu changes d'attitude.

— C'est impossible, je n'y arriverai jamais.

Il se leva à son tour et la rejoignit pour lui enlever la main du boîtier de contrôle.

— Si tu allais faire un brin de toilette, et puis je t'emmènerais faire du lèche-vitrines. Ça te changerait les idées.

— Non, j'ai mon rendez-vous avec le docteur Cauvel.

— Mais seulement dans deux heures et demie...

— Vas-y seul. Je n'ai pas le cœur d'aller faire des achats aujourd'hui. J'irai demain.

— Je ne veux pas te laisser seule ici.

— Mais il y a Anna et Emmet.

— Et puis, il vaudrait mieux que tu ne conduises pas.

— Pourquoi ?

— Suppose que tu aies une autre crise au volant ?

— Si tu y tiens, Emmet me conduira.

— Que vas-tu faire jusqu'à l'heure de ton rendez-vous ?

— Ecrire un article, par exemple.

— On en a déjà envoyé une pile aux journaux la semaine dernière. Cela en fait presque une vingtaine d'avance.

Bien qu'encore mal à l'aise, elle répondit d'un ton léger.

— Vingt d'avance... parce que tu en as écrit une quinzaine ! Il est temps que j'apporte ma contribution. De toute façon, un de plus ne fera pas de mal.

— Tu trouveras des notes sur mon bureau au sujet d'une femme en Caroline du nord qui peut prédire le sexe des futurs nouveau-nés par imposition des mains sur le ventre de la mère. Ils étudient son cas à Duke University.

— Eh bien, voilà mon sujet tout trouvé.

— Enfin, si vraiment tu es décidée...

— Absolument. Toi, va donc faire le tour des boutiques les plus chics et les plus chères pour me trouver de fabuleux cadeaux de Noël...

— Mais... j'ai déjà fait mon choix au Prisunic du coin, déclara-t-il en réprimant un sourire.

— Ah bon ? Alors tu comprendras que je ne t'offre qu'un bon à valoir pour des hamburgers chez MacDonald.

Il feignit la déception, avant d'ajouter :

— Evidemment, je peux toujours passer chez Gucci et ailleurs prendre quelques articles qui iront avec ce que j'ai déjà acheté au Prisunic.

— D'accord. Dans ce cas je te permettrai de dormir avec moi ce soir, au lieu de te laisser sur le canapé.

Il éclata de rire, et l'embrassa avec fougue.

— Encore... c'est si bon, dit-elle.

Elle se savait aimée, et ce sentiment compensait un peu l'horreur des derniers jours.

8

DÈS l'entrée dans le cabinet du docteur Cauvel, le regard était attiré par une fascinante collection de chiens en verre disposés sur des étagères également en verre et aux montants chromés, ornant un panneau entier près de sa table de travail. Pas un des éléments de cette ménagerie n'était plus grand que la main, et beaucoup nettement plus petit. Des chiens bleus, marron, rouges, incolores, d'un blanc laiteux, noirs, orangés, jaunes, violets, verts, transparents ou opaques, rayés, tachetés, en verre soufflé ou plein. Certains couchés, d'autres assis, debout, à l'arrêt ou en pleine course. Des bassets, des lévriers, des airedales, des bergers allemands, des pékinois, des terriers, des saint-bernard et encore une bonne dizaine d'autres races. Une chienne avec sa portée de chiots trônait à côté d'un groupe humoristique de chiens musiciens jouant de leurs minuscules instruments de verre, flûtes, tambours et trompettes. Quelques sujets étranges se détachaient de ce zoo silencieux : des molosses aux babines retroussées, des démons à face de chien et à la langue fourchue...

Même sur la personne du docteur, petit mais athlétique et soigné à l'extrême, le verre était l'élément le plus frappant : il portait d'épaisses lunettes qui lui agrandissaient anormalement les yeux et qu'il astiquait avec une obstination constante.

Mary et le docteur étaient assis face à face devant une table de bridge au milieu de la pièce, et le psychiatre battait un jeu de cartes. Il en disposa ensuite dix sur une même rangée, face cachée. Puis il tendit à Mary un fil métallique d'une quinzaine de centimètres formant une boucle, qu'elle promena lentement au-dessus des cartes. A deux reprises la boucle descendit vers la table, comme tirée par des doigts invisibles. Au bout d'une minute à peine, Mary reposa le fil et désigna deux des dix cartes.

— Voilà les plus fortes de cette rangée, dit-elle.

— Quelles valeurs ?

— Il y a un as, je crois.

— De quelle couleur ?

— Ça, je ne sais pas.

Il retourna les deux cartes qui étaient respectivement un as de trèfle et une dame de cœur. Mary se détendit, satisfaite, tandis que le docteur retournait les autres dont la plus forte était un valet.

— Incroyable ! s'écria-t-il. C'est une des expériences les plus difficiles que nous ayons tentées jusque-là et sur dix essais vous en avez réussi neuf. Vous n'avez jamais pensé aller tenter votre chance à Las Vegas ?

— Pour faire sauter la banque au vingt-et-un ?

— Et pourquoi pas ?

— Oui, mais il faudrait qu'ils étalent les cartes et me permettent d'utiliser mon fil avant de distribuer !

— Peu probable, reconnut le docteur avec un sourire aussi mesuré que l'étaient ses moindres gestes et expressions.

Depuis deux ans les rendez-vous de Mary chez le docteur Cauvel étaient fixés au mardi et au vendredi de quatre heures et demie à six heures, et elle était sa dernière cliente de la journée. Ils consacraient les trois premiers quarts d'heure à des expériences sur les perceptions extra-sensorielles en vue d'une série d'articles que le docteur désirait publier dans une revue médicale. La véritable consultation occupait le reste de la séance, mais en échange de sa coopération le psychiatre ne demandait pas d'honoraires à Mary qui, bien qu'ayant les moyens, avait accepté cet arrangement car les expériences l'intéressaient.

— Un petit cognac ?

— Volontiers, merci.

Il versa deux verres de Rémy-Martin et ils allèrent s'installer dans des fauteuils, de part et d'autre d'une petite table ronde.

Cauvel n'employait pas une méthode unique avec tous ses clients. Sa technique de travail était très personnelle, et Mary appréciait entre autres son attitude détendue et amicale.

— Par où voulez-vous commencer, aujourd'hui ? demanda-t-il.

— Je n'en sais rien.

— Réfléchissez, prenez votre temps.

— A vrai dire, je n'ai pas envie de commencer...

— C'est ce que vous dites à chaque fois, mais vous y arrivez toujours.

— Pas aujourd'hui. J'ai seulement envie de rester ici, dans ce fauteuil.

Il se contenta de siroter son verre, sans commentaire

— Comment se fait-il que je sois toujours aussi réticente avec vous ?

— C'est à vous de répondre à votre propre question, pas à moi.

— Enfin, pourquoi ne pas avoir envie de vous parler ?

— Mais vous en avez envie, sinon vous ne seriez pas ici

— Alors, aidez-moi à commencer, suggéra-t-elle, l'air soucieux.

— A quoi pensiez-vous en venant ici tout à l'heure ?

— Je ne vois pas le rapport.

— Essayez quand même de me répondre.

— Voyons... je pensais à ce que je suis.

— C'est-à-dire ?

— Une clairvoyante.

— Et alors ?

— Pourquoi moi, et pas les autres ?

— Les chercheurs les plus avancés dans le domaine du paranormal pensent qu'en fait nous possédons tous les mêmes facultés.

— Peut-être, mais pas au même degré que moi pour la plupart.

— C'est surtout que nous ne sommes pas conscients de nos pouvoirs. Seuls quelques individus privilégiés ont découvert comment utiliser leurs perceptions extra-sensorielles.

— Cela ne change rien à ma question : pourquoi moi ?

— Les meilleurs clairvoyants n'ont-ils pas tous souffert de traumatismes crâniens avant de découvrir leurs facultés ?

— C'est vrai dans le cas de Peter Hurkos et de quelques autres, mais pas pour tous.

— Parlons de votre cas personnel.

— Je n'ai pas souffert de blessure à la tête.

— Et moi je vous dis que si.

Elle avala une gorgée de cognac.

— Mmmm... quelle saveur ! dit-elle.

— Vous avez été violentée quand vous aviez six ans. Vous m'en avez parlé quelquefois, mais sans vouloir en discuter à fond.

— Et je n'en ai pas envie non plus maintenant.

— Vous avez tort, car votre répugnance à aborder le sujet est la preuve que...

— Vous parlez trop aujourd'hui, docteur Cauvel, coupa-t-elle d'une voix dure en haussant le ton. Je vous paie pour m'écouter.

— Vous ne me payez pas, fit-il remarquer avec douceur comme toujours.

— Si je veux, je peux partir tout de suite.

Il enleva ses lunettes et les astiqua soigneusement avec son mouchoir.

— Sans moi, reprit-elle d'un ton aigre, énervée par le calme du docteur, vous n'auriez pas les données expérimentales que vous utilisez pour les articles qui font de vous une sommité au sein de la masse des psychiatres.

— Ces articles n'ont pas une telle importance. Si vous préférez partir, vous êtes libre. Nous pouvons même mettre fin à notre accord.

— Excusez-moi, docteur Cauvel, fit-elle en s'enfonçant dans son fauteuil.

Elle élevait rarement le ton aussi vivement, surtout avec lui, et elle en rougissait de honte.

— Ne vous excusez pas, c'est sans importance. Mais ne comprenez-vous pas que cet épisode vieux de vingt-quatre ans pourrait fort bien être à la base de tous vos problèmes ? La cause de vos insomnies, de vos accès répétés d'angoisse et de dépression profonde ?

Elle se sentait soudain sans force, et ferma les yeux.

— Vous voulez que je continue ? demanda-t-elle.

— Ce serait une bonne chose.

— Alors aidez-moi à me mettre en route.

— Vous aviez six ans.

— Six ans, oui...

— Votre père était un homme aisé.

— Très riche, même.

— Il était propriétaire d'un domaine, où vous habitiez.

— Dix hectares, dont la plus grande partie aménagée en jardins. Il avait engagé à plein temps un... un...

— Jardinier.

— C'est cela, un jardinier.

Le rouge avait quitté ses joues redevenues de marbre, et ses mains étaient glacées.

— Comment s'appelait-il ?

— Je ne m'en souviens pas.

— Mais si, voyons.

— Berton Mitchell.

— Vous l'aimiez bien ?

— Au début, oui...

— Un jour vous m'avez dit qu'il s'amusait à vous taquiner.

— Oui, souvent, il m'appelait Mary-tête-de-mule ; mais c'était très gentil.

— Quand avez-vous commencé à le détester ?

Elle eut soudain envie d'être chez elle auprès de Max, dont elle sentait déjà les bras autour de ses épaules.

— Quand, Mary ?

— Un certain jour, en août.

— Que s'est-il passé ce jour-là ?

— Vous le savez très bien.

— C'est vrai.

— Alors, pourquoi y revenir ?

— Parce qu'on n'arrive jamais à avancer dans ce récit et qu'il faut à chaque fois reprendre tout depuis le début.

— Parce que je ne *veux* pas aller plus loin...

— Racontez-moi ce qui s'est passé ce jour-là. C'était en août, et vous aviez six ans, répéta-t-il avec obstination.

— Au fait, avez-vous augmenté votre collection de chiens en verre récemment ? demanda-t-elle comme si elle n'avait pas entendu.

— Dites-moi ce que Berton Mitchell a fait ce jour du mois d'août.

— Il a voulu me violer.

*
**

Six heures du soir, l'air vif et pur du début de l'hiver. L'homme laissa la voiture devant la cafétéria et remonta un bout de la route à pied, tournant le dos à la circulation.

Il avait un couteau dans une poche, un revolver dans l'autre et gardait ses mains sur les deux armes. Ses chaussures crissaient sur le gravier du bas-côté, et le déplacement d'air des voitures le souffletait au passage, ébouriffant ses cheveux et plaquant son pantalon contre ses jambes.

Le salon de coiffure était une petite bâtisse sur Main Street, juste au nord des limites de la ville de Santa Anna. Avec son faux toit de chaume, ses fenêtres à petits carreaux et ses poutres apparentes à l'intérieur, il rappelait un de ces cottages de la campagne anglaise, n'étaient les néons illuminant sa façade, et ses murs peints en rose et en vert.

Tout le pâté alentour était constitué d'immeubles commerciaux : stations-service, cafétérias, agences immobilières, et nombreuses petites entreprises, proliféraient au milieu des néons, des palmiers et des haies de plantes grasses, comme autant d'excroissances hideuses dans cette région où l'air semblait répandre une odeur d'argent. Un revendeur de voitures importées occupait l'emplacement au sud du salon de coiffure ; rangée après rangée de machines reluisantes se pressaient les unes contre les autres, les pare-brise et les chromes brillant d'un éclat maléfique sous les lampes à mercure. Derrière le salon se trouvait un grand cinéma, et plus loin un centre commercial. Une Cadillac d'un blanc sale et une Triumph étincelante étaient garées devant le salon.

L'homme traversa le parking, passa entre les deux voitures, ouvrit la porte du cottage et entra. La première pièce était une salle d'attente, avec une épaisse moquette violette, des rideaux blancs, des sièges d'un jaune vif, quelques tables basses sur lesquelles étaient disposées des cendriers et des piles de magazines. A cette heure tardive, personne n'attendait. Au fond de la pièce, une femme aux cheveux décolorés était assise sur un tabouret derrière un comptoir blanc et violet où trônait une caisse enregistreuse. Derrière elle un passage fermé par une draperie menait au salon d'où provenait le bourdonnement agressif d'un séchoir.

— C'est fermé, dit la blonde.

Il avança jusqu'au comptoir.

— Vous venez chercher quelqu'un ? demanda-t-elle.

Il sortit le revolver de sa poche. La crosse dans sa main lui procurait une sensation agréable, une impression de justice. Le regard de la blonde alla du revolver aux yeux de l'homme, et elle humecta ses lèvres du bout de la langue avant de lui demander :

— Qu'est-ce que vous voulez ?

Il garda le silence.

— Attendez... vous...

Il pressa la détente. Le bruit fut en partie couvert par celui du séchoir, et la femme tomba du tabouret, s'écroulant sur le sol, inerte. Le séchoir s'arrêta, et une voix venant de la seconde pièce appela :

— Tina ?

Il contourna le cadavre, écarta la draperie et avança. Trois des fauteuils étaient vides, et le quatrième occupé par la dernière cliente de la journée, jeune et jolie, avec un teint laiteux extraordinaire, et des cheveux longs encore humides.

Le coiffeur était corpulent, chauve, avec une moustache noire hérissée, vêtu d'une blouse violette sur laquelle son prénom était brodé en lettres jaunes : Kyle.

La femme prit une grande respiration, mais ne trouva pas le courage de crier.

— Que voulez-vous ? demanda Kyle.
L'homme lui tira dessus deux fois.

*
**

— Mon père n'était pas à la maison ce jour-là, commença Mary.
— Et votre mère ?
— Oui, mais ivre comme d'habitude.
— Votre frère ?
— Dans sa chambre, occupé à construire ses maquettes d'avions.
— Le jardinier, Berton Mitchell ?
— Sa femme et son fils étaient absents pour la semaine. Il voulait absolument que je vienne chez lui... il m'y a amenée.
— Où logeait-il ?
— A l'extrémité de la propriété, une petite maison avec un toit de bardeaux. Il prétendait que des elfes y vivaient aussi, avec eux.
Mary se sentit soudain enserrée de toutes parts dans l'étau d'une force invisible et redoutable, tandis qu'une multitude d'ailes dures et membraneuses aspiraient la chaleur de son corps, la vidant de son sang goutte à goutte.
— Continuez, exhorta Cauvel.
La chaleur l'abandonnait lentement, comme le mercure baissant dans un thermomètre, la laissant telle une tige de verre creux, fragile et cassant.
— Encore un peu de cognac, s'il vous plaît, demanda-t-elle.
— Quand vous m'aurez tout dit.
— J'ai besoin d'aide pour continuer.
— Mais je suis là pour ça, Mary.
— Si je parle, il va s'attaquer à moi.
— Qui ? Mitchell ? Vous savez bien que non. Il est mort. Il a été jugé coupable de sévices et d'agression meurtrière sur la personne d'un enfant, et il s'est pendu dans sa cellule. Il n'y a que moi avec vous ici et je ne laisserai personne vous faire du mal.
— J'étais seule avec lui...

— Vous parlez si bas que je ne vous comprends pas.

— J'étais seule avec lui, reprit-elle un peu plus assurée, et il m'a touchée... et puis il s'est... exhibé.

— Vous aviez peur ?

— Oui.

La tension déjà très forte, presque insoutenable, augmentait encore. Cauvel ne disait rien, et elle réussit à continuer :

— J'avais peur parce qu'il voulait que... que je... fasse des choses.

— Quelles choses ?

L'air lui semblait soudain empesté. Elle était pourtant seule avec le docteur, mais elle avait l'impression qu'une immonde créature collait ses lèvres aux siennes, la forçant à respirer son haleine fétide.

— J'ai encore besoin d'un cognac, dit-elle.

— Non, ce qu'il faut c'est tout me raconter, vous obliger à vous souvenir du moindre détail, et mettre au grand jour cet épisode du passé une bonne fois pour toutes. Qu'est-ce qu'il a exigé de vous exactement ?

— Aidez-moi. Il faut me guider.

— Il voulait vous prendre, c'est ça ?

— Je ne suis pas très sûre.

Mary sentait ses mains tout engourdies, ses poignets comme entamés par des cordes imaginaires.

— Il voulait une fellation ? demanda Cauvel.

— Ce n'était pas seulement ça.

Ses chevilles étaient douloureuses, à cause des cordes invisibles. Elle voulut bouger les pieds, mais ils étaient devenus de plomb.

— Que voulait-il d'autre, alors ? insista Cauvel.

— Je ne me rappelle plus.

— Mais si, c'est une question de volonté.

— Non, je vous assure, je suis sincère.

— Que voulait-il d'autre ? répéta Cauvel impitoyable.

L'étau des ailes imaginaires l'enserrait davantage, l'étouffant presque. Et elle entendait leur battement fendre l'air alentour. *Flap... flap... flap...* Elle se leva et s'écarta de son siège ; mais les ailes la retenaient prisonnière.

— Répondez à ma question, quoi d'autre ? pressa Cauvel.

— Quelque chose d'abominable, d'immonde.

— En rapport avec l'acte sexuel ?

flap... flap... flap... les ailes...

— Oui, mais pas que cela.

— Quoi, alors ?

— Quelque chose d'horrible, de répugnant.

— Comment cela ?

— Il y avait... des yeux qui me regardaient.

— Ceux de Mitchell ?

— Non.

— De qui d'autre ?

— Je ne me souviens plus.

— Vous le pouvez.

flap... flap... flap...

— Des ailes, fit-elle dans un murmure inaudible.

— Vous parlez trop bas, je ne vous comprends pas.

— Des ailes... des ailes, répéta-t-elle.

— Que voulez-vous dire, des ailes ?

Elle tremblait de tout son corps maintenant, et elle sentait ses jambes se dérober. Elle réussit à regagner son fauteuil et se rassit.

— Des ailes... j'entends leur battement... je les *sens* me frôler...

— Mitchell avait un oiseau chez lui ?

— Je ne sais pas.

— Un perroquet, peut-être ?

— Je ne sais pas... je ne sais plus...

— Je vous en prie, essayez de vous souvenir, Mary. Ne lâchez plus cette pensée. Vous ne m'aviez jamais parlé d'ailes jusque-là. C'est très important.

— Il y en avait partout, partout.

— Des ailes ?

— Des petites ailes, partout sur moi.

— Concentrez-vous. Que faisait Mitchell ?

Elle resta longtemps silencieuse, et la tension commença de se relâcher légèrement. Les bruissements d'ailes allèrent en décroissant.

— Mary ?

— Non, c'est tout, finit-elle par répondre. Je ne me rappelle vraiment plus rien.

— Il existe un moyen de débloquer la mémoire, remarqua Cauvel.

— Je sais... l'hypnose.

— C'est efficace.

— Je crois que j'ai peur de me souvenir, en fait.

— Vous devriez plutôt avoir peur de ne *pas* vous souvenir.

— J'ai l'impression que si je me souviens, je signe mon arrêt de mort.

— Complètement grotesque, vous le savez très bien.

Elle rejeta ses cheveux en arrière et esquissa un pâle sourire.

— Je n'entends plus les battements d'ailes maintenant, je ne les sens plus tout autour. Ce n'est pas la peine d'en reparler.

— Mais bien sûr que si !

— Je ne veux pas, je ne veux pas, vous entendez ! cria-t-elle en secouant violemment la tête, à la fois surprise et effrayée par sa propre véhémence. En tout cas, pas aujourd'hui, conclut-elle.

— Très bien. Je suis d'accord sur ce point, mais pas lorsque vous prétendez que vous n'avez pas besoin d'en parler ! Si vous le voulez, revenons seulement à ce dont vous vous souvenez, suggéra-t-il en se remettant à astiquer ses lunettes. Berton Mitchell vous a battue ?

— Je crois, oui.

— On vous a retrouvée chez lui ?

— Dans le séjour.

— Et vous aviez été sauvagement battue.

— Oui.

— Et par la suite, vous avez dit que c'était lui.

— Oui, mais je ne le revois pas en train de le faire. Je me souviens seulement d'une douleur atroce, l'espace d'un instant.

— Vous avez sans doute perdu connaissance dès le premier coup.

— C'est ce que tout le monde a dit. Et il a dû continuer

après. Je ne pouvais pas me défendre longtemps. J'étais une fillette.

— Il s'est aussi servi d'un couteau, n'est-ce pas ?

— J'avais tout le corps lacéré.

— Combien de temps êtes-vous restée à l'hôpital ?

— Plus de quinze jours.

— Combien de points de suture vous a-t-on faits ?

— Plus de cent.

*
**

Le salon de coiffure sentait le shampooing, le produit de rinçage, l'eau de Cologne, mêlés à l'odeur de transpiration de la cliente. Le sol était jonché de cheveux qui s'envolèrent lorsque l'homme la jeta par terre pour la prendre. Elle n'eut aucune réaction, ne participant pas mais ne se débattant pas non plus, et resta étendue, sans bouger, avec des yeux fixes qui étaient déjà ceux d'une morte.

Il ne lui en voulait pas de cette attitude. A la longue il en était venu à ne pas souhaiter la coopération de ses partenaires. Les premiers temps, une certaine initiative et la jouissance de leur part lui semblaient acceptables et il pouvait même se montrer tendre envers elles. Mais il finissait toujours par avoir besoin de sentir la peur les envahir. C'est ce qui l'amenait à jouir. Plus elles étaient terrifiées, plus elles le fascinaient.

Couché sur elle, il sentait le cœur de la femme battre follement, accéléré par la peur, et il se mit à bouger plus vite en elle sous le coup de l'excitation.

*
**

— Mitchell vous a martelé la tête à coups de poing, reprit Cauvel.

— J'avais le visage de toutes les couleurs. Mon père m'appelait sa poupée en patchwork !

— A-t-on diagnostiqué une commotion cérébrale ?

— Je vois où vous voulez en venir, mais il n'y a pas eu de traumatisme.

— Quand vos visions ont-elles commencé ?

— La même année, un peu plus tard.

— Vous m'avez demandé tout à l'heure pourquoi vous, en particulier, possédiez cette faculté psi. Cela n'a rien de mystérieux, en fait. Comme dans le cas de Peter Hurkos, elle vous est venue après de graves blessures à la tête.

— Pas si graves que cela, malgré tout.

Il cessa de frotter ses lunettes et les réajusta sur son nez, observant Mary de ses yeux soudain immenses.

— Serait-il possible qu'un choc psychologique sévère déclenche l'apparition de facultés paranormales, comme le font apparemment certains traumatismes crâniens ?

Elle se contenta de traduire son ignorance par un haussement d'épaule.

— Car si vous n'avez pas acquis votre pouvoir à la suite d'un choc physique, il est peut-être le résultat d'un choc psychologique. Qu'en pensez-vous ?

— C'est possible.

— Dans un cas comme dans l'autre, reprit-il en agitant vers elle un index décharné pour capter son attention, votre don de clairvoyance remonte très probablement à ce triste épisode où Berton Mitchell vous a fait subir des sévices que vous n'arrivez pas à vous rappeler.

— Peut-être.

— Vos insomnies aussi, d'ailleurs, ainsi que vos crises périodiques de dépression, et d'angoisse. Ce qu'il vous a infligé ce jour-là est la cause sous-jacente de tous vos problèmes actuels, Mary, et je puis vous assurer que plus vite vous ferez front, mieux vous vous porterez. Si un jour vous me laissez utiliser l'hypnose pour vous faire remonter dans votre propre passé et vous guider à travers vos souvenirs vous n'aurez peut-être plus jamais besoin de moi.

— Si, j'aurai toujours besoin de vous, docteur Cauvel.

Il fronça les sourcils d'un air mécontent. Son visage très bronzé, sillonné de rides profondes, prit une expression sévère mais juste et encourageante malgré tout, qu'un peintre subtil eût aimé fixer sur la toile. C'était cette attitude à la fois distante et bienveillante qui avait attiré Mary lors d'une soirée où elle l'avait rencontré trois ans auparavant, et l'avait décidée à le consulter lorsqu'elle dut avoir systématiquement recours aux somnifères.

— Si vous deviez avoir toujours besoin de mes services, reprit-il, c'est que j'aurais échoué dans ma tâche. En tant que psychiatre, mon but est d'arriver à ce que vous trouviez toute la force nécessaire en vous-même.

Elle alla au bar et prit le carafon de cognac en disant :

— Vous m'aviez promis un autre verre si je continuais à parler.

— Et je tiens toujours mes promesses, fit-il en allant la rejoindre. Je vais même vous tenir compagnie, ma journée est presque finie.

— Vous avez tort à propos de Mitchell, dit-elle tout en se servant.

— Comment cela ?

— Je ne pense pas que tous mes problèmes remontent à cet épisode. Certains ont commencé à la mort de mon père.

— Vous m'avez déjà exposé cette théorie, si j'ai bonne mémoire.

— Je me trouvais dans la voiture avec lui quand il a été tué. Il conduisait et j'étais assise à l'arrière. Je l'ai vu mourir, et j'étais éclaboussée de son sang. J'avais neuf ans, et nous avons vécu des moments difficiles après. En trois ans, ma mère a perdu tout l'argent qu'il nous avait laissé. De riches nous sommes devenues très pauvres. Une expérience de ce genre survenant entre mon neuvième et mon douzième anniversaire peut m'avoir marquée, vous ne croyez pas ?

— Elle a sûrement laissé des traces, reconnut-il en prenant son verre, mais pas les plus graves.

— Qu'en savez-vous ?

— Parce que vous êtes capable de raconter l'événement.

— Et alors ?

— Mais vous n'arrivez pas à parler de ce qui s'est passé avec Berton Mitchell.

***

Quand il en eut fini avec la femme il se releva, remonta son pantalon et la fermeture Eclair. Il n'avait même pas enlevé son pardessus. Il s'écarta un peu d'elle pour la regarder.

Bien que libre de ses mouvements à présent, elle ne fit aucun effort pour se couvrir. Sa jupe était remontée sur ses hanches, son chemisier déboutonné, laissant voir un sein un peu lourd. Elle avait les poings fermés, les ongles enfoncés dans la paume d'où coulaient de minces filets de sang. Terrifiée, et ainsi réduite à l'état d'animal traqué, elle représentait à ses yeux la femme idéale.

Il sortit le couteau de sa poche, s'attendant à ce qu'elle crie et essaie de lui échapper. Mais quand il s'approcha pour la mise à mort elle ne bougea pas, clouée au sol comme s'il l'avait déjà tuée. Elle avait dépassé le stade de la peur, et de toute sensation. Il s'agenouilla près d'elle et plaça la pointe de la lame sur sa gorge dont la chair se hérissa. Mais la jeune femme n'eut même pas un battement de paupières. Il leva la lame, la tenant bien en vue au-dessus des seins. Aucune réaction.

Il était déçu. Quand le temps et les circonstances le permettaient, il préférait tuer lentement ses victimes. Mais pour en retirer une certaine excitation, il lui fallait une proie active, qui se débattait.

Furieux qu'elle lui ait gâché ce moment, il plongea brutalement la lame dans la chair.

***

Mary Bergen poussa soudainement un cri étranglé.

Le fil tranchant entamait la peau comme un rasoir, coupant les muscles, libérant des flots de sang, crevant la poche obscure où était emprisonnée la douleur...

Mary dut s'appuyer dans l'angle entre le mur et le côté du bar de chêne ancien, à peine consciente d'avoir fait tomber une bouteille de whisky non entamée.

— Mary, qu'avez-vous ?

— J'ai mal.

— Vous êtes souffrante ? Puis-je faire quelque chose ? demanda-t-il en lui posant la main sur l'épaule.

— Non. C'est seulement une vision. Mais je la vis, comme s'il s'agissait de moi.

Le couteau, qui s'enfonçait profondément...

Elle pressa ses mains sur son ventre, pour calmer la douleur atroce.

— Je ne veux pas m'évanouir cette fois... non, pas cette fois.

— Quelle image avez-vous reçue? s'enquit Cauvel inquiet.

— Un salon de coiffure... celui que j'ai déjà vu il y a quelques heures. Seulement là ce n'est plus une prémonition. C'est en train de se passer. Une vraie boucherie... Mon Dieu, quelle horreur! J'assiste à une scène qui se produit quelque part, à l'instant même. Par pitié, aidez-moi, s'écria-t-elle en se couvrant le visage de ses mains sans réussir à effacer les images mentales.

— Décrivez-moi ce que vous voyez.

— Un homme étendu sur le sol, mort.

— Dans un salon de coiffure ?

— Oui. Il est chauve... avec une moustache... et une chemise violette.

— Et qu'est-ce que vous ressentez ?

Le couteau... la lame...

Elle était inondée de sueur, et se mit à pleurer.

— Mary ? Mary répondez-moi.

— Je sens... la douleur... la douleur de la femme poignardée.

— Quelle femme ? Vous ne m'en avez pas parlé jusque-là.

— Je ne veux pas m'évanouir... je ne veux pas.

Mais elle chancela, et Cauvel dut la soutenir. Elle voyait la lame continuer de lacérer les chairs, mais ne ressentait plus rien à présent. La femme de sa vision était morte, et elle ne souffrait plus.

— Il faut que j'arrive à voir le visage du tueur, que je sache son nom, murmura Mary.

Le meurtrier était en train de se redresser, il portait une cape... non, plutôt un long manteau... un pardessus...

— Il ne faut surtout pas que je perde le contact, que je laisse échapper mes images mentales, dit Mary. Je veux savoir où il se trouve exactement, qui il est, quel genre d'individu, pour arriver à l'empêcher de commettre d'autres atrocités.

L'homme se tenait debout maintenant, son couteau de boucher à la main, le visage dans l'ombre... mais voici qu'il se retournait, avec une lenteur délibérée, pour que Mary puisse le voir... comme s'il était conscient de leur contact, et la cherchait du regard...

— Il sait que je suis en liaison avec lui, dit-elle.

— Qui cela, il ?

— Lui, le meurtrier. Il sait que je l'observe.

Elle ne comprenait pas comment c'était possible, et pourtant le tueur connaissait son existence. Elle en était certaine, et cette pensée la terrifiait.

Et soudain, à cet instant même, une demi-douzaine de chiens en verre s'élancèrent des étagères et volèrent à travers la pièce pour aller se fracasser contre le mur, juste derrière Mary qui se mit à hurler.

Cauvel se retourna vivement, cherchant le responsable du regard, et resta pétrifié devant le spectacle qui s'offrait à lui.

Comme s'ils prenaient vie et avaient acquis des ailes, d'autres chiens décollèrent du rayonnage supérieur, lançant mille feux tels les fragments d'un prisme brisé, montèrent en un tourbillon jusqu'au plafond, rebondirent en se heurtant entre eux avec un bruit cristallin, puis foncèrent sur Mary qui leva instinctivement les bras pour se protéger le visage. Les miniatures l'atteignirent avec une violence imprévisible, la bombardant comme un essaim d'abeilles.

— Arrêtez-les ! hurla-t-elle sans bien savoir à qui elle s'adressait.

Un diable aux cornes pointues et à tête de chien vint frapper le docteur entre les yeux, et du sang perla. Tournant le dos aux étagères, Cauvel se plaqua contre Mary pour lui faire un rempart de son corps.

Une quinzaine d'autres chiens fusèrent à travers la pièce. Deux d'entre eux fracassèrent un des panneaux en verre coloré du bar, tandis que d'autres explosaient contre le mur autour de Mary, givrant sa chevelure de débris et de poussière de verre teinté.

— On veut me tuer! hurla-t-elle.

Cauvel la poussa tout au fond de l'angle. D'autres statuettes sifflèrent encore à travers la pièce, balayant le dessus du bureau en éparpillant une pile de papier pelure, allèrent heurter bruyamment les stores vénitiens sans toutefois se briser, poursuivirent leur vol en zigzaguant follement pour finir par s'abattre sur les épaules et le dos du docteur, en déversant une pluie d'éclats sur la tête de Mary blottie contre lui.

Une nouvelle escadrille décolla, sembla hésiter un instant, puis se groupa en un essaim menaçant qui se dirigea sur Mary, la frôla seulement au passage, s'éloigna, mais revint soudain à la charge, la bombardant avec une violence inouïe, frappant, meurtrissant, lacérant, s'acharnant sur elle comme un vol de sauterelles.

Et puis, aussi soudainement qu'il avait commencé, le sinistre assaut s'arrêta. Il restait une centaine de figurines sur les étagères, toutes figées dans leur immobilité habituelle.

Mary et Cauvel étaient toujours serrés l'un contre l'autre, n'osant se fier à l'accalmie et s'attendant à une nouvelle charge. Un silence absolu régnait à présent. Finalement le docteur Cauvel lâcha Mary et s'écarta d'elle. Mais elle ne parvenait pas à maîtriser les tremblements qui la parcouraient tout entière.

— Vous n'avez pas de mal? demanda Cauvel sans même se préoccuper de sa propre blessure.

— C'était prévu, pour éviter que je ne le voie, dit-elle simplement.

Cauvel hébété la regardait d'un air d'incompréhension totale.

— Je veux dire, son visage, reprit-elle, il ne fallait pas que je puisse le voir.

— Qu'est-ce que vous racontez?

— Quand j'ai voulu apercevoir le visage du tueur dans ma vision, j'en ai été empêchée. Par quoi?

Cauvel regarda longuement les débris de verre tout

autour d'eux, puis entreprit de retirer avec soin les éclats des épaules et des manches de son veston.

— Est-ce vous qui avez fait ça... fait voler les chiens, Mary ?

— Moi ?

— Qui d'autre, sinon ?

— Voyons, comment aurais-je pu ?

— Pourtant, quelqu'un est responsable.

— Ou... quelque chose, rectifia-t-elle.

Il la regarda d'un air surpris, sans comprendre.

— C'est l'œuvre d'un... esprit, dit-elle.

— Je ne crois pas à une autre vie après la mort.

— Je n'y croyais guère non plus, jusqu'à maintenant.

— Ainsi nous serions victimes de fantômes !

— Vous avez une autre explication ?

— Beaucoup d'autres, répliqua-t-il sans chercher à cacher son inquiétude à l'égard de Mary.

— Je ne suis pas folle, vous savez, fit-elle remarquer.

— Ai-je dit cela ?

— Nous venons d'assister au déchaînement d'un poltergeist.

— Je ne crois pas non plus à ces phénomènes.

— Moi, si. J'en ai été témoin. Simplement, je ne savais pas s'il s'agissait d'esprits ou d'autre chose. Maintenant, j'en suis certaine.

— Mary, je vous en prie...

— Oui, l'intervention d'un poltergeist m'a empêché de voir le visage du meurtrier.

A cet instant précis, l'ensemble des étagères de verre se mit à vibrer et s'écroula dans un fracas assourdissant.

9

Max n'était pas rentré, et sans lui la maison devenait un mausolée pour Mary. Ses pas semblaient résonner davantage sur le parquet nu, et l'écho contenir de sinistres chuchotements.

— Il a téléphoné pour me demander de retarder le dîner d'une demi-heure, annonça Anna Churchill en essuyant ses mains à son tablier.

— Pour quelle raison ?

— Il m'a dit de vous dire qu'il ne reviendrait pas avant huit heures, parce que Woolworth reste ouvert tard pendant les fêtes.

Le message destiné à amuser Mary ne parvint même pas à la faire sourire. Seule la présence de Max aurait pu lui remonter le moral. Elle avait besoin de compagnie.

En traversant le vestibule pour gagner l'imposant escalier d'acajou, elle se sentit soudain écrasée par le lourd mobilier de style rustique américain. Le souvenir du poltergeist était encore tout frais dans sa mémoire et elle s'attendait à voir chaque meuble prendre vie, se demandant bien comment elle arriverait à se défendre si les chaises, les sofas et les armoires d'angle se mettaient à l'attaquer avec des intentions meurtrières... Mais le mobilier ne bougea pas.

Une fois en haut dans sa salle de bains, elle ouvrit l'armoire à pharmacie et prit un tube de valium. Elle avait réussi à dissimuler sa nervosité en présence d'Emmet et d'Anna, mais à présent ses mains tremblaient si fort qu'il lui fallut presque une minute pour arriver à enlever le bouchon. Elle se versa un verre d'eau et avala un comprimé. Un seul semblait peu, et elle en aurait bien pris deux ou trois mais n'en fit rien, rebouchant rapidement le tube avant que la tentation l'emporte sur le bon sens.

Au moment où elle sortait de la salle de bains, le verre vide tomba sur le sol et se brisa, la faisant sursauter. Elle se retourna vivement, très troublée, car elle était certaine de ne pas l'avoir laissé sur le bord du lavabo. Le verre n'avait pas pu tomber tout seul, quelque chose l'avait poussé.

« Max reviens vite, je t'en supplie », murmura-t-elle.

*
**

Elle l'attendit dans le petit salon du premier, sa pièce favorite, remplie d'armes et de livres. Des fusils anciens, restaurés avec art et présentés dans des coffrets accrochés au mur. Les œuvres complètes en volumes identiquement reliés de Hemingway, Stevenson, Poe, Shaw, Fitzgerald, Dickens. Une paire de Derringers n° 3 fabriqués par Colt en 1872, dans un étui doublé de soie et aux coins de bronze. Des romans de John D. MacDonald, Clavell, Bellow, Woolrich, Levin, Vidal ; des ouvrages de Gay Talese, Colin Wilson, Hellman, Toland, Shirer. Et puis ailleurs, des fusils de chasse, des carabines, des revolvers, des pistolets automatiques, et encore des livres, Raymond Chandler, Dashiell Hammett, Ross MacDonald, Mary McCarthy, James M. Cain, Jessamyn West.

Etrange, cette association de livres et d'armes, songeait Mary. Les deux passions de Max... après elle.

Elle essaya de lire un best-seller qu'elle voulait commencer depuis des semaines, mais son esprit vagabondait. Elle reposa le livre, alla s'asseoir au bureau de Max, sortit un stylo et un bloc du tiroir, et après avoir contemplé un moment la page blanche se mit à écrire :

Page 1 Questions :

Pourquoi ai-je ces visions sans les avoir recherchées ?

Pourquoi brusquement pour la première fois suis-je

capable de ressentir la douleur physique des victimes de mes visions ?

Pourquoi aucun autre clairvoyant n'a ressenti jusque-là d'impression physique au cours des visions ?

Comment le tueur dans le salon de coiffure pouvait-il savoir que je l'observais ?

Pourquoi m'empêcher de voir le visage de ce tueur par l'intervention d'un poltergeist ?

Qu'est-ce que tout cela signifie ?

Depuis l'enfance elle avait découvert que dans les moments de crise plus ou moins graves le fait de mettre ses problèmes par écrit l'aidait. Une fois sous ses yeux, noirs sur blanc, condensés en un minimum de mots, plus concrets que dans la réalité, ils ne lui semblaient plus insolubles.

Ayant terminé sa liste, elle relut attentivement chaque question une première fois, puis une seconde à haute voix. Après quoi elle écrivit sur la page suivante : *Réponses :* Et après quelques minutes de réflexion elle dut se contenter de noter :

Je ne trouve aucune réponse.

Elle poussa un juron, et de dépit lança le stylo à l'autre bout de la pièce.

***

— Allô, oui ? Harley Barnes lui-même.

— Bonjour inspecteur, ici Mary Bergen.

— Quelle surprise ! Comment allez-vous ? Toujours en ville ?

— Non. Je vous appelle de chez moi, à Bel Air.

— Que puis-je faire pour vous ?

— Voilà, je rédige un article sur les événements de la nuit dernière et je voudrais vous poser quelques questions. L'homme que nous avons pris ensemble... comment s'appelle-t-il ?

— Vous ne pouvez pas le savoir par votre don ?

— Hélas non. Je ne vois pas tout en clairvoyance.

— Il s'appelle Richard Lingard.

— Un résident de votre ville ?

— Oui. Il y est né et y a toujours vécu. J'ai connu son père et sa mère. Et lui tient une pharmacie.

— Son âge ?

— La trentaine, environ.

— Marié ?

— Divorcé depuis longtemps. Sans enfants, Dieu merci !

— Vous êtes sûr...

— Qu'il n'a pas d'enfants ? Absolument.

— Non, je voulais dire... qu'il est bien mort ?

— Quelle question ! Evidemment, il est mort. Vous étiez là.

— Je sais... une idée comme ça. Rien de spécial sur son compte ?

— Spécial ? Dans quel sens ?

— Ses voisins ne l'ont jamais trouvé un peu bizarre, par exemple ?

— Ils l'aimaient beaucoup, tous sans exception.

— On n'a rien trouvé de curieux chez lui ?

— Rien du tout. Il vivait comme tout le monde. C'est même inquiétant de savoir que c'était un homme très ordinaire. Si quelqu'un comme Dick Lingard a pu devenir un tueur psychopathe, à qui se fier !

— A personne.

— Au fait, madame Bergen, demanda Barnes d'un ton hésitant, avez-vous pris le couteau ?

— Quel couteau ?

— Celui de Lingard, bien sûr.

— Pourquoi ? Vous ne l'avez pas ?

— Il a disparu sur les lieux mêmes du drame.

— Disparu ? Cela arrive souvent ?

— C'est la première fois, dans une affaire dont je m'occupe.

— En tout cas je ne l'ai pas non plus.

— Votre frère l'a peut-être ramassé ?

— Non, pas Alan !

— Ou votre mari ?

— Nous avons assez souvent travaillé avec la police pour savoir qu'il serait ridicule de garder des pièces à conviction comme souvenirs !

— Eh bien, la maison de Mme Harrington a été fouillée de fond en comble par nos hommes et le couteau n'y est pas.

— Lingard l'a peut-être laissé tomber sur la pelouse devant la maison ?

— Elle a été aussi passée au peigne fin.

— Ou il a pu le laisser tomber dans le caniveau quand il s'est effondré contre votre voiture.

— Ou encore, sur le trottoir, reconnut le commissaire. C'est vrai que nous n'avons pas cherché le couteau tout de suite, comme nous aurions dû le faire, et il y avait de nombreux badauds. L'un d'eux l'aura peut-être ramassé. Nous allons interroger les gens du voisinage. Je pense que nous le retrouverons. En tout cas il n'est pas indispensable puisqu'il n'y aura pas de procès. La mort de Lingard a résolu ce problème, et l'avocat le plus rusé ne pourra plus jamais le faire remettre en liberté !

*
**

A 19 h 30, la station de radio de Los Angeles chargée uniquement des informations annonça que quatre jeunes infirmières avaient été brutalisées et poignardées à mort dans leur appartement de Anaheim.

Beverly Pulchaski
Susan Haven
Linda Proctor
Marie Sanzini

Mary n'en connaissait aucune. Perplexe, elle s'enfonça dans son siège. Elle revoyait le visage horriblement meurtri dans sa vision de la veille : la femme aux cheveux noirs et aux yeux bleus. Elle était certaine de l'avoir déjà vue.

*
**

20 heures.

Elle alla accueillir Max à la porte d'entrée. Après l'avoir refermée, il prit Mary dans ses bras. Ses vêtements étaient froids et raides, mais la chaleur de son corps traversait le tissu.

— Comment, six heures dans les magasins et pas de paquets ?

— Je les ai laissés pour qu'ils fassent des paquets-cadeaux, et j'irai les prendre demain.

— Je ne savais pas que Woolworth se chargeait de cela, dit-elle avec un sourire moqueur.

Il lui effleura la joue d'un baiser, en disant :

— Tu m'as manqué.

Toujours dans ses bras, elle rejeta la tête en arrière et s'écria :

— Mais où est ton pardessus ? Tu vas attraper froid.

— Il était plein de boue. Je l'ai porté chez le teinturier.

— Plein de boue ?

— J'ai crevé.

— Une Mercedes ne crève jamais !

— La nôtre, si. Dans un endroit boueux, en plus. Et pour tout arranger une voiture m'a éclaboussé, au passage.

— Tu as relevé le numéro, au moins ? Si tu l'as, on peut...

— Hélas non ! je n'en ai pas eu le temps ! Sinon je pensais bien qu'avec ce renseignement ma petite Mary se chargerait de retrouver ce salaud et lui ferait passer un très mauvais quart d'heure !

— Tu plaisantes toujours... Mais je ne supporte pas que quelqu'un te cause des ennuis et s'en tire, ça c'est vrai.

— Et puis, je me suis coupé en changeant la roue, annonça-t-il en tendant sa main droite dont un doigt était entortillé dans un mouchoir tout rougi, le poignet de la chemise taché de sang. Le cric a une arête coupante, expliqua-t-il encore.

— Que de sang ! s'écria-t-elle en lui prenant le poignet. Laisse-moi regarder la plaie.

— Ce n'est rien, ça ne saigne même plus, assura-t-il en retirant sa main avant qu'elle ait pu défaire le mouchoir.

— Il faudra peut-être des points de suture ?

— N'exagérons pas. Seulement un pansement bien serré, c'est tout. L'entaille est profonde, mais pas assez longue pour nécessiter des points de suture. Et puis si tu regardes, ça te coupera l'appétit.

— Je suis une grande fille maintenant, tu sais. Et de toute façon il faut nettoyer la plaie et la bander.

— Je vais m'en occuper moi-même. Va à table, je te rejoins dans un moment.

— Tu n'y arriveras pas tout seul.

— Bien sûr que si. Je n'ai pas toujours eu une femme pour prendre soin de moi, sais-tu ? J'ai vécu en célibataire pendant des années. Et puis, si nous ne passons pas tout de suite à table ce sera un drame pour Mme Churchill. Elle va en pleurer !

Il l'embrassa tendrement sur le front, et de sa main indemne la poussa vers la salle à manger.

— Si tu meurs d'une hémorragie, je ne te le pardonnerai jamais, le taquina-t-elle.

Il se hâta en riant vers l'escalier qu'il grimpa quatre à quatre jusqu'au premier.

*
**

Le dîner fut au goût de Mary, substantiel sans être lourd : soupe à l'oignon, châteaubriand à la béarnaise, lamelles de zucchini marinées dans un mélange d'huile et d'ail puis rissolées, salade. Pendant qu'ils prenaient le café dans la bibliothèque, Mary, qui avait retrouvé son calme grâce au deuxième comprimé de valium, raconta sa journée à Max : la séance chez le docteur Cauvel, sa vision, la douleur physique, l'intervention du poltergeist qui l'avait empêchée de fouiller ses images mentales pour arriver à connaître le nom et le visage du tueur. Ils parlèrent aussi du commentaire fait à la radio sur les quatre infirmières assassinées, que Max avait écouté de son côté, et pour finir elle lui raconta sa conversation avec Harley Barnes.

— Tu exagères l'importance du couteau manquant, fit remarquer Max. L'explication de Barnes est pourtant satisfaisante, non ? Un spectateur du drame peut très bien l'avoir pris.

— C'est une hypothèse... mais pas la bonne.

— Alors, qui l'a pris ?

Elle s'était assise à ses côtés sur le canapé, et enleva ses chaussures pour s'installer plus confortablement, repliant une jambe sous elle. En fait elle cherchait à gagner du temps pour trouver les mots justes, qui lui permettraient d'expliquer unc situation délicate ; car si elle ne réussissait pas à convaincre Max, il la croirait pour le moins légèrement dérangée.

— Ces dernières visions sont complètement différentes des précédentes, dit-elle enfin. Ce qui explique que le meurtrier, qui est bien sûr l'émetteur d'ondes psi, est également différent de ceux que j'ai traqués auparavant. Ce n'est pas un personnage ordinaire... je veux dire, pas un simple tueur psychopathe. J'ai essayé de bâtir une théorie permettant d'introduire une certaine logique dans tout ce qui m'est arrivé depuis hier soir, et c'est en parlant avec Barnes que j'ai trouvé la solution : le couteau manquant. Comprends-tu ? C'est Richard Lingard qui l'a.

— Lingard ? Mais il est mort. Barnes l'a abattu. Réfléchis, Lingard n'aurait pu emporter son couteau sur lui que dans son compartiment à la morgue !

— Tu n'y es pas du tout. Barnes n'a tué que son corps physique. Et c'est l'esprit de Lingard qui s'est emparé du couteau.

Max semblait stupéfait.

— Je ne crois pas aux fantômes, dit-il enfin. Et même s'ils existaient ils n'ont pas de réalité physique, en tout cas pas au sens où nous l'entendons. Alors comment veux-tu que l'esprit de Lingard, quelque chose d'immatériel, ait pu emporter un objet parfaitement concret, réel ? Cela ne tient pas debout.

— Un esprit est sans substance, c'est vrai, mais il dispose d'un potentiel de *force*, articula-t-elle avec emphase. Il y a deux mois, quand tu m'as aidée à faire cet article sur l'affaire du Connecticut, tu as assisté à une manifestation de poltergeist, souviens-toi.

— Et alors ?

— Eh bien un poltergeist n'a pas de substance non plus, mais il déplace et projette des objets tout à fait réels.

— Exact, reconnut-il comme à regret. Mais je ne crois pas qu'il s'agisse de l'esprit d'un mort.

— Et de quoi d'autre, dis-moi ? — Mais avant qu'il ait pu répondre, elle ajouta : — l'esprit de Lingard a emporté le couteau de boucher. Je le *sais*.

Max avala son café en trois longues gorgées avant de répliquer :

— D'accord, admettons. Mais où est cet esprit, d'après toi ?

— Il a pris possession d'un être vivant.

— Quoi ? Qu'est-ce que tu racontes ?

— A la mort de Lingard, son esprit s'est dégagé du corps physique pour s'introduire dans celui d'un autre individu.

Max se leva brusquement et alla s'adosser aux rayonnages chargés de livres, étudiant attentivement Mary, réfléchissant et cherchant à se faire une opinion sensée.

— A chaque séance chez le docteur Cauvel tu as été un peu plus près de te rappeler ce que Berton Mitchell t'a fait exactement.

— Et tu en déduis qu'étant sur le point de savoir, je chercherais à éluder la vérité par une évasion vers la folie ?

— Es-tu capable actuellement d'affronter les détails de cet épisode ?

— J'ai vécu avec pendant des années, même si j'en ai refoulé le souvenir.

— Vivre avec et l'assumer sont deux choses différentes.

— Si tu me considères comme une cliente idéale pour une cellule capitonnée, tu me connais bien mal, lança-t-elle d'un ton agressif malgré l'effet du valium.

— Mais non, voyons. Parlons plutôt de possession démoniaque.

— Pas démoniaque. Rien d'aussi énorme. Il s'agit seulement du contrôle psychique d'un individu par l'esprit d'un autre après sa mort.

Le visage carré, ingrat, de Max reflétait sa vive inquiétude, et il écarta les bras, mains ouvertes, dans un geste de supplique désespérée.

— Alors, qui est cet individu ?

— L'homme qui a massacré les infirmières à Anaheim. Il est possédé par l'esprit de Lingard, et c'est pour cette raison que ces ondes psi sont tellement différentes.

— Je n'arrive pas à y croire, avoua Max en revenant vers le sofa.

— Cela ne veut pas dire que j'ai tort...

— Le phénomène de poltergeist dans le cabinet de Cauvel, tu crois que...

— Bien sûr, c'était l'esprit de Lingard.

— Il y a quand même un défaut, dans cette théorie.

Mary haussa un sourcil interrogateur.

— Comment l'esprit de Lingard aurait-il pu se manifester en deux endroits différents au même moment ? Forcer un homme dont il aurait pris possession à commettre un crime, et simultanément projeter des dizaines de chiens miniatures à travers le bureau de Cauvel ?

— Je n'en sais rien. Qui peut dire ce qu'un esprit est capable de faire ?

*
**

A dix heures, Max monta dans la chambre. Il était allé dans la bibliothèque chercher un roman, mais revenait avec un épais volume, de toute évidence un ouvrage de documentation.

— Je viens de parler au docteur Cauvel, dit-il.

Mary lisait, assise dans son lit, et marqua sa page avec un des rabats du couvre-livre.

— Que t'a raconté le brave docteur ?

— Il... il pense que le poltergeist, c'est toi.

— Moi ?

— Tu es soumise à des tas de tensions.

— Comme tout le monde, non ?

— Toi, plus particulièrement.

— A ce moment-là, chez Cauvel ?

— Oui, parce qu'il t'a fait parler de Berton Mitchell.

— Ce n'est pas la première fois.

— Oui, mais là tu as approfondi tes souvenirs. Cauvel prétend que tu venais de subir une très forte tension psychologique dans son cabinet, et que c'est toi qui as déclenché ce phénomène de poltergeist et fait voler les chiens.

— Je trouve qu'un homme de ta taille en pyjama c'est drôle comme tout, dit-elle avec un petit sourire.

— Mary, je...

— Surtout un pyjama jaune... Tu devrais t'en tenir à une robe de chambre.

— Tu cherches à éluder le sujet de cette conversation, remarqua-t-il en venant se planter devant elle au pied du lit. Revenons aux miniatures.

— Cauvel veut que je paie pour la casse, dit-elle d'un ton détaché.

— Il ne m'a pas parlé du tout d'argent.

— C'était quand même l'idée qu'il avait en tête.

— Ce n'est vraiment pas son genre.

— Je lui rembourserai la moitié des dégâts, continua-t-elle.

— Mary, ce n'est pas nécessaire, s'écria Max exaspéré.

— Je sais bien... puisque ce n'est pas moi qui ai cassé ses chiens.

— Cauvel ne réclame aucun remboursement. Tu t'accroches à ce faux-fuyant, c'est tout.

— D'accord, d'accord... Dans ce cas, comment m'y suis-je prise pour envoyer ces chiens voler à travers la pièce ?

— C'est une volonté inconsciente. Cauvel prétend...

— Les psychiatres rendent toujours l'inconscient responsable !

— Peut-on les en blâmer ?

— Ce sont tous des imbéciles.

— Mary !

— Et toi aussi, parce que tu écoutes Cauvel.

Elle voulait éviter une dispute, mais n'arrivait pas à se contrôler. L'orientation de la conversation lui faisait peur, sans qu'elle comprenne pourquoi. Quelque part en elle était enfouie une somme d'informations, de détails, qui la terrifiait sans pourtant qu'elle sache de quoi il s'agissait exactement.

Debout, tenant son livre comme un prêtre une bible, Max lui demanda :

— Veux-tu écouter ceci ?

Elle secoua vivement la tête, pour lui montrer qu'elle ne supportait pas son attitude.

— Si je suis responsable des dégâts chez Cauvel, je le suis aussi bien du mauvais temps sur la côte Est, de la guerre en Afrique, de l'inflation, de la misère dans le monde, des mauvaises récoltes, non ?

— Pas d'ironie, je t'en prie.

— C'est toi qui m'y pousses.

Le tranquillisant ne lui faisait aucun effet. Elle était tendue, et sentait autour d'elle la présence de forces invisibles prêtes à la détruire, telle une fragile anémone de mer frissonnant au milieu des courants précédant une tempête.

Et voilà qu'elle considérait Max comme un danger personnel. C'est ridicule, songeait-elle, il ne m'est pas hostile, il essaie simplement de m'aider à découvrir la vérité. Rien d'autre. La tête lui tournait, ses idées s'embrouillaient, et elle se sentait la proie d'un grand désordre intérieur. Elle se laissa retomber avec lassitude sur ses oreillers, tandis que Max ouvrait son livre et commençait de lire d'une voix calme mais ferme :

« La télékinésie est la faculté de déplacer des objets ou de provoquer des modifications dans leur structure par le seul pouvoir de l'esprit. Les cas signalés comme les plus authentiques se produisent le plus souvent dans des situations de crise ou d'extrême tension. On a remarqué, par exemple, des voitures se soulever au-dessus de blessés, et des décombres au-dessus de mourants dans des immeubles en proie aux flammes ou qui s'étaient écroulés. »

— Je sais très bien ce qu'est la télékinésie, coupa Mary.

Ignorant l'interruption, Max poursuivit :

« La télékinésie est souvent confondue avec les actes de poltergeists, esprits farceurs et maléfiques. L'existence du poltergeist en tant que corps astral fait l'objet de controverses et n'a pas été prouvée. On notera que dans la plupart des maisons où s'est manifesté ce phénomène, résidaient des adolescents souffrant de sérieux problèmes d'identité, ou des personnes soumises à de graves tensions nerveuses. La théorie selon laquelle les actes de poltergeist résultent en général d'une télékinésie inconsciente est digne d'intérêt. »

— C'est absurde, s'écria Mary. Pourquoi aurais-je envoyé voler ces chiens en tous sens juste au moment où j'allais découvrir le visage du meurtrier sur mon écran mental ?

— Parce qu'en réalité tu ne voulais pas le voir, et ton subconscient a utilisé ces miniatures de verre pour détourner ton attention.

— Mais enfin, c'est ridicule ! Je *voulais* voir ce visage. Je veux à tout prix empêcher cet individu de commettre d'autres meurtres.

Les yeux gris acier de Max semblaient la disséquer comme une paire de scalpels.

— En es-tu vraiment sûre ?

— Que signifie cette question ?

— Tu veux savoir le fond de ma pensée ? demanda-t-il comme à regret. Tu as eu la révélation profonde, grâce à tes facultés psi, que ce psychopathe allait te tuer si tu continuais à le traquer. Alors tu essaies désespérément de le fuir.

— Pas du tout, affirma-t-elle, l'air perplexe toutefois.

— Les douleurs que tu ressentais...

— Etaient celles des victimes, et non la sensation précognitive de ma propre mort.

— Il se peut fort bien que tu n'aies pas ressenti consciemment ce danger, mais que dans ton subconscient tu te sois vue en victime si tu n'abandonnais pas l'affaire. Ce qui expliquerait ton recours à des échappatoires telles que ces histoires de poltergeist et de possession.

— Je peux te dire que je ne vais pas mourir, fit-elle d'un ton cassant, et que je ne cherche pas non plus d'échappatoire.

— Alors pourquoi as-tu peur d'aborder le sujet, simplement ?

— Je n'ai pas peur.

— Moi, je le crois.

— Je ne suis ni une lâche ni une menteuse.

— Mary, j'essaie seulement de t'aider...

— Alors essaie de me croire, aussi !

— Pas besoin de crier comme ça, dit-il avec un regard narquois.

— Tu ne m'écoutes pas, sinon.

— Tu cherches vraiment la querelle, Mary. Pourquoi ?

Non, non, songeait-elle pour elle-même. Fais-moi taire. Prends-moi dans tes bras. Mais elle dit tout haut :

— C'est toi qui la cherches.

— Je t'ai seulement demandé d'envisager une autre explication que cette histoire de possession. Tu as une réaction disproportionnée.

C'est vrai, songeait-elle encore, tu as raison et je le sais. Je ne comprends pas. Je ne veux pas te faire de peine. J'ai besoin de toi. Mais encore une fois ses paroles furent autres :

— A t'entendre, j'ai l'impression de faire toujours tout de travers : je réagis trop violemment, je me trompe, je me laisse égarer, ou j'embrouille tout. Tu me traites comme une enfant.

— C'est toi qui te rabaisses.

— Tu me traites comme une gamine stupide, s'entêta-t-elle, alors qu'elle pensait : « Serre-moi contre toi, embrasse-moi, aime-moi. Fais-moi taire, je ne veux pas d'une dispute. J'ai peur. »

— Ce n'est pas le bon moment pour te parler, déclara-t-il en se dirigeant vers la porte. Tu n'es pas d'humeur à écouter une critique constructive.

— Parce que je me conduis comme une enfant ?

— Oui.

— Tu sais que tu m'emmerdes, par moments !

Il s'arrêta et se retourna vers elle en disant calmement :

— Encore une réaction puérile. L'enfant essaie de choquer l'adulte par des gros mots.

Elle rouvrit son livre à la page marquée, et, ignorant sa présence, fit semblant de lire.

***

Elle aurait préféré se retrouver infirme plutôt que de se sentir éloignée de Max, même temporairement. Ils se disputaient rarement, mais elle en souffrait beaucoup à chaque fois. Les quelques heures de silence qui suivaient une querelle dont elle était généralement responsable lui paraissaient insupportables.

Elle passa le reste de la soirée avec un livre de Colin Wilson intitulé « Le monde de l'occulte », incapable de se rappeler ce qu'elle venait de lire d'une page à l'autre. De son côté, Max semblait plongé dans un roman, la pipe au coin de la bouche, apparemment à des milliers de kilomètres de là.

A onze heures elle appuya sur la commande à distance du téléviseur. Les informations donnaient priorité à une sinistre histoire de meurtre dans un salon de coiffure de Santa Ana. Un film montrait les lieux sanglants, et des interviews de policiers qui n'avaient aucun commentaire à faire.

— Tu vois, j'avais raison pour les infirmières, et pour le salon de coiffure aussi. Et Bon Dieu, je ne me trompe pas non plus à propos de Richard Lingard !

A l'instant même où elle prononçait ces mots elle les regrettait déjà, et le ton plus encore.

Il la regarda sans rien dire. Elle détourna les yeux et se replongea dans son livre. Elle n'avait pas voulu relancer la discussion mais au contraire inciter Max à parler... simplement pour entendre le son de sa voix.

C'était généralement elle qui commençait les disputes, mais elle n'avait jamais réussi à en clore une. Elle était psychologiquement incapable de tendre la main la première, et laissait ce geste pacifique à ses partenaires masculins. Elle savait que c'était souvent injustifié, mais n'y pouvait rien.

Elle faisait remonter cette incapacité à la mort violente de son père, si soudaine et imprévisible qu'elle la ressentait parfois encore comme un abandon. Une fois adulte, elle avait toujours craint de voir les hommes faisant partie de sa vie la quitter avant qu'elle y fût préparée.

Bien entendu, elle refusait même d'envisager la fin de son union avec Max. Ce mariage durerait toujours. Et chaque fois qu'elle se disputait avec lui et pouvait craindre de le voir la quitter, elle l'obligeait à brandir le rameau d'olivier. C'était un test destiné à mesurer la grandeur du sacrifice d'orgueil de Max. Il prouvait ainsi aux yeux de Mary qu'il l'aimait et ne l'abandonnerait jamais, contrairement à son père jadis.

C'était pourtant vrai que Mary avait été marquée bien plus par la mort de son père que par tous les sévices qu'avait pu lui infliger Berton Mitchell.

Comment le docteur Cauvel ne s'en rendait-il pas compte ?

*
**

Une fois les lumières éteintes, et ni l'un ni l'autre ne parvenant à dormir, Max toucha légèrement Mary. Ses mains produisaient sur elle l'effet de résonance d'un diapason sur du cristal fin. Elle se mit à trembler, incapable de se contrôler, puis s'effondra contre lui en pleurant.

Il ne dit rien, les mots n'ayant plus d'importance, et se contenta de la serrer pendant quelques instants. Puis il commença à la caresser à travers le pyjama de soie, suivant la courbe des hanches et des fesses d'un geste lent et tendre. Défaisant deux boutons de la veste il glissa une main à l'intérieur, touchant un sein brûlant dont il effleura à peine le mamelon. Elle colla aussitôt sa bouche entrouverte sur le cou de Max, sentant les muscles durs et les battements de son cœur sous ses lèvres. Il la dévêtit, et se mit nu à son tour. Elle sentit sur sa cuisse le pansement de sa main.

— Et ton doigt ? s'inquiéta-t-elle.

— Ça va très bien.

— La coupure pourrait se rouvrir et se remettre à saigner...

— Chut... ne parle plus.

Il avait très envie d'elle, et c'était réciproque, il le sentait. Il s'étendit sur elle, dans l'obscurité, et bougea en elle avec une fougueuse impatience. Alors qu'elle n'espérait que la joie de l'intimité retrouvée, elle eut la surprise de jouir presque immédiatement. Une jouissance qui était plutôt douceur que tempête. Mais lorsqu'elle jouit une seconde fois, quelques secondes avant qu'il ne s'abandonne aussi tout au fond d'elle, elle cria de plaisir.

Elle resta un long moment silencieuse contre lui, après, tenant sa main, puis elle murmura :

— Ne me quitte jamais. Reste avec moi toute ma vie, je t'en prie.

— C'est promis, toute ta vie.

*
**

A cinq heures trente le mercredi matin, au milieu d'une vision cauchemardesque d'un futur crime du même tueur, Mary fut réveillée en sursaut par un coup de feu, une seule détonation, toute proche, à déchirer le tympan. Le son semblait encore se répercuter sur les murs de la chambre quand elle se dressa sur son séant, rejeta les couvertures, et sortit ses jambes du lit.

— Max, qu'est-ce que c'est ? Max !

Max sursauta, alluma la lampe de chevet et bondit hors du lit, restant un instant à chanceler et à cligner des yeux.

La lumière brutale gênait aussi Mary, mais entre ses paupières mi-closes elle voyait bien qu'il n'y avait personne dans la chambre.

Max allongea instinctivement le bras vers le pistolet chargé qu'il laissait toujours sur la table de nuit, mais ne le trouva pas.

— Où est le pistolet ? s'écria-t-il.

— Je n'y ai pas touché.

Puis ses yeux s'habituant à la lumière, elle aperçut l'objet flottant au bout du lit, à plus d'un mètre au-dessus du sol, comme soutenu par des fils invisibles. Le canon était braqué sur elle.

Le poltergeist !

— Bon Dieu, hurla Max.

Il n'y avait pas de doigt sur la détente, mais un second coup partit, et la balle alla se loger dans le bois du lit à quelques centimètres du visage de Mary. Celle-ci, prise de panique, la respiration coupée, courut en geignant à l'autre bout de la pièce, pliée en deux comme si elle était blessée. Le pistolet se déplaça, toujours pointé sur elle, tandis qu'elle atteignait un coin où elle se blottit, se rendant soudain compte qu'elle était prise au piège et aurait dû filer dans la direction opposée pour essayer de s'enfermer dans la salle de bains.

La troisième balle s'enfonça dans le plancher, près de ses pieds, faisant voler des bouts de carpette et des éclats de bois.

— Max !

Il tenta de saisir l'arme, mais elle lui échappa, montant, redescendant, zigzaguant, tournoyant, comme en une danse grotesque.

Mary chercha un abri, mais ne vit rien à proximité. La quatrième balle passa au-dessus de sa tête et alla transpercer une aquarelle dans un sous-verre, représentant le port de Newport Beach.

Max réussit à toucher le pistolet et s'en empara, mais le canon pivota entre ses mains, braqué vers sa poitrine à présent. Trempé de sueur et jurant violemment, Max se battit avec fureur pour arracher l'arme à des mains qu'il ne voyait même pas.

Et tout soudain, au bout de quelques secondes, l'adversaire invisible abandonna la partie, et Max recula en chancelant, accroché à l'enjeu de la lutte.

Mary était adossée contre le mur, les mains devant le visage, mais incapable de détacher ses yeux du pistolet.

— C'est fini, il n'y a plus de danger, dit Max en s'approchant d'elle.

— Je t'en supplie, décharge-le, cria-t-elle en montrant l'objet qu'il tenait toujours.

Il examina l'arme, et sortit le chargeur de la crosse.

— Enlève aussi les cartouches du chargeur.

— Ce n'est plus nécessaire, puisque...

— Fais-le, coupa-t-elle d'une voix rauque.

Il obéit, les doigts encore tremblants, et déposa tout sur le lit, pistolet, chargeur vide et munitions non utilisées, dont il ne pouvait détacher son regard, s'attendant, comme Mary, à ce que quelque chose se mette à léviter. Mais rien ne bougea.

— Qu'est-ce qui s'est passé ? demanda-t-il.

— Un poltergeist en action.

— Ça ou autre chose, c'est encore dans la pièce ?

Elle ferma les yeux, s'efforçant de se détendre pour mieux percevoir des ondes. Au bout d'un moment, elle lui répondit :

— Non, il n'y a plus rien ici.

10

PERCY OSTERMAN, le shérif du Comté d'Orange, ouvrit la porte et s'effaça pour laisser passer Max et Mary dans une pièce uniformément grise, peinture, carrelage, et appuis de fenêtre poussiéreux. Un ensemble d'étagères métalliques également grises était fixé à l'un des murs, et de nombreux casiers au devant en acier poli encastrés dans celui d'en face. Les quelques meubles étaient faits de tubulures de métal et de vinyle gris ; gris aussi, les abat-jour des globes suspendus au plafond. L'éclairage fluorescent faisait de ce lieu une étude en clair-obscur dont les seules taches lumineuses étaient les éviers de porcelaine impeccablement propres, et la table d'autopsie inclinée, d'un blanc cru, aux accessoires en acier inox étincelant.

Le shérif, tout en arêtes et en angles, était presque aussi grand que Max mais pesait vingt kilos de moins et n'avait pas sa forte musculature, sans pour autant paraître malingre ni fragile. Il avait de larges mains osseuses, presque décharnées, aux doigts comme des serres ; des épaules tombantes, un cou grêle avec une pomme d'Adam proéminente, un visage buriné, tanné par le soleil, qu'éclairaient des yeux d'une étrange teinte d'ambre pâle, au regard mobile et vigilant. Ses sourcils froncés lui donnaient la mine sévère, mais son sourire était naturel et bienveillant. Il ne souriait pas, en tout cas, quand il ouvrit l'un des six grands compartiments devant Max et Mary, et souleva le drap pour découvrir le visage du cadavre.

— Kyle Nolan, dit Osterman à Mary qui s'était rapprochée. Il était propriétaire d'un salon de coiffure et il y travaillait.

Nolan était un petit homme chauve, aux épaules larges et au torse bombé. Sans sa moustache touffue il aurait eu un air de ressemblance avec l'acteur Edward Asner, songea Mary.

Elle posa une main sur le compartiment et attendit l'habituel flot d'impressions psychiques. Sans en comprendre la raison ni la cause, elle savait que les morts conservaient une sorte d'aura pendant un certain temps, comme une bulle invisible autour d'eux, renfermant des souvenirs, des scènes particulièrement marquantes de leur vie, notamment de leurs derniers instants. En général, le contact d'un clairvoyant avec la victime d'un meurtre, ou avec certains de ses effets personnels, déclenchait une succession d'images mentales, parfois aussi nettes que dans la réalité, ou au contraire floues et incohérentes, la plupart relatives à l'instant de la mort et à l'identité de l'assassin.

Mais là, pour la première fois, elle ne recevait rien, pas même une vague impression de vibrations et de couleurs. Elle toucha le visage du mort, sans plus de résultat.

Osterman repoussa le tiroir et ouvrit celui d'à côté.

— Tina Nolan, la femme de Kyle, dit-il en retirant le drap.

Elle avait une certaine beauté, malgré des traits durs et des cheveux décolorés et cassants qui avaient dû faire le désespoir de son mari dans son métier. Ses yeux, pourtant fermés depuis plusieurs heures par le médecin légiste, s'étaient rouverts et semblaient regarder fixement Mary comme pour lui transmettre des informations importantes. Mais finalement, elle n'émettait rien elle non plus.

La femme du troisième compartiment approchait de la trentaine et avait dû être très belle.

— Rochelle Drake, dit Percy Osterman. La dernière cliente de Nolan ce jour-là.

— Rochelle Drake ? fit Max en s'approchant pour regarder. Il me semble que ce nom me dit quelque chose.

— Vous la reconnaissez ?

— Non, répondit-il en secouant la tête. Mais... ce nom ne te rappelle rien, Mary ?

— Non, rien.

— Quand tu as eu la vision mentale de ces meurtres, tu as dit que tu croyais connaître une des victimes.

— Je m'étais trompée. Je n'en connais aucune.

— C'est curieux... j'aurais juré... en fait je ne sais pas, sinon que ce nom, Rochelle Drake, me... dit quelque chose.

Mary ne prêtait pas attention aux paroles de Max, car elle venait de percevoir dans l'air une sorte de courant vibratoire qu'elle connaissait bien, signe avant-coureur de manifestations psychiques. Cette femme allait lui transmettre ce que les autres n'avaient pu faire. Mary fit le vide dans son esprit pour l'ouvrir totalement à la réception des ondes psi, et posa sa main sur le front de la morte.

Flap... flap... flap...

Un bruit d'ailes.

Mary sursauta et retira vivement sa main de sur le cadavre. Elle avait senti des ailes, membraneuses, vibrantes comme des peaux de tambours. C'est impossible, pensa-t-elle, affolée. Les ailes avaient un rapport étroit avec Berton Mitchell, pas avec cette morte ni avec son meurtrier. Elles étaient liées au passé, pas au présent. Et Berton Mitchell ne pouvait pas avoir joué un rôle dans cette affaire, puisqu'il s'était pendu dans sa cellule vingt ans auparavant.

Mais voilà qu'elle sentait l'odeur des ailes autant que leur contact à présent, et aussi celle de la créature à laquelle elles appartenaient ; une odeur de moisi, âcre et nauséabonde, qui lui soulevait le cœur.

Et si l'assassin de Rochelle Drake et des autres n'était pas possédé par l'esprit de Richard Lingard, mais par celui d'un autre psychopathe, de Berton Mitchell ? Il n'était pas inconcevable que Lingard ait été habité par celui-ci. Et quand Barnes l'avait abattu, l'esprit de Mitchell s'était transféré dans un autre corps/hôte. Peut-être Mary était-elle l'instrument involontaire d'une vengeance à long terme, et allait-elle passer le restant de ses jours à pourchasser Berton Mitchell, obligée de le traquer d'un

« hôte » à l'autre jusqu'à ce qu'il trouve l'occasion de la tuer à son tour. Non. C'était du délire. Elle sombrait dans la folie.

— Ça ne va pas ? demanda Max l'air inquiet.

A présent, les ailes frôlaient son visage, son cou, ses épaules, ses seins, son ventre, battaient contre ses chevilles, remontaient le long de ses mollets, se glissaient entre ses cuisses.

Elle était bien décidée à ne pas céder à la peur, mais en même temps elle sentait confusément que si elle n'arrivait pas à chasser cette obsession, les ailes finiraient par l'entraîner vers les ténèbres éternelles. Une idée ridicule. Néanmoins, Mary s'éloigna du compartiment qui contenait le cadavre.

— Tu « reçois » quelque chose ? demanda Max.

— Pas en ce moment, lui mentit-elle.

— Mais juste avant ?

— Très brièvement.

— Quelles images ?

— Sans intérêt. Des formes mouvantes, incohérentes.

— Peux-tu les retrouver, les préciser ?

— Non.

Elle savait qu'elle ne devait pas poursuivre sa vision, sinon elle découvrirait ce qui se cachait derrière ces ailes menaçantes. Et cela, il ne le fallait surtout pas. Jamais.

Osterman repoussa le tiroir, au grand soulagement de Mary.

***

Le shérif les accompagna jusqu'au bout du parking où ils avaient laissé leur voiture. Le ciel de décembre ressemblait à l'intérieur de la morgue, un camaïeu de gris traversé à vive allure par les nuages qui se reflétaient dans le capot brillant de la Mercedes.

Frissonnante, Mary enfonça ses mains dans les poches de son manteau et courba les épaules sous le vent.

— On m'a dit du bien de vous, dit simplement Osterman qui n'était pas du genre à faire de longs discours.

J'étais content de votre appel, ce matin. J'espérais une piste, grâce à vous.

— Moi aussi, avoua-t-elle.

— Vous aviez eu la vision de ces meurtres ?

— Oui.

— Celui des infirmières à Anaheim, aussi ?

— C'est vrai.

— Le même tueur, d'après vous ?

— Oui.

— C'est ce que nous croyons aussi. Il y a quelques preuves.

— Quel genre ? s'enquit Max.

— Dans l'appartement des infirmières, il y a eu pas mal de casse, expliqua Osterman de son ton bref et incisif. Surtout des objets religieux, deux crucifix et une statuette de la Vierge. Il a même étranglé une des filles avec un rosaire. Et il y a eu une scène de ce genre dans le salon de coiffure.

— Quoi exactement ? demanda Mary.

— Assez ignoble. Je ne sais pas si je dois vous...

— J'ai l'habitude de voir et d'entendre raconter des choses horribles.

Il lui jeta un long regard entre ses paupières plissées.

— Ouais... j'imagine, fit-il en s'appuyant contre le capot de la voiture. Eh bien, la jeune femme du salon, Rochelle Drake... elle portait une chaîne autour du cou avec une croix en or. D'abord, il l'a violée avant de la tuer. Et puis, il a arraché la croix et il la lui a... enfoncée dans le vagin...

Mary eut une nausée de dégoût, et serra ses bras croisés contre sa poitrine.

— C'est donc un malade mental, avec une fixation d'ordre religieux, dit Max.

— Apparemment... Et à présent, que comptez-vous faire ? demanda le shérif à Mary.

— Filer sur la côte, répondit-elle.

— A King's Point, précisa Max.

— Pourquoi King's Point en particulier ?

Mary sembla hésiter, et jeta un regard vers Max avant de répondre.

— C'est là-bas que les prochains crimes auront lieu.
— Vous avez eu une nouvelle vision ? demanda Osterman sans surprise.
— Ce matin même. Très tôt.
— Et c'est pour quand ?
— Demain soir.
— La nuit de Noël ?
— Oui.
— Dans quel coin de King's Point exactement ?
— Dans le port.
— Il est très grand !
— Dans le quartier des boutiques et des restaurants.
— Vous savez combien il va faire de victimes ?
— Non, pas vraiment.

Elle se sentait soudain glacée, envahie par un froid que cette journée d'hiver californien pas plus que le vent ne suffisaient à expliquer. Elle portait un élégant manteau de peau avec une doublure assez mince, et elle regrettait de ne pas avoir mis sa plus chaude fourrure.

— Je réussirai peut-être à l'empêcher de commettre un nouveau meurtre, dit-elle.
— Vous sentez-vous chargée d'une mission ? demanda Osterman.
— Je n'aurai pas l'esprit en paix tant que je n'aurai pas atteint ce but.
— Je n'aimerais pas posséder le même don que vous, avoua le shérif.
— Je ne l'ai pas réclamé, vous savez.

Un camion passa bruyamment, et Osterman attendit pour reprendre :

— King's Point faisait partie de mon territoire dans le temps, mais ils ont élu leur propre police il y a deux ans et depuis je ne peux plus intervenir, sauf s'ils me le demandent ou si une affaire commence ici et se poursuit chez eux.
— J'aurais aimé collaborer avec vous, dit Mary.
— Moi aussi. Mais vous allez travailler avec un abruti.
— Pardon ?
— Le chef de la police de King's Point, un certain Patmore. John Patmore. Un imbécile, borné. S'il vous

embête, dites-lui de m'appeler. Il me respecte quand même assez. Mais c'est un abruti, de toute façon.

— Nous ferons allusion à vous, si c'est nécessaire, dit Mary. Mais nous avons quelques relations là-bas, par exemple le directeur du journal local *King's Point Press.*

— Lou Pasternak ?

— Vous le connaissez ?

— Un sacré journaliste !

— Tout a fait de cet avis.

— Et quel personnage, aussi !

— Assez fascinant, oui.

— Eh bien, j'espère que vous allez faire du bon travail à ma place, conclut Osterman en leur tendant la main.

— Merci de votre coopération, dit Max.

— N'hésitez pas à faire appel à moi. J'ai été ravi de pouvoir vous être utile.

Mary monta dans la Mercedes, à l'abri des rafales de vent qui faisaient vibrer les câbles électriques au-dessus.

*
**

Ils atteignirent King's Point à deux heures et demie, et en eurent d'abord un aperçu du haut d'une corniche surplombant le port. Le ciel était bas, et d'épais nuages se pressaient vers la terre. A quelques kilomètres au large, l'océan se noyait dans le brouillard, tandis que plus près du rivage d'énormes vagues, chevauchées par quelques rares surfeurs en combinaison, allaient déferler sur la grève couverte d'écume, et exploser en gerbes d'embruns contre les digues protégeant l'entrée du port.

La ville, située un peu au sud de Laguna Beach sur la grande route qui longe le Pacifique, était une véritable oasis de soleil et d'opulence, à l'abri du smog. Ce jour-là cependant le soleil restait caché, mais l'opulence éclatait partout sans pudeur. Sur les collines verdoyantes les villas valaient de soixante-quinze à cinq cent mille dollars, presque toutes avec vue sur l'océan, et des jardins aménagés avec art et soigneusement entretenus. Les propriétés riveraines, avec bassin privé pour les bateaux, n'étaient pas aussi coûteuses que celles de Newport

Beach ; néanmoins, les agents immobiliers ne perdaient pas leur temps à essayer de convaincre des acheteurs éventuels qui hésitaient à l'annonce d'un prix moyen de deux cent cinquante mille dollars. Même dans la partie plate située entre le port et les collines, où les maisons étaient moins chères et où l'on trouvait aussi des immeubles vendus par appartements, les prix restaient très élevés, par rapport à la plupart des autres villes.

Les guides touristiques décrivaient King's Point comme une ville « pleine de charme », « originale et pittoresque », et pour une fois il ne s'agissait pas de publicité racoleuse. Le gazon y était dense et vert, les nombreux jardins publics pleins de variétés de palmiers, de lauriers-roses, de joubarbe, de magnolias, de dragonniers, d'oliviers et de fleurs saisonnières ; les maisons bien entretenues, repeintes chaque année ou tous les deux ans, pour les protéger de l'air marin corrosif. Les commerçants étaient invités à ne pas utiliser d'enseignes au néon, trop agressives, et obligés par la loi à peindre leurs boutiques dans des tonalités pâles et tendres.

Les résidents semblaient convaincus que grâce à quelques arrêtés municipaux appropriés ils pouvaient exclure de leurs murs tout ce qui ailleurs rendait la vie moins agréable ; et effectivement, ils réussissaient à éliminer les choses de mauvais goût, bon marché, ou tape-à-l'œil.

« Mais ils ne peuvent refouler tout ce qui est indésirable », songeait Mary. Un tueur venu de l'extérieur se trouve en ce moment parmi eux. Mais les arrêtés municipaux sont impuissants à interdire la mort.

Du printemps à l'automne, la population de King's Point augmentait de 60 %. Pendant cette période, les hôtels étaient complets des mois à l'avance, les restaurateurs remontaient leurs prix — sauf pour les résidents qu'ils connaissaient —, les magasins engageaient du personnel supplémentaire, et les plages de sable blanc étaient envahies par la foule. Mais deux jours avant Noël, la ville était calme. Quand Max quitta la grande route pour tourner dans une rue, la circulation s'amenuisa considérablement.

Le quartier général de la police était un bâtiment de

briques sans architecture définie, totalement dénué de style, d'unité et de caractère. Il avait l'air d'un immense entrepôt au toit plat, auquel on aurait ajouté des fenêtres. Même situé derrière le port, dans cette zone plate, intermédiaire entre les deux quartiers résidentiels — le bord de mer et les hauteurs —, il n'aidait pas à revaloriser le voisinage. A l'intérieur, la salle d'accueil était déprimante dans sa banalité administrative : carrelage marron, murs d'un vert sale, plafond d'un vert délavé, et mobilier strictement utilitaire. L'argent des contribuables avait servi à acheter trois bureaux, des classeurs munis de six tiroirs, des machines à écrire IBM, une photocopieuse, un petit réfrigérateur, le drapeau américain, une vitrine murale renfermant des armes légères, un coin équipé pour les communications radio, et une secrétaire régulière, engagée à l'extérieur, Mme Vidette Yancey, comme l'indiquait la plaque posée sur son bureau, la cinquantaine, des cheveux blancs très frisés, un teint pâle, une poitrine opulente et des lèvres peintes en rouge vif.

— Je désire voir votre chef, John Patmore, lui dit Mary.

La secrétaire continua de corriger une faute de frappe qu'elle venait de faire, avant de relever la tête.

— Lui ? Il est sorti, finit-elle par répondre.

— Quand reviendra-t-il ?

— Le chef ? Demain matin.

— Pourriez-vous nous donner son adresse personnelle ? demanda Max en s'appuyant sur le comptoir en formica séparant la salle d'accueil de la partie réservée aux employés.

— Son adresse personnelle. Bien sûr. Mais il n'est pas chez lui.

— Où est-il en ce moment ? insista Mary qui perdait patience.

— Où est-il ? A Santa Barbara. Il ne reviendra pas avant dix heures demain matin.

— Nous devrions peut-être parler à un de ses assistants ? suggéra Mary en se tournant vers Max.

— Un assistant ? reprit Mme Yancey à laquelle on ne demandait rien. Le chef a cinq hommes sous ses ordres.

Mais, naturellement, il n'y en a que deux de service en ce moment.

— Si ce type est bien comme on nous l'a décrit ça ne nous avancera pas de parler à des subordonnés, fit remarquer Max à Mary. Il voudra qu'on s'adresse directement à lui.

— Il ne reste plus beaucoup de temps, Max.

— Quand même jusqu'à sept heures demain soir, non ?

— Si ma vision est exacte, oui.

— Donc si nous voyons Patmore de bonne heure demain, ça suffit.

— Les hommes de service font leur ronde en ce moment, intervint la secrétaire. Vous vouliez peut-être signaler un crime ?

— Pas exactement, répliqua Mary.

— Pas exactement ? En tout cas, j'ai des formulaires tout prêts, vous savez, proposa-t-elle en ouvrant un tiroir de son bureau pour fouiller dedans. Je peux prendre note des renseignements, et demander à un des policiers de vous rappeler.

— C'est inutile, dit Max. Nous reviendrons demain à dix heures.

***

Au bout du port en bordure de la baie, le terrain très recherché était essentiellement occupé par des entreprises commerciales : clubs nautiques, bureaux de vente, cales sèches, restaurants, boutiques, tous aussi propres et accueillants que les luxueuses résidences de part et d'autre du chenal. Le restaurant-bar « Au Dauphin rieur » avait une petite terrasse au premier étage en avancée au-dessus de l'eau, sur laquelle par beau temps les clients pouvaient avaler tranquillement des boissons alcoolisées en se chauffant au soleil. Mais ce jour-là, il n'y avait personne sur le balcon, à l'exception de Max et Mary.

La jeune femme s'appuya à la rambarde de bois, une chope de café arrosé de cognac à la main. La journée était seulement un peu fraîche, mais le vent de l'océan, nettement froid, lui mordait le visage et lui colorait les joues.

Sur la droite au sommet de la colline la plus au nord, dominant le port, Mary apercevait le Sapnish Court, l'hôtel où ils avaient retenu une chambre, d'un aspect majestueux, tout en stuc blanc, bois naturels et briques rouges.

Dans la baie, huit dinghies évoluaient ensemble, faisant la navette sur les eaux calmes couleur d'ardoise. Sur la toile de fond formée par les voiliers de 18, 24 et 30 mètres et les yachts à moteur, les plus petits bateaux avaient l'air de jolis jouets. Même par cette journée sans soleil, la blancheur éblouissante de leurs voiles se remarquait tandis qu'ils se mouvaient avec une grâce tranquille.

— Observe bien tout, dit Max, les bateaux, les maisons, le port. Peut-être qu'un détail redéclenchera ta vision.

— Je ne crois pas. Elle s'est désintégrée quand je me suis réveillée parce qu'on me tirait dessus.

— Essaie quand même.

— Vraiment ?

— C'est pour cela que tu es venue, non ?

— Si je n'arrive pas à démasquer ce tueur, c'est lui qui va me traquer.

Le vent se leva brusquement, plaquant le manteau de cuir de Mary contre ses jambes, et faisant vibrer les grandes baies vitrées du bar sur la terrasse derrière eux. Elle dégustait son café brûlant, dont les volutes de fumée lui caressaient le visage avant de se dissoudre dans l'air froid.

— Cela t'aiderait peut-être de me répéter comment les choses vont se passer, suggéra Max qui enchaîna, voyant qu'elle restait silencieuse, souviens-toi, demain soir à sept heures, pas loin de l'endroit où nous nous trouvons actuellement...

— Oui, à quelques rues d'ici.

— Tu le vois armé d'un couteau de boucher.

— Celui de Lingard.

— Bref, un couteau.

— Celui de Lingard, insista-t-elle.

— Tu le vois poignarder deux victimes.

— C'est vrai.
— A mort ?
— Une seule, je crois, mais ce n'est même pas sûr.
— Pas l'autre ?
— Disons qu'une s'en tirera sûrement. Peut-être l'autre aussi...
— Qui sont ces futures victimes ?
— Je l'ignore.
— Peux-tu les décrire ?
— Je n'ai pas vu leur visage.
— Des jeunes femmes, comme les infirmières ?
— Vraiment, je n'en sais rien.
— Et la carabine de gros calibre ?
— Je l'ai vue aussi, dans la même vision.
— Il a donc un couteau de boucher et la carabine.
— Oui, et quand il aura poignardé les deux premières victimes, il montera au sommet d'une tour et il tirera avec l'intention de tuer tout le monde.
— Tout le monde ?
— Enfin, le plus possible de gens.

A l'autre extrémité du port arrivaient de l'océan, portées haut par le vent, une bande de mouettes dont les plumes blanches se détachaient sur le fond sombre et orageux du ciel.

— Combien de victimes va-t-il faire au total ? demanda Max.
— Son image a disparu avant que je puisse le voir.
— A quelle tour va-t-il monter ?
— Je n'en sais rien.
— Regarde bien autour de nous. Repère les différentes tours. Essaie de recevoir une impression en te concentrant sur chacune d'elles.

A trois cents mètres vers la droite après la pointe de la baie à un bout du port, et à cinq cents mètres environ du « Dauphin rieur », l'église catholique de la Sainte-Trinité se cachait derrière les immeubles du front de mer qui n'existaient pas à l'époque de sa construction. Mary se souvenait y être entrée une fois. C'était une impressionnante forteresse de granit ancien, au style gothique, ornée de superbes vitraux aux couleurs sombres. Le clocher d'une trentaine de mètres de haut, juste au-dessus d'une plate-forme bordée d'un parapet, était le point le plus élevé de ce quartier tout proche du port.

Le cri des mouettes attira un instant l'attention de Mary. Elles passaient au-dessus de la file des voiliers, se dirigeant toujours vers la terre, mais soudainement très excitées et poussant des cris stridents qui rappelaient le crissement de la craie sur un tableau noir.

Mary s'obligea à ne pas les entendre, et à se concentrer sur l'église de la Trinité. Sans succès. Aucune image, aucune réception d'ondes psi. Pas la moindre impression précognitive que le tueur tirerait du haut de ce clocher.

L'église luthérienne Saint-Luc se dressait à deux cents mètres plus au nord, juste derrière le port, entre Mary et l'église de la Trinité. C'était un édifice de style espagnol, avec de lourdes portes en chêne sculpté et un clocher moitié moins haut que le premier. Aucune perception de ce côté non plus, hormis le sifflement sinistre du vent et les cris des mouettes surexcitées.

Le troisième point élevé, à deux cents mètres vers la gauche, sur le front de mer, était une tour de trois étages seulement qui faisait partie du complexe Kimball, une construction en bardeaux de cèdre abritant une galerie de jeux et des snack-bars. En été, les touristes montaient au sommet, chargés d'appareils photographiques, et prenaient des vues du port. Mais en cette saison l'endroit était fermé, silencieux et désert.

— La tour Kimball, peut-être ? demanda Max.

— Je ne sais pas. Ni plus ni moins que les deux autres.

— Concentre-toi très fort.

Mary ferma les yeux, et au même instant une mouette piqua sur eux avec un cri rageur, et passa à une vingtaine de centimètres de leurs visages. Mary sursauta, et laissa tomber sa chope.

— Ça va ? s'inquiéta Max.

— J'ai été surprise, c'est tout.

— Elle t'a touchée ?

— Non.

— C'est drôle, les mouettes ne passent jamais si près des gens, sauf si on s'aventure dans leurs lieux de ponte.

Mais je ne vois pas où elles pourraient avoir un nid ici, et de toute façon ce n'est pas la saison.

La dizaine de mouettes qui avaient atteint le port quelques minutes auparavant tournoyaient maintenant au-dessus d'eux. Au lieu de se laisser porter avec une grâce nonchalante comme à leur habitude par les courants aériens, elles viraient et tournaient, battaient vivement des ailes, montaient, plongeaient, s'élançaient dans toutes les directions à l'intérieur d'une petite sphère imaginaire. Elles semblaient souffrir, et se livraient à un ballet désordonné et grotesque en poussant des cris d'alarme.

— Qu'est-ce qui les affole comme ça ? demanda Max étonné.

— Moi, répondit simplement Mary.

— Toi ? Et qu'as-tu fait ?

— J'ai voulu utiliser mes pouvoirs pour trouver dans quelle tour le tueur va se réfugier, expliqua-t-elle en frissonnant.

— Et alors ?

— Alors, ces oiseaux sont chargés de m'en empêcher.

— Mary, c'est absurde, s'écria Max stupéfait. Qu'est-ce que tu me racontes, des mouettes dressées ?

— Non, mais sous contrôle.

— Le contrôle de qui ? Qui les a envoyées ?

Mary observa longuement les oiseaux sans répondre.

— Qui ? insista Max. Le spectre de Lingard ?

— C'est possible.

— Voyons, Mary... dit Max en lui posant affectueusement la main sur l'épaule.

— Tu as bien vu comment j'ai été victime d'un poltergeist, quand même !

— Ecoute, commença-t-il sur le ton mesuré et sentencieux qui horripilait Mary, j'admets que ce qui déclenche et contrôle les manifestations de poltergeists puisse déplacer des objets inanimés, mais tout de même pas des animaux vivants !

— Ecoute-moi à ton tour, tu n'as pas non plus la connaissance suprême. Tu ne sais pas tout ce...

Elle s'interrompit pour jeter un regard inquiet aux oiseaux.

— Qu'y a-t-il ? demanda Max.

— Ecoute bien les oiseaux. Tu ne remarques rien ?

Les mouettes continuaient leurs acrobaties incohérentes au-dessus d'eux, mais sans un seul cri, dans le silence le plus absolu.

— C'est curieux, reconnut Max.

— Je rentre dans le bar, décida Mary.

Elle arrivait presque à la porte à petits carreaux donnant sur la terrasse quand un des oiseaux piqua vers elle et vint la frapper entre les deux épaules avec la force d'un marteau. Mary trébucha et leva instinctivement un bras replié vers son visage tandis que les ailes lui martelaient le cou, le crâne, en claquant bruyamment contre ses oreilles. Elles étaient recouvertes de plumes, donc très différentes de celles que la jeune femme associait à Berton Mitchell, membraneuses, d'une texture semblable à du cuir. Mais les mouettes n'en étaient pas moins effrayantes, et Mary imaginait leur bec crochu, dangereusement acéré, s'enfonçant dans ses yeux. Elle poussa un hurlement.

Max lui cria quelque chose qu'elle n'entendit pas. Elle fit le geste de saisir la mouette, mais pensa qu'elle allait peut-être s'acharner sur sa main, et la retira vivement. Max porta un coup violent à l'oiseau qui tomba sur la terrasse, momentanément assommé. Il ouvrit aussitôt la porte du bar, poussa Mary à l'intérieur, et entra à son tour en refermant la porte derrière lui.

Le barman, qui avait vu l'attaque, fit rapidement le tour du comptoir tout en s'essuyant les mains à un torchon. Un homme assez fort, à cheveux roux, assis sur un tabouret, pivota pour voir ce qui se passait. Près des fenêtres, dans un des boxes de vinyle noir, une ravissante blonde en robe verte, et son compagnon, un garçon brun au teint basané, levèrent les yeux, dérangés dans leur intimité.

Avant que le barman ait pu faire un pas de plus, une mouette percuta la porte vitrée dans le dos de Max, et deux petits carreaux se brisèrent, les éclats tombant à l'intérieur avec un bruit cristallisé. La serveuse lâcha son plateau et courut vers l'escalier qui descendait au restaurant.

Avec le claquement sec d'une détonation, une autre mouette vint s'écraser contre une des plus grandes fenêtres qui donnaient sur le port. La vitre se fendit mais résista, et l'oiseau blessé rebondit sur le balcon, laissant une tache sombre à l'endroit de l'impact.

— Elles vont me tuer, dit Mary.

— Mais non, calme-toi.

— C'est ce qu'elles veulent, je t'assure.

Il la prit dans ses bras, mais pour la première fois ils ne semblaient pas assez forts à Mary, ni sa poitrine assez large, pour lui assurer une protection efficace.

Une mouette vint heurter la fenêtre du box où était assis le jeune couple, et la vitre se brisa en zigzag. La jolie blonde se mit à hurler et quitta son siège précipitamment, suivie de près par son compagnon prudent. Juste après leur retraite hâtive, un autre oiseau percuta la même vitre qui cette fois explosa en projetant une pluie de larges fragments de verre sur la table en pin sombre où ils se brisèrent et rejaillirent en mille éclats sur la banquette de vinyle. La mouette, décapitée, atterrit au milieu de la table, et sa tête tomba dans le verre abandonné par la jeune femme. Deux autres oiseaux pénétrèrent aussitôt par la fenêtre brisée.

— Arrêtez-les, arrêtez-les, par pitié, hurla Mary au bord de l'hystérie. Que quelqu'un les empêche d'entrer... par pitié...

Le jeune couple, à genoux, se réfugia à moitié derrière une table, à moitié dessous, tandis que Max poussait Mary dans le coin le plus proche, essayant de lui faire un rempart de son corps. Une des mouettes piqua droit sur lui, et il se protégea d'un bras. La créature s'éloigna avec des cris rageurs, et se mit à décrire de larges cercles autour de la pièce. L'autre, pendant ce temps, voulant se poser sur une des tables rondes du centre, renversa d'un coup d'aile un photophore en verre teinté dont la bougie allumée mit le feu à la nappe. Le barman éteignit rapidement les flammes à l'aide de son torchon humide. L'oiseau fonça en direction des étagères chargées de bouteilles derrière le comptoir, et en percuta plusieurs qui allèrent s'écraser sur le carrelage. A un mètre de là sur son tabouret, le rouquin trop sidéré pour avoir peur regardait avec fascination la bête devenue folle, qui battait frénétiquement des ailes, des pattes, et expédiait d'autres bouteilles au sol. L'odeur du whisky commença de se répandre dans la pièce.

La première mouette revenait à la charge, volant assez haut. Elle resta un moment à battre des ailes dans le coin du plafond au-dessus de Max, puis avec une ruse cruelle se laissa tomber par-dessus sa tête sur celle de Mary, ses pattes se prenant dans ses cheveux.

— Non ! Mon Dieu... non... pas ça ! hurla Mary qui empoigna l'oiseau sans plus s'occuper de son bec ni de morsures éventuelles. Cette créature était une chose impure dont il fallait qu'elle se débarrasse à tout prix. Max essaya aussi de s'en emparer, mais l'oiseau repartit sans lui en laisser le temps, et se remit à voler autour de la pièce. Quelques secondes plus tard, il piquait à nouveau sur Mary et alla heurter de plein fouet le mur près de sa tête, tombant à ses pieds, tout agité de soubresauts.

Mary poussa un cri étranglé et s'écarta vivement, portant les mains à son visage, doigts écartés.

— Elle est folle de terreur, remarqua Max.

— Tue-la ! cria Mary qui reconnaissait à peine sa propre voix, déformée par la peur et la haine.

— Je ne crois pas qu'elle soit dangereuse, maintenant, dit Max hésitant.

— Tue-la, avant qu'elle se remette à voler !

Il envoya l'oiseau rouler dans le coin, et à contrecœur lui écrasa la tête d'un coup de talon. Prise d'une nausée, Mary détourna la tête.

L'autre mouette s'éloigna du bar et s'échappa de la pièce par la fenêtre brisée.

Tout redevint calme et silencieux. Le jeune homme au teint basané se releva et aida la blonde à se mettre debout. Le rouquin trapu, toujours sur son tabouret, vida son verre d'un seul coup.

— Mon Dieu, quel gâchis ! s'écria le barman. Mais

qu'est-ce qui s'est passé ? A-t-on jamais vu des mouettes faire une chose pareille !

Max caressa doucement la joue de Mary.

— Ça va mieux ?

Elle s'appuya contre lui, et fondit en larmes.

11

18 h 30

DES milliers de lumières orangées éclairaient les hauteurs de King's Point, comme autant de brillants feux follets, tandis qu'à l'ouest, le ciel et l'océan se confondaient en un même et sombre linceul.

Max gara la voiture le long du trottoir, éteignit les phares, et se pencha pour embrasser Mary en lui murmurant :

— Tu es ravissante, ce soir.

Elle sourit de plaisir. C'était vrai qu'elle se sentait en beauté, très féminine et optimiste, malgré les événements de la journée.

— C'est au moins la sixième fois que tu me le dis.

— Eh bien, comme sept est un chiffre porte-bonheur : « Tu es ravissante ce soir. »

Il lui donna un autre baiser, et ajouta :

— Comment te sens-tu ? Moins tendue ?

— L'inventeur du valium devrait avoir son nom dans le calendrier des saints, plaisanta-t-elle.

— C'est toi qui devrais y figurer ! Tiens, ne bouge pas, je vais faire le tour pour ouvrir ta portière. Je me sens soudain très galant.

Le vent de la mer ne soufflait pas plus fort que dans la journée mais avec la nuit il semblait plus froid, plus agressif aussi. Il secouait rageusement les volets mal clos qui claquaient, faisait grincer les gonds des portes de garage qui avaient joué, égratignait les murs de la maison avec les branches d'arbres, renversait des poubelles vides, faisait siffler les pointes fourchues et fragiles des feuilles de palmiers comme des serpents en colère, et jouait au ballon avec des boîtes de soda vides qui traînaient dans la rue.

Abritée du plus gros du vent par une haie serrée d'arbustes, de jeunes pins et de dattiers, la petite maison de plain-pied sise au 440 Ocean Hill Lane offrait un aspect accueillant et douillet. Une lumière douce filtrait de dessous le châssis des fenêtres, et une lanterne de fiacre éclairait la porte d'entrée.

Lou Pasternak, propriétaire, éditeur et rédacteur du semi-hebdomadaire local, le *King's Point Press,* vint ouvrir à leur coup de sonnette et les fit entrer. Il embrassa Mary sur la joue, serra la main de Max, et accrocha leurs vêtements dans la penderie, tout en échangeant avec eux les habituelles remarques sur la bonne mine de chacun, et la joie de se revoir.

La présence de Lou produisait à Mary le même effet qu'un tranquillisant. C'était l'être qu'elle aimait le plus au monde, Max et son frère exceptés bien entendu. Il était intelligent, chaleureux, trop généreux même, mais faisait également preuve d'un cynisme féroce, heureusement tempéré par sa modestie et un merveilleux sens de l'humour.

Mary s'inquiétait de le voir boire autant d'alcool. Toutefois, Lou était conscient de son vice et savait en parler en toute objectivité. Il alléguait que le monde étant pourri alors que la terre pourrait être un véritable paradis, une fois qu'on avait compris que les choses ne changeraient jamais à cause de l'indéracinable stupidité de la plupart des gens, il fallait bien se trouver une béquille pour survivre sans finir à l'asile. Certains la trouvaient dans l'argent, d'autres dans la drogue, et le reste dans une foule d'autres choses. Sa béquille à lui, c'était le scotch. De l'excellent bourbon.

— Ma mère a mené une triste existence d'alcoolique, lui disait parfois Mary.

— A t'en croire ma chère amie, ta mère ne supportait

pas l'alcool et je ne connais rien de plus navrant qu'un ivrogne débraillé... si ce n'est un ivrogne larmoyant.

En tout cas son alcoolisme ne semblait pas gêner le moins du monde ses diverses activités. Il avait monté une affaire qui tournait bien et qu'il dirigeait encore. Certains de ses éditoriaux et ses reportages lui avaient valu plusieurs récompenses officielles. A quarante-cinq ans, célibataire endurci, il avait plus de femmes dans sa vie que n'importe quel autre homme dans l'entourage de Mary. Pour le moment il vivait seul, mais c'était tout à fait temporaire. Bien qu'elle l'ait vu souvent absorber des quantités astronomiques d'alcool, elle ne l'avait pas vu une seule fois saoul. Il ne titubait pas, ne s'exprimait jamais d'une voix pâteuse, ne larmoyait ni ne braillait, et ne se donnait jamais en spectacle. Il supportait parfaitement l'alcool, et semblait même y puiser son énergie.

— Je ne bois pas pour fuir mes responsabilités, lui avait-il expliqué un jour, mais seulement pour échapper aux conséquences fâcheuses de l'irresponsabilité des autres.

— L'alcool a fini par tuer ma mère, avait-elle répliqué. Et je ne tiens pas du tout à ce que cela t'arrive.

— De toute façon, la mort est notre lot commun, ma chère ; et ce n'est pas plus horrible de mourir d'une cirrhose du foie que d'un cancer ou d'une attaque. Je trouve même que c'est moins triste.

Mary l'adorait, presque autant que Max mais d'une autre manière. Mesurant une bonne trentaine de centimètres de moins que les un mètre quatre-vingt-quinze de Max, et même légèrement plus petit que Mary, Lou était trapu, avec des muscles solides qui lui donnaient une apparence de force indestructible. Il portait une chemise blanche dont les manches retroussées laissaient voir des avant-bras très velus. Son visage, aux traits fins d'aristocrate-né, contrastait curieusement avec son corps. Ses cheveux châtains rejetés en arrière dégageaient un front haut, dominant des yeux marron au regard vif, enfoncés dans leurs orbites, un nez fin aux ailes délicates, et une bouche aux lèvres très minces. Ses lunettes à monture de métal lui donnaient l'air d'un professeur.

— Un bourbon avec de la glace, c'est mon troisième depuis que je suis rentré du bureau, annonça-t-il en reprenant son verre sur la table basse au plateau d'ardoise. Au cas où la tempête nous priverait de courant cette nuit, je prévois de m'éclairer à la lueur de mon propre phare, plaisanta-t-il.

En dehors d'un confortable sofa et de quelques fauteuils, le salon était essentiellement meublé de livres, de revues, de disques et de tableaux. Des piles de livres étaient entassées partout, à côté du sofa, derrière, sous la table basse, et des revues récentes débordaient de rayonnages pourtant conçus pour en accueillir des centaines. Le seul mur sans livres ni disques était recouvert de peintures à l'huile, d'aquarelles et de pastels, signés par des artistes locaux. Il y avait tellement de toiles entassées dans un espace restreint qu'elles finissaient par empiéter l'une sur l'autre et se confondre. Mais Lou avait un tel goût que le regard de ses invités était inévitablement attiré par chaque tableau à un moment ou à un autre de la soirée. L'un des énormes fauteuils, plus avachi et en moins bon état que les autres, était de toute évidence le siège de prédilection de Lou, où il devait se réfugier pour lire une demi-douzaine de livres par semaine, en buvant trop et en écoutant indifféremment des opéras, du Benny Goodman ou du Bach.

C'était la pièce la plus accueillante que Max ait jamais vue. Lou leur apporta leurs verres, mit un disque d'une œuvre de Bach par un orchestre sous la direction d'Eugène Ormandy, en stéréo, à volume réduit.

— Bon, maintenant racontez-moi tout. Votre coup de fil ce matin m'a affolé. Je me suis demandé toute la journée ce qui s'était passé. Vous étiez tellement mystérieux !

Mary lui fit un récit détaillé, interrompu par des questions de Lou, des digressions sur les phénomènes de poltergeist. Elle commença au début de la poursuite de Richard Lingard, et s'arrêta à l'attaque des mouettes au « Dauphin rieur ».

Après qu'elle eut fini, un silence anormal régnait dans la pièce, seulement troublé par le tic-tac d'une horloge de grand-mère dans la salle à manger. Lou alla se servir un autre bourbon en réfléchissant à ce qu'il venait d'entendre, et se réinstalla confortablement dans son fauteuil avant de résumer la situation.

— Donc, demain soir à sept heures ce tueur va attaquer deux personnes à coups de couteau, en tuera peut-être une, après quoi il montera au sommet d'une tour d'où il se mettra à tirer sur les gens.

— Alors, tu me crois ? s'écria Mary.

— Bien sûr. J'ai suivi tes travaux depuis des années, vois-tu.

— Et tu me crois aussi quand je parle de l'esprit de Lingard ?

— Puisque c'est toi qui le dis, pourquoi pas ?

Mary jeta un regard éloquent vers Max, qui s'empressa de demander :

— Mais sur qui va-t-il pouvoir tirer demain soir ? Chacun va être chez soi, en famille. C'est la veille de Noël, non ?

— Oh, il trouvera des tas de cibles dans le coin du port, assura Lou. Il y aura des réjouissances sur tous les bateaux, des gens sur les ponts, sur les quais, partout. C'est le réveillon.

— Je ne pense pas qu'on puisse l'empêcher de poignarder les deux premières victimes, intervint Mary. Mais on peut peut-être éviter qu'il ne tire sur la foule, si la police accepte de poster des hommes dans les trois tours.

— Là, il y a un problème, remarqua Lou.

— Lequel ?

— John Patmore.

— Le chef de la police locale ?

— Oui, pour notre malheur ! Et ça ne va pas être facile de lui faire prendre vos visions psi au sérieux.

— S'il admet seulement que j'ai une chance d'avoir raison, pourquoi refuserait-il de coopérer ? Après tout, il est chargé d'assurer la protection des citoyens de King's Port.

— Ma chère petite, tu devrais commencer à savoir que les flics n'ont pas toujours la même notion de leur devoir que les pauvres contribuables, remarqua Lou avec un sourire ambigu. Certains pensent qu'il leur suffit de parader dans un uniforme pseudo-fasciste, de rouler dans des voitures de police bien voyantes, de ramasser çà et là quelques enveloppes bien remplies, et de prendre leur retraite aux frais des contribuables, après vingt ou trente ans de « bons et loyaux services ».

— Je te trouve assez cynique, quand même, dit Mary.

— Percy Osterman nous a prévenus que Patmore n'était pas commode, rappela Max.

— Pas commode ? C'est un abruti, oui, rectifia Lou. Inculte au-delà des limites permises. On ne peut même pas l'accuser d'avoir une cervelle d'oiseau parce qu'il n'en a pas du tout. Je suis sûr qu'il n'a jamais entendu le mot « clairvoyant » ; et si on arrive à le lui expliquer, ce qui n'est pas certain, il refusera d'y croire de toute façon. Tout ce qui n'entre pas dans le domaine de son expérience personnelle n'existe pas à ses yeux. Je le crois capable de mettre en doute l'existence de l'Europe, tout simplement parce qu'il n'y est jamais allé.

— Mais il pourrait téléphoner à certains de ses collègues avec qui j'ai travaillé, suggéra Mary. Ils lui apprendraient qu'il ne s'agit pas d'imposture, que mes facultés sont réelles.

— Non, parce que s'il ne connaît pas personnellement ses collègues il ne croira pas un mot de ce qu'ils lui diront. Mary, je t'assure qu'au royaume des imbéciles heureux, il est le roi.

— Le shérif Osterman nous a dit que Patmore pouvait lui téléphoner s'il a besoin d'une confirmation, intervint Max.

— Ça peut aider, reconnut Lou en hochant la tête. Osterman est un des rares personnages qui impressionne Patmore. Je vous accompagnerai à votre rendez-vous, d'ailleurs. Mais je dois vous prévenir que je ne vous serai pas d'un grand secours. Il me déteste.

— On se demande pourquoi, fit Max, sauf si tu lui envoies à la figure ce que tu viens de nous dire...

Un large sourire éclaira le visage de Lou.

— Je n'ai jamais su cacher mes sentiments, dit-il. A

propos, vous connaissez Mme Yancey, sa bonne à tout faire ?

— Elle était seule dans le bureau cet après-midi, répondit Max.

— Une perle rare, non ?

— Vous trouvez ?

— Je l'appelle la miraculée du travail... parce que c'est un vrai miracle quand elle travaille !

Mary éclata de rire et but une gorgée de porto.

— Bon, si nous revenions aux mouettes, fit Lou.

— Ah non, plus question de ces oiseaux, protesta-t-elle. Ne pensons plus à tout cela pour le moment. Il sera temps, demain. Ce soir je voudrais oublier mes visions et parler d'autre chose... de n'importe quoi.

***

Le menu comportait du filet mignon avec des pommes en robe des champs, de la salade, et des pointes d'asperges à la vinaigrette. Max déboucha une bouteille de vin rouge qu'ils avaient apportée, et Lou remarqua le pansement à son doigt.

— Qu'est-ce qui t'est arrivé, Max ?

— Je me suis blessé en changeant un pneu crevé.

— Tu as des points de suture ?

— Non. Ce n'est rien du tout.

— Il aurait dû le montrer à un docteur, intervint Mary. Il ne m'a même pas laissé regarder. Il a beaucoup saigné. Sa chemise était pleine de sang.

— Je pensais que tu t'étais battu, une fois de plus, dit Lou.

— Je ne fréquente plus les bars, et je ne me bats plus.

Lou jeta un regard interrogateur à Mary.

— C'est vrai, confirma-t-elle.

— Tu as travaillé pendant deux ans chez moi, reprit Lou, et tu n'as jamais passé plus d'un mois, six semaines au plus, sans être mêlé à une bagarre sérieuse. Tu fréquentais les bars les plus infâmes de la côte, des repères de loubards, et pire encore. Bref, tous les coins où tu étais sûr d'avoir des ennuis. Je me suis souvent demandé si tu buvais pour le plaisir, ou pour chercher querelle...

— Peut-être pour la deuxième raison, reconnut Max songeur. J'avais des problèmes. J'avais besoin de me sentir utile à quelqu'un, de me dépenser pour quelqu'un. Depuis que j'ai Mary, je ne me bats plus.

Malgré sa promesse de ne pas parler de clairvoyance ce soir-là, Lou ne put s'empêcher d'aborder le sujet à table.

— Crois-tu que le meurtrier est au courant de ta présence en ville ?

— Je n'en sais rien.

— S'il est possédé par l'esprit qui habitait les mouettes, il doit le savoir.

— C'est très probable.

— A ton avis, il va se tenir tranquille jusqu'à ton départ ?

— C'est possible, mais j'en doute, répliqua Mary.

— Alors il cherche à se faire prendre ?

— Ou il cherche à m'avoir.

— Que veux-tu dire ?

— Je ne sais pas bien.

— Et si...

— Si on changeait de sujet ? coupa-t-elle.

*
**

Après le dîner, Mary se leva de table pour aller dans la salle de bains à l'autre bout de la maison. Resté seul avec Max, Lou lui demanda :

— Que penses-tu de cette idée qu'elle soutient ?

— Tu veux parler de l'esprit de Lingard revenu du royaume des morts ?

— Tu y crois, toi ?

— C'est toi l'expert en occultisme, mon cher. Tu as des centaines de bouquins sur le sujet. Et puis tu connais Mary depuis bien plus longtemps que moi. C'est toi qui nous as présentés. Alors, quelle est ton opinion ?

— J'ai l'esprit ouvert à tout... mais pas toi, si je comprends bien ?

— Son analyste affirme que c'est elle qui a projeté les chiens en verre dans son cabinet.

— Télékinésie inconsciente ? avança Lou.

— Exactement.

— A-t-elle eu des expériences antérieures ?

— Non.

— Et le revolver ?

— Elle le contrôlait aussi, à mon avis.

— Et elle se tirait dessus ?

— Oui.

— Elle dirigeait les mouettes, aussi ?

— Absolument.

— Le contrôle d'animaux vivants n'a plus rien à voir avec la télékinèse, dis-moi.

— C'est une forme de télépathie.

— C'est un phénomène extrêmement rare, remarqua Lou en se versant un autre verre de vin.

— Oui, mais il ne peut s'agir que de télépathie. Je ne croirai jamais que ces oiseaux étaient guidés par l'esprit d'un mort.

— Mais pourquoi voudrait-elle se détruire, enfin ?

— Elle ne le veut pas.

— Si c'est elle qui déclenche les manifestations de poltergeist, et qui a fait léviter ce revolver, il semble bien qu'elle ait voulu se tuer, non ?

— Si c'était vraiment le cas, elle ne se serait pas ratée. Or rien n'a réussi, ni les chiens de verre, ni le revolver, ni les mouettes.

— Mais alors que cherche-t-elle ? Pourquoi jouer au poltergeist ?

— J'ai ma théorie là-dessus, dit Max d'un air absorbé. Il y a quelque chose de particulier, de très étrange dans toute cette affaire. Mary a vu une scène qu'elle refuse d'affronter, quelque chose d'épouvantable qui la rendrait folle si elle y pensait trop longtemps. Elle l'a chassé de son esprit, de son conscient bien sûr car le subconscient lui n'oublie jamais. Et maintenant, dès qu'elle veut approfondir une vision en rapport avec cette scène, son subconscient se sert des actes de poltergeist pour l'en empêcher.

— Parce que son subconscient sait que si elle continue de traquer ce tueur malade, elle court un grave danger ?

— Exactement.

Lou sentit un frisson glacé parcourir tout son corps.

— Et qu'a-t-elle bien pu voir en image prémonitoire ?

— Sans doute que ce fou allait la tuer, répondit Max.

L'idée de Mary morte frappa Lou comme un violent coup de poing. Il la connaissait depuis plus de dix ans, avait aussitôt éprouvé pour elle une vive sympathie, et son amitié n'avait fait que croître d'année en année. Son amitié ? En fait, c'était plus que de l'amitié. Il l'aimait vraiment. Un peu comme un père. Une jeune femme si douce, si charmante, si fragile aussi. Mais jusque-là il ne s'était pas vraiment rendu compte à quel point il tenait à elle. Mary, morte, à jamais disparue ? Il en était bouleversé, agité de tremblements. Max l'observait de son regard gris acier, impénétrable. L'idée de la mort éventuelle de sa femme ne semblait pas l'affecter, le troubler. Bien sûr, il doit y penser depuis quelque temps déjà et s'y habituer, songea Lou. Il l'aime autant que moi, mais ses sentiments ne sont plus à fleur de peau. Il les a déjà refoulés au plus profond de lui-même.

— Ou peut-être ce fou va-t-il me tuer, ajouta soudain Max.

— Un bon conseil : vous devriez abandonner cette affaire, tous les deux. Rentrez chez vous, et ne vous en mêlez plus.

— Mais si elle a réellement eu cette vision, le drame se produira inévitablement, quoi que nous fassions, non ?

— Je ne crois pas à la fatalité, à la prédestination.

— Moi non plus... mais toutes ses visions prémonitoires se réalisent toujours. Alors si nous laissons tomber cette affaire, le maniaque, lui, va nous traquer.

— Je te déteste, Max, tu as réussi à neutraliser complètement l'effet de l'alcool, s'écria Lou, qui finit son verre et s'en versa un autre aussitôt.

— Et puis, il faut aussi parler de quelque chose, reprit Max. Quand Mary avait six ans, un type l'a brutalisée et violée.

— Je sais. Berton Mitchell.

— Qu'est-ce qu'elle t'a raconté à ce sujet ?

— Pas grand-chose. Les grandes lignes. J'ai cru comprendre qu'elle n'arrivait pas à s'en souvenir.

— Elle t'a dit ce qui était arrivé à Mitchell ?

— Il a été reconnu coupable, et il s'est pendu dans sa cellule, non ?

— Tu en as la preuve ?

— Mary me l'a raconté.

— Mais en as-tu eu la preuve ?

— Pourquoi mentirait-elle ? demanda Lou surpris.

— Il ne s'agit pas de mentir. Suppose simplement que personne ne lui ait jamais dit la vérité.

— Je ne te suis pas, là.

— Supposons que Berton Mitchell n'ait jamais été mis en prison... qu'il ait eu un bon avocat pour le tirer de ce mauvais pas. Ça arrive ce genre de chose, sais-tu. Alors, si tu étais le père d'une gamine dc six ans qui a subi d'ignobles violences et a été affreusement traumatisée, lui avouerais-tu que son tortionnaire a été acquitté et relâché ? Ne craindrais-tu pas qu'elle soit encore plus marquée psychologiquement en apprenant que le monstre qui l'a violée se promène en liberté, prêt à recommencer ? Si Berton Mitchell a été acquitté, le père de Mary peut très bien avoir décidé qu'il valait mieux lui faire croire qu'il était mort.

— Mais elle aurait forcément découvert la vérité plus tard, fit remarquer Lou.

— Pas forcément... pas si elle ne veut pas la connaître.

— Alan lui aurait tout dit.

— Il n'a peut-être jamais su la vérité, lui non plus. N'oublie pas qu'il n'avait que neuf ans au moment du drame. Le père peut très bien leur avoir caché la vérité à tous les deux. Et dans ce...

Lou leva la main pour prendre la parole :

— D'accord, supposons que tu as raison et que Berton Mitchell ait été acquitté. Quel rapport avec notre affaire actuelle ?

— Je t'ai déjà dit que Mary a reçu une vision d'un futur très proche qui l'a terrorisée, fit-il en remuant du bout de sa fourchette les épluchures de pommes de terre dans son assiette.

— Sa propre mort... ou la tienne.

— Peut-être. Ou bien aussi que le maniaque qu'on poursuit est... Berton Mitchell.

— Il aurait au moins soixante ans, s'il était encore en vie !

— Et alors ? Y a-t-il une loi selon laquelle tous les meurtriers psychopathes sont forcément jeunes ?

*
**

S'étant lavé les mains, Mary prit une serviette et tout en s'essuyant se regarda dans la glace au-dessus du lavabo. Mais ce n'était pas son visage que le miroir lui renvoya... c'était celui d'une inconnue, une jeune femme avec des cheveux blond pâle, une peau plus pâle encore, et des yeux bleus très écartés, un visage aux traits tordus par la peur.

Le miroir était comme une fenêtre ouverte sur une autre dimension, qui ne reflétait rien de ce qui se trouvait dans la salle de bains. Le visage aux cheveux blonds flottait au milieu de sombres volutes de brume, et dans le coin en haut à droite le seul autre objet visible, dans le vide par-delà le miroir, était un crucifix en or.

Mary lâcha la serviette et recula vivement jusqu'au mur. Et à cet instant apparut, au premier plan de ce collage surréaliste d'images psi, une main d'homme brandissant un couteau de boucher. C'était la première fois que Mary recevait une vision sous cette forme, et elle se sentait complètement déroutée, incapable de prendre une décision, ne sachant si elle devait faire un geste ou rester immobile.

La main leva le couteau. Le visage de la jeune femme s'éloigna, comme un ballon qui s'envole, tournoyant, tourbillonnant et tombant dans le vide infini. La main et le couteau disparurent aussi, à sa poursuite.

« Concentre-toi », se répétait Mary, « ne laisse surtout pas cette image t'échapper. Accroche-toi par tous les moyens. Retiens l'image et travaille-la jusqu'à ce qu'elle te révèle le nom de l'homme au couteau. »

Le crucifix se mit alors à grandir et s'élargir jusqu'à occuper tout le miroir. Et soudain, dans un silence immense et inquiétant l'objet explosa en une dizaine de fragments qui disparurent. « Concentre-toi... »

Le visage de la femme réapparut, et le couteau à son tour, énorme, avec une lame dont l'éclat brillait intensément.

— Qui es-tu ? demanda Mary à voix haute. Toi qui tiens ce couteau, qui es-tu donc ?

Et tout soudain, la main ne fut plus une partie détachée du reste du corps. Le visage de la blonde disparut, mais les épaules et la nuque d'un homme se profilèrent sur l'écran sombre du miroir. Puis le meurtrier se mit à se retourner lentement au milieu de cet entrelacs d'ombres mouvantes et de lumière blafarde, pour se montrer de face, comme s'il savait que Mary se trouvait derrière lui, à se retourner lentement et en silence, comme pour répondre à sa question.

Craignant de laisser la vision lui échapper au dernier moment, comme la veille dans le bureau du docteur Cauvel, Mary répéta :

— Qui es-tu ? Qui es-tu donc ? J'exige une réponse.

Au même instant, à moins de deux mètres sur sa droite, le loquet de la fenêtre sauta avec un cliquetis sec. Surprise, Mary détourna les yeux du miroir.

La fenêtre de la salle de bains glissa vers le haut, et le vent, repoussant à l'intérieur les fins rideaux beige et noir, s'engouffra dans la pièce avec des sifflements lugubres.

Au-dehors, la nuit était d'un noir profond, opaque, plus noire que Mary ne l'avait jamais vue. Et par-dessus les hurlements du vent lui parvint un autre son : *flap... flap... flap...* Comme un bruit d'ailes... des ailes membraneuses, là, juste de l'autre côté de la fenêtre. *Flap... flap... flap...*

Peut-être une simple coïncidence. La tringle du rideau qui vibrait ? Une branche d'arbuste lacérant rythmiquement le mur de la maison ? En tout cas Mary savait que cette fois le bruit n'était pas le fruit de son imagination, ni n'appartenait à ses perceptions psi. Une créature se tenait là, toute proche, dehors près de la fenêtre ouverte, une créature monstrueuse avec des ailes.

Non. Elle perdait la raison.

« Alors, va donc voir », dit-elle. « Va voir ce qui fait ce bruit d'ailes... s'il y a quelque chose. Vas-y pour en finir avec cette obsession. »

Mais elle resta paralysée.

Flap... flap... flap...

Ses lèvres remuèrent pour appeler Max à son secours, mais aucun son ne sortit.

A gauche du lavabo, la porte de l'armoire à pharmacie fut soudainement ouverte par une main invisible, et refermée tout aussi brutalement. Rouverte, refermée, rouverte, et tout son contenu projeté par terre : médicaments divers, tubes de pâte dentifrice, flacons de teinture d'iode, de shampooing, et boîtes de pansements.

Le rideau de la douche fut aussi tiré par une main invisible, et la tringle se plia comme si quelqu'un de lourd s'y accrochait, puis fut arrachée de la paroi et tomba dans le bas. Au même moment, le tabouret devant la coiffeuse commença une danse infernale dans un vacarme assourdissant.

Mary réussit à avancer d'un pas en direction de la porte... qui s'ouvrit brusquement comme pour l'encourager à fuir, mais se referma sans lui en laisser le temps. Le même phénomène se répéta, presque synchrone avec les martèlements du tabouret. Mary se plaqua contre le mur, n'osant plus bouger.

— Mary !

Max et Lou étaient de l'autre côté de la porte, et elle les apercevait dans le bref instant où celle-ci s'ouvrait. Ils semblaient pétrifiés eux aussi. La porte redoubla d'activité, et Max essaya de se glisser entre deux battements, mais elle se referma à son nez. Il en profita pour saisir la poignée, et entra de force. La porte s'arrêta soudain de battre. Le vent se calma, devenant brise légère. Plus de bruits d'ailes non plus. Tout était immobile et silencieux. Mary leva alors les yeux pour regarder dans le miroir, mais il n'était toujours pas redevenu une simple surface de verre et ne reflétait pas l'intérieur de la salle de bains. La scène avait changé toutefois. La jeune femme blonde, le crucifix, et la main qui brandissait un couteau de boucher, avaient disparu. Le miroir était entièrement noir, sauf dans le bas, où du sang coulait par-dessus le bord jusque dans la pièce, comme si de l'autre côté il n'y avait qu'un lac sanglant en train de déborder. Le sang éclaboussait les robinets juste en dessous, et la porcelaine blanche du lavabo.

— Bon Dieu, qu'est-ce que c'est ? s'écria Max éberlué.

Son regard alla du miroir à Mary.

— Tu es blessée ? Tu t'es coupée ?

— Non, répondit-elle en comprenant alors seulement que Max lui aussi voyait le sang.

Il alla toucher le bord du miroir, et retira ses doigts tout rougis. C'était impossible, contraire à la raison.

Lou se glissa à son tour dans la pièce exiguë, pour voir de plus près.

Progressivement, sur la glace, les robinets, le lavabo et les doigts de Max, le sang perdit de sa coloration écarlate, de son brillant, de son épaisseur aussi, jusqu'à devenir incolore et disparaître comme s'il n'y en avait jamais eu.

***

Mary, assise sur le sofa du séjour, accepta le verre de cognac que Lou lui tendait. Elle était exsangue, ses cheveux collaient à son front couvert d'une sueur glacée, ses mains étaient moites. Elle but une gorgée qui la réchauffa.

Max se tenait debout, devant elle.

— Ce que tu as vu dans le miroir avant notre arrivée... c'est un signe que quelqu'un va mourir cette nuit ?

— Oui. La jeune femme blonde. Elle sera tuée. On va la poignarder avant l'aube.

— Qui est-elle ?

— Je ne sais pas.

— Où habite-t-elle ?

— Ici, à King's Point, mais je n'ai pas vu l'adresse.

— Sais-tu au moins si c'est dans la haute ville, la ville basse, ou du côté du port ?

— Même pas, hélas.
— Peux-tu décrire cette jeune femme ?
— Des cheveux d'un blond très pâle, presque blancs, longs et tout crêpelés. Une peau diaphane, de grands yeux bleus. Elle a une vingtaine d'années. Très jolie. Fine... je dirais même éthérée.
Max se tourna vers Lou qui avalait cul-sec un double whisky comme s'il s'était agi d'un verre de lait, ou de poison !
— Lou, c'est ta ville. Connais-tu une jeune personne correspondant à cette description ?
— Vois-tu, il y a ici dix mille résidents permanents. Je ne peux pas les connaître tous, et d'ailleurs je ne le désire pas ! Les neuf dixièmes étant des imbéciles finis, ou des emmerdeurs. Pour arranger les choses, beaucoup de jeunes et jolies blondes sont attirées par la vie sur la côte californienne. Le soleil, les plages, les séances expérimentales de groupe, le sexe... et la syphilis. Bref, cette ville doit bien abriter deux cents beautés blondes et évanescentes, conformes à la vision de Mary.
— Pourtant, si on ne réussit pas à trouver cette jeune femme, elle sera assassinée cette nuit, s'écria Max rageusement en se frappant la paume d'un exemplaire de *The Nation* qu'il avait soigneusement roulé serré.
La peur panique de Mary avait fait place à une crise d'apathie dépressive, sous laquelle couvait toutefois une colère ardente, non pas dirigée contre les personnes présentes mais contre le sort implacable, la fatalité, et qu'elle savait gratuite, inutile, son seul exutoire étant la résignation.
— Tu as oublié ce que mes visions prémonitoires impliquent, dit-elle à Max. Il ne servira à rien de trouver cette jeune femme pour l'avertir du danger. C'est sans effet. Elle sera quand même tuée. J'ai vu le meurtre se produire. Oui je sais, je suis incapable de vous indiquer les noms des chevaux gagnants dans les courses de demain, ou la cote des valeurs en Bourse la semaine prochaine. Tout ce que je vois ce sont des meurtres abominables !
Elle se leva nerveusement.
— Mon Dieu, j'en ai assez de cette existence, assez

d'assister à tant de violence et de rester impuissante. Assez de voir en images psi toutes ces victimes innocentes sans pouvoir leur venir en aide. Oui, j'en ai assez de vivre entourée de cadavres, de femmes violées, d'enfants brutalisés, de sang, de couteaux et de revolvers.

— Je sais, je sais, fit Max avec douceur.

Mary alla au bar et ouvrit la bouteille de cognac.

— Je ne veux pas continuer d'être le réceptacle des tourments des autres. Je voudrais au contraire être l'instrument servant à éliminer ces souffrances, à les soulager, à empêcher qu'elles n'arrivent.

Elle se versa un verre de cognac avant de reprendre :

— Puisque je possède le regard-qui-voit-tout, je devrais être aussi investie de la toute-puissance divine, et en l'occurrence trouver l'homme que nous recherchons, ne serait-ce que pour lui serrer le cœur dans un étau jusqu'à ce qu'il éclate ! Mais je ne suis pas Dieu. Je ne suis même pas une machinc complète, simplement une moitié de radio, le récepteur, incapable d'émettre. Tout m'atteint, et je suis impuissante à renvoyer la balle.

Elle avala son cognac dans le style de Lou.

— Je déteste ce que je suis. Pourquoi ces pouvoirs ? Pourquoi moi ?

*
**

En les raccompagnant à la porte d'entrée un peu plus tard, Lou leur dit :

— J'aurais préféré que vous couchiez ici cette nuit.

— Nous avons vu ta chambre d'amis, dit Max. Des revues, des livres, mais pas de meubles... Nous apprécions ta culture, et les dimensions de ta bibliothèque, mais dormir sur des piles de livres, vois-tu...

— Je coucherai sur le divan du séjour, et je vous laisserai ma chambre, proposa Lou.

Mary l'embrassa avec tendresse.

— Tu es un amour. Ne t'inquiète pas, tout ira bien, je t'assure... en tout cas jusqu'à demain soir.

12

Mercredi, 23 décembre.

VERS une heure du matin une pluie violente venue de la mer se mit à tomber, détrempant le sol, couchant l'herbe sèche des pelouses, rebondissant sur le macadam.

Il gara la Mercedes au bout de l'allée pavée, et coupa le moteur. L'obscurité environnante était si dense qu'il ne voyait même pas ses mains sur le volant. Seul le tambourinement incessant de la pluie sur le capot et le toit résonnait dans le silence.

Il décida d'attendre la fin de l'averse. C'était la saison des pluies en Californie du Sud, mais un grain comme celui-ci ne durait généralement pas longtemps.

Le couteau de boucher reposait sur le siège voisin. Il le prit à tâtons, fasciné par le contact de la lame en acier trempé, parfaitement aiguisée, et passa un doigt sur le fil, légèrement pour éviter de se couper, mais avide d'en sentir toute la puissance meurtrière.

Dix minutes plus tard, l'averse tournait à la bruine, et finalement s'arrêta. Il ouvrit la portière de la voiture et descendit. L'air était pur et frais. Le vent était tombé.

A un kilomètre environ sur sa gauche, en contrebas, une guirlande lumineuse éclairait le port comme un sapin de Noël.

La seule lumière proche venait de l'un des trois pavillons à deux cents mètres sur la gauche. Situés sur les hauteurs ils faisaient tous face à l'océan, tournant le dos à la route goudronnée sans issue. Erika Larsson habitait le plus au nord des trois, à soixante-dix mètres environ du plus proche, au milieu d'un bosquet. Les fenêtres étaient brillamment éclairées. Comme il l'avait prévu, Erika n'était pas couchée mais sans doute en train de travailler à l'une de ses sombres aquarelles, ou de ses étranges peintures à l'huile peuplées de visages inquiétants dans une gamme de verts et de bleus foncés. Elle peignait presque toujours pendant les heures calmes de la nuit, et se couchait au petit matin.

Il ouvrit le coffre de la Mercedes, jonché d'armes à feu — un fusil de chasse italien, deux carabines, sept revolvers — et de caisses de munitions. Il choisit un Colt 45 automatique, une pièce de collection faite sur commande, ornée d'animaux sauvages soigneusement gravés sur toutes les parties en métal, depuis le canon jusqu'à la poignée. Il était chargé, comme toutes ses armes d'ailleurs. Il l'empocha, et referma le coffre.

Le couteau de boucher en main, il remonta l'allée jusqu'à la maison éclairée. La nuit était si noire qu'il ne voyait pas les ornières le long du chemin, et ses chaussures faisaient un bruit de succion dans la boue.

*
**

Mary marmonnait en dormant.

Dans son rêve, elle était avec son père encore jeune, et elle avait neuf ans. Ils étaient assis sur une pelouse d'un vert tendre, le soleil brillait au-dessus d'eux, et on ne voyait pas leurs ombres.

— *Si j'aide les gens grâce à mon PSI, peut-être qu'ils m'aimeront? Je veux tellement qu'on m'aime, papa.*

— *Mais je t'aime, moi, ma petite chatte.*

— *Oui, mais tu me quitteras quand même.*

— *Quitter ma petite fille? Sûrement pas.*

— *Si. Tu seras tué en voiture. Tu mourras, et tu me laisseras seule.*

— *Il ne faut pas dire des choses comme ça.*

— *Mais c'est...*

— *Et puis si je mourais, tu aurais ta mère.*

— Elle, elle m'a déjà quittée. Elle me préfère son whisky.
— Non, ne dis pas ça. Ta mère t'aime beaucoup.
— Elle aime le whisky beaucoup plus. Elle ne sait même plus mon nom.
— Il y a ton frère qui t'aime.
— Non, il ne m'aime pas.
— Mary, ne dis pas une chose pareille !
— Je n'en veux pas à Alan. Tous ses petits animaux meurent à cause de moi.
— Ce n'est pas ta faute.
— Mais si, tu le sais bien. Et puis même si Alan m'aimait, il me quittera un jour lui aussi. Et je serai toute seule.
— Plus tard tu rencontreras quelqu'un qui t'aimera et qui t'épousera.
— Peut-être pendant quelque temps, mais après il me quittera aussi. Comme tout le monde. Et moi j'ai besoin d'être protégée. Il ne faut pas qu'on me laisse toute seule. J'ai peur de rester seule. J'ai besoin que beaucoup de gens m'aiment. Si beaucoup de gens m'aiment, ils ne pourront pas me quitter en même temps.
— Tu as vu l'heure ! Il faut que je m'en aille.
— Papa, ne pars pas je t'en prie.
— Je suis bien obligé.
— J'ai trouvé Elmo ce matin.
— Le chat d'Alan ?
— Oui, tout ensanglanté.
— Où l'as-tu retrouvé ?
— Dans notre hutte de jeux.
— Encore un animal mort ? C'est impossible.
— Il a été massacré.
— Alan est au courant ?
— Pas encore, papa. Il va tellement pleurer !
— Mon Dieu, le pauvre gosse.
— Il va être furieux après moi.
— Mary... ce n'est pas toi...
— Bien sûr que non, papa. Je ne ferais pas une chose pareille !
— Après ce qui s'est passé la semaine dernière...
— Ce n'est pas moi, je le jure, ce n'était pas moi !

— C'est bon, je te crois. C'était sûrement le petit Mitchell encore.

— Je voudrais bien que Mme Mitchell quitte le coin.

— C'est le fils de Berton Mitchell qui a dû massacrer le chat. Alan ne sera pas furieux après toi.

— Mais c'est parce que son père a été mis en prison à cause de moi que le petit revient tuer tous les animaux d'Alan.

— Alan comprend très bien. Il ne te croit pas responsable.

— Alan m'en veut encore parce que j'ai noyé ses tortues dans la rivière la semaine dernière.

— Tu n'as pas voulu nous dire pourquoi tu l'avais fait.

— Quelque chose m'y a poussée.

— Qui donc ?

— Quelque chose. Pas quelqu'un.

— Mary, tu es une drôle de petite fille par moments.

— Si tu restes avec moi, je serai très sage.

— Je dois partir, tu le sais.

— Si tu t'en vas, je vais être toute seule.

— Il le faut.

— Je serai seule, avec des ailes.

— Au revoir, ma chérie.

— Papa, papa, les ailes !

Mary, plongée dans un sommeil profond par l'effet du sédatif, se retourna en gémissant mais sans se rendre compte qu'elle était seule dans le lit.

***

Il remonta la fenêtre à guillotine et se glissa sans bruit à l'intérieur. Quelque part dans la maison, la chaîne stéréo diffusait un des meilleurs disques de Joan Baez.

Il traversa la chambre et suivit le petit couloir jusqu'au séjour. Erika Larsson lui tournait le dos, installée sur un haut tabouret de bois devant un chevalet et une peinture à l'huile. Samantha, la chatte noire, pelotonnée dans un fauteuil, leva la tête à son entrée et fixa sur lui son regard doré.

Une odeur agréable de pop-corn grillé dans la pièce. Il

était à trois mètres d'Erika quand elle se retourna, sentant sa présence.

— Oh, c'est toi, fit-elle.

Elle était vraiment très belle, avec sa longue chevelure blonde, crêpelée, sa peau si pâle, presque diaphane, ses larges yeux bleus. Elle portait un jean et un T-shirt blanc sous lequel pointaient ses seins à l'aréole sombre. Elle descendit de son tabouret.

— Qu'est-ce que tu viens faire à cette heure ?

Il ne répondit pas.

La chatte noire, flairant quelque chose d'anormal, fila d'un bond vers la cuisine.

Il s'avança vers Erika qui se réfugia soudain derrière son chevalet.

— Sors d'ici tout de suite, cria-t-elle.

Il renversa le chevalet.

— Qu'est-ce que tu veux ? demanda-t-elle.

Il brandit le couteau en guise de réponse.

— Non !

Elle recula jusqu'à la baie vitrée qui donnait sur l'océan, et leva les mains pour se protéger, tandis qu'il continuait d'avancer.

— Mary le saura, cria-t-elle.

Il restait impassible et silencieux.

— Mary aura la vision du coupable, cria-t-elle encore.

Il bondit vers elle.

— Elle te donnera à la police... Mary saura tout...

*
**

L'aube naissante.

Samantha, la chatte noire, sortit du placard de la cuisine où elle s'était réfugiée et endormie. Elle bâilla, s'étira, puis s'arrêta net, le cou tendu, l'oreille aux aguets. La maison était silencieuse, et le vent gémissait sur le toit.

Finalement, Samantha regagna le séjour. Le sapin de Noël avait été renversé, et ses ornements jonchaient le sol, piétinés, certains réduits en poussière. Samantha alla renifler un angelot de verre, joua d'une patte avec la tête brisée. Puis elle mâchouilla un sucre d'orge écrasé, et retourna d'un coup de patte un crucifix fracassé qui était habituellement accroché au mur juste au-dessus de la porte d'entrée. Elle renifla aussi le jean et le T-shirt blanc tout froissé qui traînaient par terre. Puis, avec méfiance, elle fit le tour du corps d'Erika Larsson, et trempa son bout de langue rose dans le sang, comme elle avait léché le sucre d'orge.

13

D'HORRIBLES cauchemars avaient peuplé son sommeil, comme de grands oiseaux noirs menaçants. Presque tous se rapportaient aux plus mauvais moments de son enfance. Et au matin, leurs tristes lambeaux semblaient encore flotter autour de Mary qui se sentait nerveuse et inquiète.

Habituellement, après sa douche et avant de s'habiller, elle se séchait un peu les cheveux avec une serviette-éponge, puis leur appliquait cent coups de brosse vigoureux. Mais ce matin, elle était curieusement gênée par sa nudité, et ne put dépasser vingt-huit coups. Pourtant elle avait toujours aimé se livrer chaque jour à ce rituel, à ce rituel et à quelques autres. Elle reconnaissait son côté exhibitionniste (regardez-moi, admirez mes seins, mes jambes, ma chute de reins, cette peau sans défaut. Je suis belle. Aimez-moi). En réalité, sa motivation profonde était bien plus complexe. Elle s'imaginait que le fait de commencer la journée sans être vêtue lui conférait une liberté totale, une indépendance très précieuse qu'elle conservait jusqu'au soir. Le docteur Cauvel prétendait qu'en restant ainsi nue quelque temps chaque matin, elle cherchait à se prouver que ses rêves de la nuit n'avaient laissé aucune trace, pas plus que Berton Mitchell n'en avait laissé sur son corps. Mais la logique de cette analyse échappait à Mary.

Certains jours, Max l'observait en silence tandis qu'elle se brossait les cheveux et faisait quelques exercices physiques. Il avait même réussi à la faire rougir en trouvant une comparaison entre son voyeurisme et la « lecture d'une belle poésie ».

Mais ce matin, Max prenait sa douche, et il n'y avait personne dans leur chambre pour se délecter de la « belle poésie » exprimée par le corps de Mary. Et pourtant, elle avait l'impression que quelqu'un ne la quittait pas des yeux. Elle frissonna et enfila rapidement son soutien-gorge et son slip. En ouvrant le placard pour y prendre son jean et un chemisier, elle vit les chaussures de Max, pleines de boue, et son veston, maculé de boue et de sang. Elle était en train de regarder de plus près les taches rouge sombre, quand Max sortit de la salle de bains en se séchant les cheveux avec une serviette, une autre autour des reins.

— Tu t'es blessé ? demanda-t-elle.

— Je prenais une douche, c'est tout.

Mais elle ne sourit pas, et lui montra la veste toute tachée.

— Oh ! ça. C'est ma blessure au doigt qui s'est rouverte.

— Comment ?

— Le pansement s'est défait quand je suis tombé.

— Tombé ? Quand cela ?

— Cette nuit. Tu avais pris ton somnifère et tu t'es endormie aussitôt après. Mais moi je n'avais pas du tout sommeil et je suis sorti pour prendre l'air. J'étais à peine à deux cents mètres d'ici quand il s'est mis à pleuvoir. Un gros orage. J'ai été surpris, et j'ai couru pour revenir au motel. J'ai pris un raccourci par le terrain vague à côté, mais j'ai buté contre un caillou et je suis tombé. C'est idiot, je sais. Mon pansement s'est défait et la blessure s'est rouverte.

Mary plissa le front d'un air soucieux en regardant la veste qu'elle tenait.

— Tu as vraiment beaucoup saigné, remarqua-t-elle.

— Comme un cochon qu'on égorge.

Il leva la main pour bien montrer son doigt blessé soigneusement entouré de gaze propre.

— Ça me fait encore mal.

Il se débarrassa de la serviette avec laquelle il s'était séché les cheveux, et prit le veston des mains de Mary.

— Un bon nettoyage à sec n'arrivera même pas à arranger les choses, dit-il en le retournant en tous sens. Ce veston est irrécupérable.

Et sur ces mots, il le roula en boule et le jeta au panier.

— Tu aurais dû me réveiller quand tu es rentré cette nuit, dit Mary.

— Tu dormais à poings fermés.

— Quand même, tu aurais pu essayer.

— Pourquoi ? Il n'y avait rien de grave. J'ai appuyé fort sur la plaie un moment, pour arrêter l'hémorragie, et j'ai mis un pansement neuf.

— Tu ferais bien de consulter un médecin.

— Ça n'en vaut vraiment pas la peine.

— Ça n'a pas l'air de se cicatriser vite.

— Question de temps. Ça commençait à se refermer quand je suis tombé. Je ferai attention maintenant, promis.

— En tout cas, la prochaine fois que tu changeras le pansement je veux voir ta blessure, et si elle n'a pas bonne allure je te traîne...

— Bien, maman, plaisanta-t-il avec un charmant sourire qu'il lui réservait presque exclusivement.

Elle s'appuya contre sa poitrine, en poussant un soupir résigné. Elle entendait les battements lents et réguliers de son cœur.

— Tu sais que je m'inquiète pour toi, dit-elle.

— Je sais.

— Parce que je t'aime.

— Je le sais aussi.

— Sans toi, je mourrais. Ma vie serait finie.

Il entreprit de lui dégrafer son soutien-gorge.

— Nous n'avons pas le temps, protesta-t-elle faiblement.

— On se passera de petit déjeuner.

Elle laissa ses mains courir sur le corps solidement charpenté de Max. Il dégageait une impression de force qui avait sur elle un effet considérable, à la fois lénifiant et excitant. Elle sentit ses paupières s'alourdir, ses jambes fléchir, et une onde de chaleur monter tout le long de son corps. Le grain de peau et la musculature de Max la fascinaient.

Il finit de la déshabiller et se débarrassa de la serviette qui lui ceignait les reins. Puis il commença par l'embrasser très doucement, savamment. Elle se sentait toute légère, s'abandonnant aux mains qui descendaient le long de son dos et se plaquaient contre ses fesses.

— Serre-moi très fort. Si tu voulais, tu pourrais me serrer si fort que tu m'étoufferais. M'étreindre à m'en briser le cou...

— Je n'en ai pas la moindre intention, murmura-t-il.

— Mais tu pourrais... facilement.

Il lui mordilla le lobe de l'oreille.

— Si tu me brisais le cou, je ne t'en voudrais même pas...

Il glissa sa main entre les cuisses humides.

— Je sais que tu serais très tendre... tu me briserais le cou en douceur, sans me faire souffrir.

Il la porta jusqu'au lit, et il la pénétra sans forcer, tant elle était déjà humide. Elle se voyait broyée entre ses bras... comme une poupée brisée, et songeait en même temps que c'était là une étrange pensée en un pareil moment, d'autant plus qu'elle n'en retirait aucune crainte mais bien plutôt un certain désir teinté de mélancolie, un étrange plaisir anticipé, pas exactement une envie morbide mais une sorte d'agréable résignation. Elle était certaine que le docteur Cauvel interpréterait ces pensées comme des symptômes pathologiques, prouvant qu'elle était prête à abandonner sa responsabilité essentielle et fondamentale, à savoir, sa décision de vie ou de mort à l'égard d'elle-même. Et le docteur ne manquerait pas de souligner qu'elle devrait s'efforcer de compter plus sur elle-même que sur Max. Mais elle ne s'en souciait pas. Peu lui importait. Elle sentait en elle toute la force de Max, et elle éprouva le besoin de répéter doucement son nom, à plusieurs reprises. Et puis elle planta ses ongles dans les muscles durs et lisses, et se laissa submerger.

*
**

— Allô, oui ? Ici Roger Fullet.

— Enfin je te trouve ! C'est vrai qu'avec un nom pareil on peut toujours courir !

— Pardon ?

— Fullet. Il court, il court le fullet.

— Lou Pasternak ! Ça ne peut être que toi.

— J'ai demandé Roger Fullet, le reporter, et on m'a répondu : « Vous voulez dire le rédacteur en chef ? »

— Oui, il y a un mois de ça.

— Dis donc, le *Los Angeles Times* dégénère à vive allure !

— Ils ont fini par saluer le talent.

— Tu veux dire qu'ils t'ont bombardé à la rédaction pour pouvoir filer ton boulot à un autre ?

— Tu es vraiment tordu, dans ton genre !

— C'est charmant !

— Mais ça s'arrange tu sais, avec la chirurgie esthétique...

— Fais gaffe, Fullet, sur ce terrain je te bats.

— Mes excuses, vieux. Je perds la tête par moments...

— Tu veux dire souvent, oui.

— Suffit, Lou. Dis donc, j'ai un nouveau bureau qui est aussi grand que tous les vôtres réunis.

— Ils t'ont mis là pour éviter de t'avoir toujours dans leurs jambes.

— Je dîne souvent avec les grosses légumes.

— Et les autres jours, tu fais le poireau ?

— Arrête, Lou ! Enfin, ça fait plaisir de t'entendre.

— Comment vont Peggy et les gosses ?

— Tout le monde va bien, merci.

— Embrasse-les pour moi et souhaite-leur joyeux Noël de ma part.

— Ce sera fait. Tu devrais venir nous voir un week-end. Il y a au moins six mois qu'on ne s'est pas vus ! On habite à une heure de route, à peine. Pourquoi ne se voit-on pas plus souvent, Lou ?

— Peut-être qu'au fond de nous-mêmes on se déteste cordialement...

— Impossible de me détester. J'ai le cœur sur la main, ma fille n'arrête pas de me le répéter.

— Ça tombe bien, j'ai un service à te demander.

— Vas-y, Lou, je t'écoute.

— Sérieusement, je voudrais que tu fasses des recherches dans les archives criminelles du *Times*, et que tu me files toute la documentation sur une affaire qui m'intéresse.

— Quel genre d'affaire ?

— Sévices sur la personne d'un enfant, et viol.

— Pas très joli tout ça !

— Avec tentative de meurtre.

— Ça s'est passé quand ? et où ?

— A Los Angeles, dans une zone résidentielle de l'Ouest. La gamine vivait dans une propriété de dix hectares qui a dû être morcelée depuis.

— Ça remonte à quand ?

— Vingt-quatre, vingt-cinq ans environ.

— Qui était l'enfant ?

— Ça me gêne de te le dire.

— Pourquoi ?

— C'est une amie, quelqu'un que j'aime beaucoup.

— Je comprends.

— Et puis c'est quelqu'un de connu maintenant, une célébrité dans un certain domaine.

— Tu piques ma curiosité, là.

— Ce n'est pas pour un reportage, je te préviens. Je ne veux pas voir une ligne sur ce sujet.

— Tu sais, une affaire vieille de vingt-cinq ans ça n'intéresse plus les journaux.

— Je sais, mais ça pourrait faire un article dans un magazine, et la jeune femme en question en souffrirait beaucoup.

— Alors pourquoi veux-tu ces renseignements, au juste ?

— Parce que cette amie est en danger. C'est très grave, et je voudrais l'aider.

— Et pourquoi ne lui demandes-tu pas les détails, à elle ?

— Elle n'avait que six ans quand ça s'est passé.

— Nom de Dieu !

— Elle ne s'en souvient pas, pas avec exactitude en tout cas.

— Et cette histoire ancienne a un lien avec ses problèmes actuels ?

— A mon avis, oui.

— Bon, dans ce cas je vais faire les recherches moi-même, sinon il y aura des fuites. J'irai consulter les archives tout seul.

— Merci, mon vieux.

— Et je le ferai à titre d'ami, pas de journaliste.

— C'est parfait.

— Comment s'appelle cette personne ?

— Mary Bergen... mais à cette époque-là elle s'appelait encore Mary Tanner.

— La clairvoyante ?

— Elle-même.

— Nous publions sa rubrique régulièrement.

— Moi aussi.

— Et son agresseur ?

— Un certain Berton Mitchell, répondit Lou qui épela soigneusement le nom. C'était le gardien et le jardinier de la propriété des Tanner.

— Je vais réunir toute la documentation disponible. Y a-t-il un point qui t'intéresse en particulier ? Un détail majeur ?

— Je veux savoir si Mitchell est vraiment passé en jugement, et dans ce cas s'il a été acquitté et remis en liberté, ou s'il a été condamné.

— Tu m'as dit que c'était lui l'agresseur.

— Ça ne signifie pas forcément qu'il a été reconnu coupable. Tu sais comme moi qu'un bon avocat peut accomplir des miracles.

— D'accord. Tu veux d'autres détails ?

— Si Mitchell a été condamné, je veux savoir s'il s'est suicidé.

— C'est ce qu'on t'a dit ?

— Oui. Mais j'ignore si c'est vrai.

— Lou, s'il est vivant et pas en prison je ne suis pas du tout certain de retrouver sa trace dans les dossiers.

— Je ne t'en demande pas autant. Si Mitchell est vivant, moi je crois savoir où il se trouve.

— Je te rappellerai dans l'après-midi, promit Fullet.

— Je serai au bureau.

Après cette conversation avec Roger Fullet, Lou appela son vieil ami le professeur Oliver Railsbeck, chargé de recherche à l'université de Stanford, et s'entretint avec lui pendant un bon quart d'heure.

Après quoi il retourna dans la salle de bains attenante à la chambre d'amis. Il avait nettoyé les dégâts la nuit passée. Il se planta au milieu de la petite pièce, et regarda longuement le miroir au-dessus du lavabo, qui ne lui renvoya que son image. Il passa une main sur la glace, le cadre, les robinets, la porcelaine du lavabo. L'autre nuit, tous ces objets avaient été éclaboussés de sang par la volonté psi de Mary, et sous son contrôle pendant quelques instants. Du sang humide, épais, du sang qui était à la fois réalité et illusion. Du sang qui, même l'espace de quelques secondes, avait une consistance, une couleur, une texture, mais qui n'appartenait pas à ce côté-ci de la réalité. Lou se demandait d'où il venait, quelles blessures, quelles souffrances il véhiculait. Etait-ce le sang symbolique de la blonde dont Mary avait prédit la mort violente ? Ou... celui de Mary, qui avait brièvement taché les doigts de Max ?

Un présage de sa mort à elle ?

— Mon Dieu, protégez-la, dit Lou à voix haute.

14

MARY était assise sur une chaise de métal très inconfortable, et tenait son sac sur ses genoux. Max, assis à sa gauche, savait qu'elle redoutait les entretiens prolongés avec les policiers, et que l'ambiance sinistre, froide et disciplinaire des commissariats la déprimait. Depuis un quart d'heure il lui tapotait la main de temps en temps, pour la réconforter. Comme toujours, sa simple présence remontait le moral de la jeune femme. A sa droite, Lou était assis à califourchon, ses bras enserrant le dossier de son siège. Une âcre odeur de cigare refroidi flottait dans les locaux qu'éclairait la lumière trop crue des plafonniers. Les seuls ornements muraux étaient des photographies du regretté J. Edgar Hoover, l'idole de Patmore, et un calendrier de l'armée avec l'image d'une bataille historique différente pour chaque mois.

John Patmore, chef de la police de King's Point, accoudé sur son bureau encombré de paperasses, poursuivait une conversation téléphonique animée avec Percy Osterman. De toute évidence, le shérif était en train de lui distiller des paroles flatteuses pour le convaincre de coopérer avec Mary, car un sourire satisfait, presque fat, flottait sur ses lèvres molles. Patmore était un individu sans caractère particulier, un visage rond, un crâne quasiment chauve, des yeux marron, des traits tout à fait ordinaires, un gabarit moyen.

Mary craignait de ne pas lui avoir présenté des arguments assez solides et cohérents pour obtenir son aide dans cette affaire. Comme Lou lui avait conseillé de ne pas se lancer dans la description des scènes les plus étranges, elle n'avait pas parlé du bombardement des petits chiens de verre dans le cabinet du docteur Cauvel, non plus que des mouettes devenues meurtrières, ni du miroir de la salle de bains d'où le sang dégouttait. Ce genre de détails risquait d'embrouiller les idées de Patmore et de le perturber. Lou s'était chargé de définir la nature des facultés psi de Mary, et elle avait alors indiqué au policier que la récente série de crimes était l'œuvre du même individu, qu'il avait également assassiné une jeune femme la nuit dernière à King's Point — bien que le corps n'ait pas encore été découvert — et que, le soir même à sept heures, il tirerait sur la foule du haut de l'une des trois tours du port, avec une carabine de gros calibre.

Ayant terminé sa conversation avec Percy Osterman, Patmore raccrocha et se carra dans son fauteuil, le regard dans le vague, et le sourire aux lèvres.

— Ne vous laissez pas démonter par son attitude, souffla Lou à Max et à Mary. Ce n'est pas qu'il vous ignore, mais il a des moments où il s'arrête complètement de penser, et oublie de reprendre le fil.

Sans s'occuper du journaliste, Patmore se tourna enfin vers Mary.

— Je n'aime pas ça du tout, dit-il. Un maniaque sanguinaire dans ma ville...

— Si nous voulons... commença Mary.

— Non, ça ne me plaît pas du tout, coupa-t-il en prenant un cigare dans le tiroir de son bureau. J'assure la sécurité d'une petite ville sans histoire, et tout a toujours bien fonctionné.

— Nous pourrions peut-être...

— Dans chacune de ces trois tours, coupa de nouveau le chef, et parce que Percy Osterman s'est porté garant de votre bonne foi, bien que j'aie personnellement des doutes sur ces histoires de pouvoirs psi, à six heures, c'est-à-dire une heure avant l'heure prévue, si toutefois vous avez vu juste, je posterai mes hommes.

N'étant pas certaine d'avoir bien compris cette phrase assez alambiquée, Mary insista :

— Donc, vous allez placer des hommes ce soir dans les tours ?

Patmore haussa un sourcil surpris, et retira de sa bouche le cigare dont il était en train d'humecter l'extrémité.

— C'est ce que je viens de dire, non ?

— Excusez-le, intervint Lou. Le chef sait mieux manier ses hommes que la langue.

Au grand soulagement de Mary, Patmore ignora la remarque de Lou.

— Redonnez-moi tous les détails, dit-il à la jeune femme. Je veux le récit de votre vision du début à la fin.

Mary se sentait moins tendue à présent. « Ces horreurs vont bientôt finir », songeait-elle. Puis soudain : « Vraiment ? Ou bien ne font-elles que commencer ? »

— Ça va mieux, maintenant ? demanda Max.

— Oui, mentit-elle.

*
**

Une fois sur le trottoir devant le poste de police, Max dit à Lou :

— Eh bien, ça s'est beaucoup mieux passé que tu ne l'avais prédit.

— Oui, je suis très étonné. Généralement il faut lui enfoncer une idée neuve dans le crâne à coups de marteau !

— Apparemment Percy Osterman lui fait encore plus d'impression que ce que tu prévoyais.

— Cela a beaucoup joué, c'est certain, reconnut Lou. Mais il n'y a pas que cela. Il prend de sérieuses précautions. Il sait bien que s'il traitait Mary de charlatan et refusait de l'écouter, et si un fou se mettait à tirer ce soir du haut d'une tour, je réclamerais sa démission à la une de mon journal au moins deux fois par semaine jusqu'à ce qu'il se retrouve sur le pavé !

Max suggéra de laisser les voitures sur place et de marcher jusqu'au port.

— On pourrait déjeuner aux « Merveilles de la Mer », en regardant les bateaux évoluer.

Entre les deux hommes, Mary se sentait plus optimiste.

L'air pur et vif dissipait l'odeur rance du cigare de Patmore, et balayait aussi les tensions et les angoisses de la jeune femme. Le temps était plus beau, malgré un ciel encore couvert, et l'annonce d'averses pour le lendemain. Une de ces belles journées d'hiver du Sud californien, tant vantées, avec une température à 21 degrés, un air pur et léger, qui enlevait toute nostalgie au cœur des émigrés de la côte Est.

Juste avant d'arriver au port, ils passèrent devant un marchand d'animaux familiers où deux bébés épagneuls les regardaient de leur cage dans la vitrine.

— Oh ! les amours, s'écria Mary en s'approchant.

Les chiots dressaient leurs pattes de devant, essayant de renifler à travers la glace la main qu'elle leur tendait, et agitant frénétiquement leur queue.

— Je n'aime pas les chiens, ils sont trop dépendants, déclara Lou.

— Mais si affectueux, dit Mary.

— D'ailleurs je n'aime pas les chats non plus, reprit Lou.

— Pourquoi ?

— Trop indépendants.

— Et toi tu pousses un peu, fit remarquer Max.

— Que veux-tu, on me traite si souvent d'horrible cynique, il faut bien que je sois à la hauteur de ma réputation, plaisanta Lou.

Mary parlait tendrement aux chiots à travers la vitre, et ceux-ci jappaient et s'agitaient d'un air d'extase.

— J'avais pensé t'offrir un chien pour Noël, justement, dit Max.

— Surtout pas, s'écria Mary. Il mourrait, je suis sûre.

— En voilà une drôle d'idée ! fit Lou étonné. Pourquoi donc ?

Des images de chats, de chiens, de lapins et d'autres petites créatures, mutilées et ensanglantées, défilèrent dans la tête de Mary qui s'écarta de la vitrine.

— Alan avait toute une ménagerie à la maison quand il était petit. J'avais quelques petits animaux, moi aussi. Mais toutes ces pauvres bêtes ont été horriblement torturées et massacrées.

— Qu'est-ce que tu nous racontes, torturées et tuées ! s'écria Lou.

— Par le fils de Berton Mitchell, oui. Il croyait que j'avais menti en accusant son père, que c'était de ma faute s'il avait été condamné mais qu'il était innocent. Alors après, il se glissait en cachette dans notre propriété pour massacrer nos petits animaux familiers, les uns après les autres, jusqu'au jour où nous avons décidé de ne plus en jusqu'au jour où nous avons décidé de ne plus en avoir.

— Et tes cauchemars ont continué même après le suicide de Mitchell dans sa cellule, dit Max d'un ton plein de tendresse et avec un regard aimant qui insuffla sa chaleur à Mary.

— Je ne savais pas que Berton Mitchell avait une famille, dit Lou.

— Une femme et un fils. Ils ont quitté leur maison sur nos terres, après... ce qui s'est passé, mais pas la ville. Ils sont restés dans les environs.

Elle jeta un dernier regard aux épagneuls, qui avaient soudain perdu tout attrait à ses yeux, car elle ne voyait plus que les chiens d'Alan, des chiens morts, les pattes brisées, des chiens lacérés de coups de couteau, étripés, décapités, les yeux énucléés.

— Le fils Mitchell, est-il... commença Lou.

— N'en parlons plus, je t'en prie, coupa Mary toute tremblante. Allons prendre un verre, j'en ai grand besoin.

*
**

Les toilettes du restaurant empestaient le désinfectant à l'essence de pin. Tout en se lavant les mains, Lou dit à Max qui veillait à garder son pansement au sec :

— T'ai-je parlé de mon ami Ollie Railsbeck ?

— Le nom ne me dit rien...

— Il s'occupe d'un projet de recherche relativement récent à l'université de Stanford, sur tous les phénomènes dits « paranormaux » : clairvoyance, précognition, psychométrie, télépathie, télékinèse, psychokinèse, corps astral, bref, tout.

— En y repensant, j'ai déjà entendu ce nom, dit Max refermant le robinet et prenant une serviette en papier dans le distributeur. Je crois qu'ils ont demandé à Mary de participer à certaines expériences, mais elle n'en a pas encore eu le temps.

— Depuis qu'ils savent que les Russes consacrent près d'un milliard de dollars par an pour la recherche d'applications militaires aux phénomènes paranormaux, le Pentagone a décidé d'investir quelques dollars dans le même domaine. Le programme de recherche confié à Ollie et celui que le docteur Rhine dirige depuis longtemps à l'université Duke sont de loin les meilleurs chez nous.

— Mary a fait certains travaux à Duke.

— Ce matin, j'ai appelé Ollie Railsbeck pour avoir son avis sur l'épisode de la nuit dernière, le miroir, le sang, tout ça.

— Et alors ?

— Il a parlé d' « ectoplasme ».

— Je connais ce mot, dit Max qui jeta la serviette dans la corbeille et se dirigea vers la porte.

— Un instant, fit Lou. Je ne veux pas aborder ce sujet devant Mary.

— Vas-y.

— Selon Ollie, ce genre de phénomène n'est pas aussi exceptionnel que je croyais. Il a prétendu que des manifestations similaires se produisent au cours de certaines séances.

Max haussa les sourcils d'un air étonné.

— Ton ami consacrerait donc une partie de l'argent des pauvres contribuables à prendre des séances comme sujet d'étude ? Ces réunions bidon tenues par des diseuses de bonne aventure à la lueur de bougies, et où les gens se font arnaquer sous prétexte d'entrer en communication avec leurs chers défunts !

— Il existe des médiums reconnus et respectés qui prennent leurs travaux très au sérieux, refusent argent et publicité, et dirigent des séances tout à fait étonnantes, à vous donner la chair de poule.

— Ils parlent vraiment avec des esprits ?

— Si on veut. Disons qu'ils le croient. En tout cas, ils sont en communication avec quelque chose qui leur répond. Ollie prétend que parfois une forme humaine ou un objet se matérialisent au-dessus de la table ou de la tête du médium en transe.

— Et il ne s'agit pas d'un truquage à l'aide d'un projecteur de diapos et de feuilles de plastique, par exemple ?

— Certaines de ces apparitions ont été obtenues dans le cadre d'un laboratoire, sous le contrôle de chercheurs et d'experts. On a vu du sang et quelquefois des larmes couler, sans source définie, comme ça dans l'air. Il a ajouté que ces divers éléments ont tous une consistance réelle.

— ... mais brève, rappela Max. Hier soir souviens-toi, le sang qui coulait du miroir a vite disparu.

— Exact. La matérialisation ne dure que quelques secondes, une minute au plus. Ollie m'a quand même parlé d'une séance où le visage d'un enfant s'est formé au-dessus du médium et est resté là une vingtaine de minutes. Mais c'est un cas exceptionnel. Des matérialisations de ce genre sont composées d'ectoplasme, une substance mystérieuse ayant la propriété, selon les médiums, de traverser la barrière spatio-temporelle entre l'univers de la vie et celui de la mort.

— Alors, ton ami croit aux esprits ?

— Non. Il prétend que les médiums authentiques possèdent des facultés psi exceptionnelles. Ils obtiennent entre autres des résultats très supérieurs à la moyenne dans les tests de télépathie basés sur des cartes, comme celles de Zenner, et presque tous peuvent produire des dossiers très complets sur des prédictions vérifiées exactes. La théorie de mon ami Ollie est qu'à partir de leurs facultés paranormales qui nous dépassent, ces sujets sont capables de fabriquer inconsciemment de l'ectoplasme.

— Mais alors, il ne croit pas à la version d'une substance surnaturelle.

— Non. Et surtout pas en provenance d'un autre univers après la mort.

Max réfléchit un instant.

— De son point de vue, donc, l'ectoplasme serait de la matière solide née du subconscient d'un sujet psi.

— Exactement.

— Dans ce cas, sa théorie vient étayer ma propre interprétation des phénomènes étranges de ces derniers jours, dit Max.

— C'est justement ce que je voulais te dire en privé, pour ne pas perturber Mary.

— Et il n'y a aucune force démoniaque ou surnaturelle en action.

Lou hocha la tête avec pessimisme.

— Hélas, je n'en suis pas aussi convaincu que toi. Tu as sans doute raison, mais je tiens à garder un esprit ouvert à toute éventualité. En tout cas, comme tu en es persuadé et Ollie aussi, je me garderai bien de soulever le problème devant Mary.

Max se donna un violent coup de poing dans le creux de la main, et le bruit répercuté par les murs de céramique fit sursauter Lou.

— Le sang qui coulait du miroir était une création de Mary, s'écria-t-il, tout comme les phénomènes de poltergeist, mais elle n'en a pas conscience et refuse d'y croire. Lou, elle a vu, vraiment vu une scène horrible, et pour la fuir elle a recours à des pouvoirs qu'elle ignore détenir, grâce auxquels elle met en scène des phénomènes surnaturels simplement destinés à attirer son attention ailleurs. Une sorte d'autoprotection inconsciente. Mais elle a vu quelque chose qu'elle a arraché à son subconscient, et ces manifestations diverses n'ont servi qu'à la détourner de ce qu'elle redoute le plus d'affronter dans toute cette affaire.

— Mais si nous ne savons pas ce qu'elle se cache à elle-même avec tant d'acharnement, nous ne pouvons rien pour elle, remarqua Lou, à la fois inquiet et abattu.

— Nous le saurons ce soir à sept heures... dans un peu plus de sept heures, précisa Max en consultant sa montre.

***

La nappe d'eau grise et bourbeuse venait battre les digues du port, et les bateaux la fendaient de leur proue comme une masse de sombre gélatine.

Ils s'étaient installés à une table près d'une fenêtre. Max et Lou parlaient politique. Au début, Mary scrutait le ciel d'un regard anxieux, y cherchant des mouettes. Mais aucune ne se montrait aujourd'hui, et elle finit par s'intéresser à l'animation qui régnait dans le port, puis à la conversation en cours. Mais elle ne se sentait pas vraiment détendue. Elle mangea peu, et but trop, faisant ainsi l'objet de quelques plaisanteries concernant ses chances de battre Lou sur son terrain favori. Mais le whisky ne réussit pas à arrêter le tremblement nerveux de ses mains.

Vers deux heures, Lou étant reparti au bureau, ils rentrèrent au motel et Mary s'allongea pour faire une sieste. Elle avait grand besoin de repos et de toutes ses facultés en prévision de la chasse à l'homme ce soir. Elle ferma les yeux et essaya de ne penser à rien, aidée quelque peu par le vin et l'alcool du déjeuner. Elle avait l'impression de flotter en rond dans une piscine sur un matelas pneumatique. Elle se mit en phase première de méditation, se répétant le mot « Un », jusqu'à ce qu'il occupe entièrement son écran mental et en chasse toutes les autres pensées. A la limite de l'assoupissement, elle entendit un froissement d'ailes : *flap... flap... flap...*

Elle ouvrit aussitôt les yeux. Rien. Un jeu de son imagination.

Max, installé dans un fauteuil derrière elle, lisait le journal local. S'il y avait réellement eu un bruit insolite, il l'aurait remarqué lui aussi. Elle referma les yeux et se répéta le mot « Un ». *Flap... flap... flap...*

Elle rouvrit brusquement les yeux. Toujours rien.

Elle savait bien que ces battements d'ailes avaient un lien étroit avec Berton Mitchell, ainsi d'ailleurs qu'avec l'affaire en cours et le tueur psychopathe qu'elle traquait. Cela semblait impossible, impensable. Et pourtant...

Son esprit était torturé, alors qu'elle n'aspirait qu'à la tranquillité, et ne souhaitait qu'une chose : en finir au plus vite avec cette affaire !

Elle ferma les yeux, très fort, pour empêcher les larmes de couler, mais en vain. Elle avait peur, soudainement, et elle avait besoin de Max. Elle priait secrètement pour qu'il se lève et vienne vers elle. Elle eut envie de se retourner, de l'appeler, puis se ressaisit. *Non... essaie d'être forte, pour une fois !*

Tôt ou tard il lui faudrait bien apprendre à résoudre ses problèmes toute seule. Elle prenait de plus en plus conscience de la fragilité de la vie, et de la réalité de la mort... la sienne bien sûr, mais aussi celle de Max, de Lou, d'Alan... elle sentait leur existence à tous lui couler entre les doigts comme une poignée de sable. Un jour, Max ne serait plus là, et comment lui survivre si elle ne pouvait, seule, faire face à l'adversité ?

Elle devait affronter ce qui s'était passé vingt-quatre ans auparavant, se concentrer intensément pour s'obliger à remonter le cours du temps et trouver l'explication de ces battements d'ailes qui l'obsédaient. Elle ne réussirait jamais à établir le lien entre Berton Mitchell et le psychopathe meurtrier tant qu'elle n'aurait pas élucidé le mystère de ces ailes et de ce qui s'était passé dans la maison du gardien.

Elle attendit que ses larmes aient tari pour se lever.

— Ça ne va pas ? demanda Max.

— Je ne peux pas dormir.

— Tu veux que nous parlions un peu ?

— Non, lis ton journal. J'ai besoin de réfléchir, c'est tout.

Elle prit un bloc à spirale et un stylo sur la table de chevet et alla s'asseoir au petit bureau. Toutes les fois qu'elle se trouvait confrontée à un problème insoluble, elle mettait ses idées au net sur le papier. Elle écrivait des dizaines de questions, une toutes les cinq ou six lignes, et cherchait ensuite plusieurs réponses pour remplir les lignes intermédiaires. Cette méthode la détendait. Bien sûr, elle recherchait plus qu'une simple relaxation. Elle voulait des réponses, et elle en trouvait, parfois. Mais après tant d'années de cette pratique, elle ne se faisait plus d'illusions et savait parfaitement que connaître la solution et avoir la possibilité d'agir étaient deux choses très différentes. Le rituel du bloc-notes auquel elle s'astreignait depuis si longtemps ne représentait qu'une aide symbolique. C'était elle et elle seule qui devait prendre une décision importante, s'attaquer sans le secours d'autrui à un problème de première importance.

Cette fois, c'était l'occasion. Il fallait que son attitude

change. Elle sentait confusément que si elle ne puisait pas en elle-même une force nouvelle et indispensable, elle ne s'en tirerait pas.

Elle ouvrit le bloc encore vierge, acheté la veille, et lut avec stupeur sur la première page :

Mary sauve-toi ! Ta vie est en danger !

C'était écrit au stylo à bille, d'une main hâtive. L'écriture était la sienne, sans doute possible, mais elle n'avait aucun souvenir d'être l'auteur de ce message.

*
**

A seize heures, Roger Fullet téléphona à Lou pour lui donner un rapport détaillé de l'affaire Berton Mitchell, telle que l'avait commentée le journal *Los Angeles Times :* « ... et après seulement vingt minutes de délibération le jury a rendu son verdict. Il a déclaré Berton Mitchell coupable de tous les crimes dont il a été accusé. Son avocat a immédiatement entamé une procédure d'appel basée sur des points de détail d'ordre technique. Mais Mitchell a certainement compris que cette demande serait rejetée. Les peines infligées pour les diverses accusations l'auraient mené à vingt-cinq ans d'emprisonnement... »

— Et il s'est pendu ? demanda Lou.

— Oui, le lendemain du jugement avant son transfert à la prison d'état, exactement comme on te l'a raconté.

— Des détails sur sa famille ?

— Sa femme, et un fils, c'est tout.

— Comment s'appelle le fils ?

— Barry.

— Quel âge avait-il au moment de l'affaire ?

— Je ne l'ai pas noté, mais je crois qu'il avait seize ans.

— Rien d'autre sur lui ? dans le dossier ?

— Il allait à la prison tous les jours rendre visite à son père. Il était convaincu de son innocence, que celui-ci clamait bien haut.

— Rien d'autre ?

— De nos jours, la presse ne cesserait de harceler la

femme et le fils. En vingt ans, ce pays est devenu avide de sensationnalisme. De jour en jour, les lecteurs montrent un intérêt croissant pour les drames intimes... quand il s'agit des autres, bien sûr. Mais il y a vingt-quatre ans, les Américains possédaient encore un certain sens du respect, et de l'intimité. La femme et le fils de Berton Mitchell ne furent pas importunés. C'est tout ce que j'ai pu trouver dans le dossier.

Lou tambourinait sur son bureau avec son crayon.

— Je me demande ce qu'est devenu le fils.

— Je ne peux rien te dire de plus, Lou. Je n'en sais rien.

— Tu m'as déjà aidé au maximum. Merci, vieux.

Et ils raccrochèrent, après l'échange traditionnel de vœux de fin d'année. La secrétaire de Lou entra à ce moment pour lui souhaiter, elle aussi, un joyeux Noël. Puis elle quitta le bureau, que le silence envahit.

Lou n'avait pas allumé depuis son retour du restaurant, et il resta assis à réfléchir, le regard dans le vague, seul au milieu des ombres qui s'allongeaient en cette fin de journée.

Qu'est-ce qui effrayait tant Mary ?

Qu'est-ce que cette affaire avait donc de particulier ?

Une des hypothèses intéressantes venait d'être détruite par ce que lui avait raconté Roger Fullet. Le meurtrier en liberté dans King's Point ne pouvait pas être Berton Mitchell. Son fils, peut-être ? Barry Mitchell ? Il aurait maintenant quarante ans, l'âge de Max. A peine plus que son père quand il avait violenté Mary. Certains cas de folie se retrouvent parfois chez les descendants d'une même famille. Tel père, tel fils. Et si c'était Barry Mitchell qui allait monter ce soir au haut d'une des tours ?

Avec la fin du jour et l'obscurité croissante, le bureau sembla soudain plus froid à Lou Pasternak qui se leva et alla se verser un double bourbon.

***

Ayant décidé de ne pas aller montrer à Max le bref avertissement qu'elle venait de découvrir sur la première page de son bloc, Mary écrivit cinquante-quatre questions, puis la moitié de réponses. C'était sa manière à elle d'essayer de comprendre une situation, et de trouver des solutions. Jusque-là elle n'avait pas découvert d'autres indices concernant les tortures et les sévices qui s'étaient déroulés vingt-quatre ans auparavant dans la sinistre maison du gardien... rien non plus pour éclairer le mystère des battements d'ailes. Mais elle n'abandonnait pas la partie.

Elle ne pouvait s'empêcher de revenir sans cesse à la première page du bloc pour y lire et relire la petite phrase : « *Mary, sauve-toi, tu es en danger !* », même si cela interrompait le fil de ses pensées. Elle essayait vainement de se convaincre que quelqu'un d'autre avait écrit cet avertissement, un inconnu qui se serait glissé dans la chambre du motel en leur absence. Mais elle savait bien que ce n'était pas vrai. Absurde. Elle savait aussi reconnaître sa propre écriture. Elle avait dû se lever en pleine nuit sans réveiller Max, et griffonner ce message dans une crise de somnambulisme. Elle avait sûrement eu la prémonition d'un grave danger pendant son sommeil profond, étayée à ce moment-là d'un certain nombre d'éléments qui lui échappaient une fois réveillée.

Max se leva de son fauteuil.

— Veux-tu te préparer ? lui demanda-t-il.

— Pardon ? fit-elle en se tournant vers lui.

— Il est cinq heures et demie, et nous devons retrouver Lou à six heures. Je pense qu'il est temps de te préparer.

— Oui, tu as raison, dit-elle en refermant le bloc-notes.

— Ça va, tu es sûre ? demanda-t-il.

— Oui.

Il la regarda longuement, l'air inquiet.

— Non, non ça ne va pas très bien, avoua-t-elle.

Il s'approcha d'elle et l'embrassa.

— J'ai peur, dit-elle.

— Moi aussi, tu sais.

— Qu'est-ce qui va m'arriver, Max ?

— Rien du tout, calme-toi.

— Je me demande.

— Crois-moi, rien du tout. Tu ne me quitteras pas, jusqu'à ce qu'ils aient attrapé cette ordure.

— Et s'ils ne l'attrapent pas ?
— D'après toi ce matin c'était certain, non ?
— J'ai seulement dit qu'il se trouverait dans une des tours.
— Ils y seront avant lui, et ils l'auront forcément, dit Max d'un ton rassurant.
— Peut-être...

15

L'OFFICIER de police Lyle Winterman gara la voiture de ronde hors de vue dans un passage, et alla à pied jusqu'à l'église luthérienne Saint-Luc, deux rues plus loin. Même avec un réverbère tous les trente mètres, la grande avenue du port paraissait sombre.

Winterman avait la main sur l'étui de son revolver, à la hanche. Le rabat était dégrafé, et sa paume sur la crosse. Après le petit discours de Patmore au poste de police, il s'attendait à tout moment à se faire attaquer, et ça le rendait nerveux.

Le révérend Richard Erdman attendait dans la nef. Après une poignée de main ils se dirigèrent vers la porte qui donnait accès à l'escalier du clocher.

— Dites-moi, que se passe-t-il au juste ? demanda le révérend.

— On nous a mis sur une piste, répondit Winterman.

— Quel genre de piste ?

— Le chef préfère qu'on soit discret là-dessus.

— Il va y avoir de la violence ?

— C'est bien possible.

— Dans mon église, cela m'ennuierait.

— Moi aussi, mon père.

— C'est la maison de Dieu ici, et cela doit rester un lieu de paix.

— Je l'espère. Mais par prudence vous feriez bien de rentrer au presbytère et de verrouiller les portes.

— Je dois préparer la messe de Noël.

— Mais c'est beaucoup plus tard, non ?

— Oui, mais je commence les préparatifs à dix heures.

— Ne vous inquiétez pas, je serai parti bien avant.

Le policier détacha la lampe torche fixée à sa ceinture, l'alluma, et dirigea le faisceau lumineux sur les marches. Après un instant d'hésitation il entreprit l'ascension, et Erdman referma la porte derrière lui.

*
**

18 h 05

Normalement, l'officier de police Rudy Holtzman n'aurait pas dû travailler le soir de Noël. Il n'était pas de service. Et il ne cessait de maudire Patmore en grimpant l'escalier de la tour. Les gens psi, les prémonitions, les diseuses de bonne aventure, les perceptions extra-sensorielles... tout ça c'était des conneries. Le chef se couvrait de ridicule. Ça, ce n'était pas nouveau. Mais pour une voyante, ça dépassait les bornes cette fois !

Il atteignit le sommet de la tour du complexe Kimball. Au-dessous de lui, le bâtiment renfermant les galeries de jeux et les snack-bars était désert et silencieux. Holtzman éteignit sa torche et regarda le port. Sur certains bateaux les festivités avaient déjà commencé.

— Et merde ! s'écria-t-il, furieux.

Il s'assit par terre, le dos contre le muret à hauteur de taille qui entourait la plate-forme d'observation, et il posa son revolver à côté de lui.

Il espérait presque voir un salopard armé d'un fusil monter les marches... Ça le soulagerait de pouvoir tirer sur quelqu'un !

*
**

18 h 10

Un yacht de vingt-quatre mètres, brillamment éclairé, fendait les eaux du port et se dirigeait vers l'océan par le chenal nord, soulevant dans son sillage des vagues qui allaient battre rythmiquement les digues de chaque côté. Le vent soufflant de l'océan ramenait une vague odeur de pourriture.

John Patmore et son adjoint, un jeune policier obèse nommé Rollins, avaient établi leur poste de commandement dans un coin du parking du restaurant « Au Dauphin rieur », d'où ils pouvaient surveiller les trois bâtiments élevés.

La Mercedes des Bergen était garée à côté de la voiture de police, et Mary était appuyée contre l'aile entre Max et Lou. Elle espérait recevoir une nouvelle vision. Il restait assez de temps pour prévoir lequel des trois bâtiments le tueur choisirait d'utiliser, assez de temps pour aider la police à renforcer son dispositif, et peut-être même empêcher le massacre. Mais jusque là, aucune image ne s'était formée sur son écran mental.

Mary frissonnait sans pouvoir se contrôler, et ce n'était pas dû à la fraîcheur de l'air nocturne.

A 18 h 15, le policier Teagarten posté dans l'église catholique de la Sainte Trinité appela Patmore par walkie-talkie pour lui signaler que le service religieux était en cours, et également que les membres des Chevaliers de Colombus avaient organisé une réception dans les sous-sols de l'église, qui durerait jusqu'au début de la confession, avant la messe de minuit. Selon Teagarten, aucun tueur, même mentalement dérangé, ne tenterait d'utiliser le clocher en ayant à passer devant un si grand nombre de témoins ! Teagarten pensait donc qu'il ferait aussi bien de rentrer chez lui.

— Eh bien, jusqu'à nouvel ordre vous allez rester exactement où vous êtes, Nom de Dieu ! cria Patmore dans le walkie-talkie.

Le policier Rollins partageait son attention entre les trois tours, les observant l'une après l'autre avec des jumelles.

Patmore ignorait la présence de Mary. Il ne lui avait même pas dit bonjour en arrivant, et évitait délibérément de regarder dans sa direction.

— S'il ne se passe rien ce soir, le chef sera prêt à jurer qu'il ne vous connaît pas, commenta Lou.

*
**

18 h 30

Les réjouissances battaient maintenant leur plein sur une dizaine de yachts, et dans une heure il y en aurait autant d'autres. Des rires, des gloussements féminins, des éclats de voix et la musique diffusée par différentes chaînes stéréo s'entendaient au loin sur l'eau.

La plupart des bateaux, des plus petits voiliers aux plus gros yachts à moteur, avaient été décorés pour la circonstance. Des guirlandes d'ampoules de toutes les couleurs festonnaient les bastingages et le tour des hublots, et les plus gros bateaux, disposant d'une source d'énergie plus importante, semblaient entourés d'innombrables « leis » hawaïens incandescents. Sur certains, des ampoules vertes dessinaient des arbres de Noël dont un mât formait le tronc ; d'autres avaient utilisé leurs mâts et des ampoules jaunes pour représenter des croix gigantesques. Il y avait aussi des statues du Père Noël grandeur nature, et des traîneaux avec des rennes en carton et polystyrène galopant au-dessus des cabines, et toute une décoration de chrysanthèmes en papier, de rameaux de conifères, de gui, et des fleurs naturelles. La flottille de plaisance resplendissait au cœur de la nuit.

A sa façon, Lou Pasternak était fier de King's Point, et s'il pouvait facilement disserter pendant une heure sur les nombreux inconvénients de la ville, il ne manquait jamais de faire remarquer que c'était la plage la plus attrayante de Californie.

Mais ce soir, malgré ces splendeurs, le port ne pouvait retenir son attention plus de quelques minutes. Il se tourna vers Mary et lui demanda :

— Si on parlait de Barry Mitchell ?

Elle sursauta vivement, comme s'il l'avait pincée sans ménagement.

— Mary, qu'y a-t-il ? fit-il, inquiet.

— Tu m'as fait peur.

— Excuse-moi.

— Que veux-tu savoir sur Barry Mitchell ?
— Il avait... une dizaine d'années de plus que toi ?
— A peu près, oui.
— Tu pourrais le décrire ?
— C'était un grand garçon costaud.
— Des cheveux de quelle couleur ?
— Foncés... châtain foncé, bruns.
— Et ses yeux ?
— Je ne m'en souviens pas.
— Tu l'accuses d'avoir tué les petits animaux d'Alan.
— Oui, et quelques autres qui m'appartenaient.
— Il a été pris sur le fait ?
— Alan l'a vu tuer un écureuil qui était à nous.
— Et il n'a pas essayé de l'arrêter ?
— Non. Alan ne faisait pas le poids contre lui.
— Vous avez porté plainte ?
— Il n'y avait pas de preuves.
— Je croyais qu'Alan l'avait vu opérer ?
— Ce n'était qu'un témoignage d'enfant.
— Alors vous avez décidé de ne plus garder de petites bêtes ?
— Oui.

Max entoura d'un bras les épaules de Mary pour la réconforter.

— Aucune mesure ne fut prise contre Barry Mitchell ? demanda encore Lou.
— L'avocat de mon père a eu une longue conversation avec sa mère.
— Et qu'en est-il résulté ?
— Rien. Barry Mitchell a nié jusqu'au bout.
— Pourquoi toutes ces questions, Lou ? intervint Max.

Lou eut un instant d'hésitation, puis décida qu'il n'y avait pas lieu de leur cacher ses soupçons.

— Mary a signalé quelque chose d'exceptionnel dans la personnalité du meurtrier que nous traquons ce soir. Max, tu m'en as parlé aussi. Mais vous ne semblez pas d'accord sur ce qui en fait un tueur pas ordinaire. Voyons, supposons que cet homme soit le fils de Berton Mitchell ?
— Impossible, déclara Mary en secouant la tête.
— Et pourquoi donc ? demanda Lou.

— Il est mort.

Lou la regarda, stupéfait.

— Barry Mitchell est mort ? intervint Max, surpris lui aussi.

— Oui, et sa mère également.

— Hein ?

— Sa mère est morte la même nuit que lui.

— Ça s'est passé quand ? demanda Lou, reprenant ses esprits.

— J'avais onze ans, je me souviens.

— Donc ça fait dix-neuf ans.

— Exact.

— Ils sont morts en même temps ?

— Ensemble, oui.

— Comment ?

— Assassinés. Un rôdeur, apparemment.

— Un cambrioleur ?

— Sans doute. J'ai oublié les détails.

— Et tu ne sais même pas le nom du meurtrier ?

— C'est vraiment important, maintenant ?

— La police a arrêté quelqu'un ?

— Je n'en sais rien, avoua-t-elle.

— Mais qui t'a raconté tout ça ?

— Alan.

— Tu es sûre qu'il n'a pas inventé cette histoire ?

— Oh oui, je crois même qu'il m'a montré une coupure de journal.

Lou s'appuya avec découragement contre la Mercedes, très déçu de voir une autre de ses théories réduite à néant. Et pourtant, si la femme et le fils de Berton Mitchell avaient été assassinés cinq ans seulement après son suicide, pourquoi Roger Fullet n'avait-il pas trouvé ces renseignements complémentaires dans le dossier du *Los Angeles Times ?* Un étrange climat entourait cette affaire, et Lou, qui n'avait pourtant pas le goût du mélodrame et ne se laissait pas aller à des réactions exagérées, aurait néanmoins juré qu'il sentait le mal rôder dans l'air ce soir-là.

***

19 h

Mary étreignit la main de Max et attendit, anxieuse et tendue. D'une minute à l'autre le walkie-talkie allait nasiller le rapport d'un des policiers en poste dans les tours. On allait apprendre qu'un homme montait silencieusement les marches d'un de ces édifices, et la chasse commencerait sans merci.

19 h 03

Mary consultait sans cesse sa montre, dans le reflet des phares de la voiture de police, et changeait continuellement de position, incapable de rester en place. Pour la première fois depuis plus d'une heure, Patmore se tourna vers elle et son regard rencontra le sien. Le chef de la police ne semblait pas heureux.

19 h 05

Mary avait maintenant l'impression d'avoir été manœuvrée, jouée, trompée. Pour la première fois de sa carrière, elle avait affaire à un adversaire à sa taille. Elle traquait un individu sur lequel ses facultés paranormales ne lui assuraient aucun avantage.

19 h 09

Une peur panique paralysait Mary.

— Il y a quelque chose d'anormal, murmura-t-elle.

— Que se passe-t-il ? lui demanda Max.

— Le meurtrier ne viendra pas.

— Mais tu l'as *vu* pourtant, en image psi, dit Lou surpris.

— Et tes visions se réalisent toujours, rappela Max.

— Pas cette fois. La situation est très spéciale : *Il* sait que je le traque. *Il* sait que la police surveille les tours, que des hommes y sont postés.

— Parce qu'ils sont trop visibles, c'est ça ? suggéra Lou.

— Non, pas du tout. Simplement, ce tueur connaît mes pensées psi, et devance mon action. Il ne viendra pas.

— Ne dis rien à Patmore, conseilla Lou. Attendons encore un peu, on ne sait jamais.

*
**

A 19 h 30, aucune trace du suspect n'ayant été signalée, John Patmore se mit à marcher de long en large devant sa voiture, l'air furieux, accélérant le pas au fur et à mesure que les minutes s'écoulaient. A 19 h 45 il s'empara du walkie-talkie et s'entretint pendant un quart d'heure avec Winterman, Holtzman et Teagarten. A deux reprises il hurla dans l'appareil, incapable de se contenir. Quand le dialogue fut terminé, il se tourna vers Mary.

— Notre homme ne viendra pas, dit-elle d'un ton désolé.

— A-t-il jamais été question qu'il vienne ? lança Patmore cinglant.

— Bien sûr, affirma Mary, très malheureuse à la pensée qu'elle avait dû nuire à Lou en lui demandant d'intervenir auprès de Patmore, pour en arriver à ce triste résultat.

— Et pourquoi a-t-il changé d'avis ? demanda encore Patmore.

— Il sait qu'on l'attend, répliqua Max.

— Ah oui ? Et qui l'a prévenu ?

— Personne. Il l'a senti, avoua Mary.

— Il l'a senti, dites-vous, et comment donc ?

— Il doit être... sans doute possède-t-il...

— Eh bien, quoi ?

— Je... je ne sais pas, fit-elle très embarrassée.

— Ce matin dans mon bureau vous en saviez pourtant très long, fit remarquer Patmore avec rage. Vous saviez tout, dans les moindres détails. Et maintenant, plus rien d'un seul coup ! Vous ne savez peut-être pas non plus que je peux me montrer très méchant, si n'importe qui vient me trouver pour me signaler un crime qui n'a jamais été commis et ne le sera jamais, et qui s'amuse à me faire perdre mon temps et celui de mes hommes.

— Tâchez donc de ne pas avoir une attaque, et de ne pas faire piquer une crise de nerfs à Mary, conseilla Lou.

— Vous, je ne vous oublierai pas à la distribution générale si je veux pousser les choses plus loin, répliqua Patmore.

— Eh bien, ne poussez pas, conseilla Lou placidement. Vous savez très bien que nous n'avons pas signalé de crime commis, et que nous sommes simplement venus vous faire part de certaines bonnes raisons permettant de penser qu'un crime allait être commis.

— Vous m'avez tendu un piège pour me ridiculiser, cria Patmore furieux.

— John, c'est absurde !

— Et Percy Osterman vous a prêté son concours. Pourquoi ? Inutile de le préciser, j'ai compris. Quand les résidents de King's Point ont voté pour l'élection d'une police locale, Percy était contre, et il en a été très fâché. Il ne doit pas m'aimer beaucoup, hein ? Il ne me l'a jamais fait sentir, mais j'en suis sûr.

— Vous êtes tout à fait à côté de la plaque, John, assura Lou. Réfléchissez un peu. Personne ne complote contre vous. Mary est de bonne foi, et Percy également. Nous le sommes tous, d'ailleurs. Nous...

— Vous voulez me ridiculiser, s'entêta Patmore qui agita un index menaçant sous le nez de Lou en ajoutant : Vous avez intérêt à ne rien écrire là-dessus dans votre canard, à ne pas raconter que j'ai marché dans votre combine de conneries psi, parce que si vous le faites, je vous poursuivrai pour diffamation et vous y laisserez jusqu'à votre chemise.

Une flamme inhabituelle brillait dans ses yeux plutôt ternes.

— Je suis effondrée, Lou, dit Mary en lui prenant le bras. Je n'en peux plus, et je ne veux pas d'ennuis, ni pour toi ni pour moi.

— Elle a raison, intervint Max. Laisse tomber, et partons.

Mais Lou était exaspéré par l'attitude du policier, et l'avertit :

— John, je n'écrirai rien sur vous car je n'ai aucun désir de vous ridiculiser dans mon journal. Mais je voudrais quand même vous rappeler qu'un psychopathe meurtrier est en liberté dans cette ville et qu'il...

— Vous avez déjà écrit des articles sur mon compte, coupa Patmore sans lui prêter attention.

Cette fois, Lou sentit la colère monter.

— J'ai toujours écrit des articles modérés, d' « opposition constructive » quand je n'étais pas d'accord avec vous. Mais je n'ai jamais été déloyal, ni partial. En fait, je crois maintenant que j'ai été trop indulgent. La démolition n'est pas mon style, mais Bon Dieu si j'avais vraiment voulu vous ridiculiser je n'aurais pas eu de mal !

Mary serra plus fort le bras de Lou, essayant de l'entraîner.

— Vous êtes un journaliste minable, à la tête d'une feuille de chou aussi minable. De plus, vous êtes un sale ivrogne.

Mary crut un instant que Lou allait le frapper, mais il se contenta de foudroyer Patmore du regard et de lui dire sèchement :

— Un ivrogne peut toujours s'arrêter de boire, s'il le décide. Tandis qu'un abruti doté d'un quotient intellectuel au ras du trottoir devra vivre avec jusqu'au bout...

— Et merde ! cria Patmore, qui retourna à la voiture, et appela ses hommes dans le walkie-talkie pour leur donner ordre de quitter leurs postes.

— Je suis navrée, dit Mary à Lou. Vraiment navrée.

— Tu n'es pas responsable de sa bêtise !

— Allons-nous-en, dit Max en ouvrant la porte de leur voiture.

***

Une fois installés de nouveau dans le séjour de Lou Pasternak, au milieu des piles de livres, Max demanda :

— Et que fait-on maintenant ?
— Nous n'avons plus qu'à attendre, répondit Mary.
— Attendre quoi ?
— Qu'il recommence à tuer... dit-elle avec lassitude.

16

La chambre était plongée dans l'obscurité. Mary, couchée sur le côté, se tourna sur le dos. Ce lieu lui communiquait un sentiment de claustrophobie, comme si le plafond descendait lentement vers elle.

— Tu n'arrives pas à t'arrêter de penser ? demanda Max.

— Je croyais que tu dormais.

— Non, j'attendais que toi tu t'endormes.

— Tu ne bougeais pas du tout, et tu ne disais rien...

— Exprès, pour ne pas te déranger.

— Quelle heure est-il ?

— Trois heures.

— Dors, mon chéri. Ne t'occupe pas de moi.

— Tu sais bien que je ne peux pas dormir quand je te sens inquiète.

— J'ai l'impression que quelqu'un essaie d'ouvrir la porte, depuis un moment, avoua-t-elle.

— Je peux t'assurer que non. J'aurais entendu.

— Et aussi, qu'il y a quelqu'un derrière la vitre de notre fenêtre.

— Non plus, crois-moi. Tes nerfs te jouent des tours.

— J'ai peur de tout. J'ai une boule dans la gorge, et l'estomac serré.

— Tu devrais prendre un calmant.

— J'ai pris un somnifère il y a deux heures.

— Prends-en un autre, je t'en prie.

— Max, qu'est-il réellement ?

— Qui ça ?
— Le meurtrier.
— Un homme, tout simplement.
— Non, pas tout simplement.
— Mais si, Mary, je t'assure.
Elle avait l'impression que l'obscurité vibrait doucement autour d'elle, comme animée de pulsations.
— Non, je sens quelque chose d'autre, quelque chose d'insolite chez cet individu:
— Prends un autre somnifère, écoute-moi.
— Oui, je crois qu'il le faut. Mais j'essayais justement de me réduire ces derniers temps, pour me déshabituer complètement.
— Quand cette affaire sera classée, tu pourras te montrer intraitable avec toi-même. Mais pour le moment, tes pilules ne sont pas un signe de faiblesse. Tu as de bonnes raisons de les prendre.
— Tu veux bien aller m'en chercher une ?
Il lui rapporta une verre d'eau et le somnifère, puis attendit qu'elle l'eût avalé avant d'éteindre et de se recoucher.
— Viens plus près, demanda-t-elle.
Elle se blottit contre lui, sur le côté, son dos collé à la poitrine de Max, ses fesses dans le creux de son bas-ventre.
— Je vais m'endormir, dit-elle faiblement au bout de quelques minutes.
— Tant mieux. — Et il lui caressa les cheveux avec tendresse.
Un silence, puis :
— Max ?
— Que... qu'y a-t-il ? demanda-t-il d'une voix déjà ensommeillée.
— Peut-être qu'il ne peut pas s'empêcher d'être cruel et de commettre tous ces crimes. Il est peut-être né avec le mal en lui. On dit que la notion du mal s'acquiert au contact de la famille et de la société. Et si dans certains cas l'instinct était transmis par les gènes ?
— Veux-tu arrêter de parler, et dormir.
— Max, tu crois que je vais mourir ?

— Un jour, comme tout le monde, oui.
— Mais je veux dire là, bientôt ?
— Mais non, voyons. Je suis là.
— Serre-moi.
— C'est ce que je fais.
— Je voudrais être très forte.
— Tu l'es, crois-moi.
— C'est vrai ?
— Bien sûr, mais tu ne t'en rends pas compte.

Quelques minutes plus tard elle dormait. Max continua de lui caresser doucement les cheveux, attentif à sa respiration. Il ne supportait pas l'idée qu'elle puisse mourir dans un futur proche. Et en même temps il était inquiet. Il souhaitait ardemment lui voir abondonner cette affaire. Tant pis si la tuerie annoncée avait lieu. Mary ne devait en aucun cas se sentir responsable, et culpabiliser. Est-ce que la société se sentait responsable ? Non. La police ? Les flics faisaient parfois leur travail, et même un effort à l'occasion pour retrouver un criminel ; mais au fond, ils éprouvaient la même indifférence à l'égard de la victime et de l'assassin, et ne perdaient pas le sommeil en se posant des questions. Alors tant pis si l'on ne pouvait pas empêcher ce massacre. Mais il fallait que Mary n'y pense plus. Elle se croyait peut-être différente des autres, protégée d'une mort violente par ses facultés psi. Immortelle ? Mais c'était une illusion. Elle était en réalité aussi vulnérable que toutes ces innocentes jeunes femmes qui avant d'être tuées n'avaient sans doute jamais imaginé qu'elles allaient mourir ainsi. La jeunesse donne toujours plus ou moins un sentiment d'éternité. Mais la lame froide et dure saurait entamer la chair de Mary comme celle des autres. Alors il fallait qu'elle cesse de s'occuper de cette affaire. Si elle s'obstinait, elle risquait d'y laisser sa vie. Elle affrontait cette fois un monstre redoutable, une force qu'elle n'arrivait pas à comprendre et qui l'écarterait sans pitié de son chemin, une force qui tirait son pouvoir sur elle du passé, d'un événement vieux de vingt-quatre ans.

Tenant serré contre lui le corps endormi de Mary, il se mit à pleurer doucement dans le noir, à la pensée qu'il pourrait un jour se retrouver sans elle.

*
**

L'aube approchait, mais la lampe torche était encore l'unique source lumineuse dans la nuit couleur d'encre. Seuls ses pas résonnaient dans la galerie déserte. Il traversa l'immense salle, remplie de flippers et de jeux électroniques pendant l'été, mais entièrement vide et lugubre en cette saison. Il atteignit le passage surmonté d'un grand écriteau « Accès à la terrasse d'observation », d'où partait l'escalier de la tour Kimball, étroit et glacial. On ne l'avait pas encore repeint pour la saison suivante, et le faisceau de la lampe révélait des murs d'un blanc jaunâtre, tout maculés d'empreintes de doigts d'enfants, de coulées de jus de fruits, de graffiti divers au crayon ou au marqueur.

Les marches en bois grinçaient sous ses pas. Quand il arriva à la terrasse entourée d'un muret, il éteignit sa lampe. Il y avait peu de chance que quelqu'un le guette encore à cette heure, mais il ne voulait pas risquer d'attirer l'attention malgré tout.

L'aube n'était encore qu'une mince ligne pourpre qui luisait à l'est de l'horizon, comme si un rasoir avait légèrement entamé la chair sombre de la nuit.

Il embrassa le port du regard, et attendit patiemment. Quelques minutes plus tard il aperçut du coin de l'œil un mouvement fugitif dans l'air, et entendit des battements d'ailes. Quelque chose perché dans les combles du toit pointu de la tour s'agita, voleta un moment, puis tout redevint silencieux. Il leva les yeux vers les formes tapies dans l'obscurité au-dessus de lui, et frissonna de plaisir.

Ce soir, pensa-t-il, ce soir le sang coulera de nouveau. Il sentait la mort rôder alentour, comme un souffle puissant et palpable.

A l'est, la blessure s'élargissait sur l'horizon. L'aube envahissait le monde, goutte à goutte.

Il bâilla, et se passa le dos de la main sur les lèvres. Il faudrait bientôt rentrer à l'hôtel, prendre un peu de repos. Il n'avait pas beaucoup dormi ces derniers jours.

A trois reprises en dix minutes, il entendit à nouveau le

froissement d'ailes, dans la charpente, avec la même agitation de courte durée, suivie du même silence.

Finalement une lumière blafarde traversa le plafond immobile et glacé des nuages, mettant progressivement des touches de couleur sur le port, les collines, et les maisons de King's Point.

Il se sentit soudain désorienté, comme abandonné. La lumière du jour le déprimait profondément, et depuis toujours ses facultés fonctionnaient à plein pendant les heures d'obscurité. Cela devenait encore plus évident depuis quelque temps. La nuit était son royaume.

Au-dessus de lui, les poutres les plus hautes étaient toujours dans l'ombre. L'intérieur du toit, une sorte d'entonnoir retourné, avait environ quatre mètres cinquante de haut, et même à midi son sommet restait plongé dans l'obscurité. Le jour était levé, malgré sa pâleur, et personne ne remarquerait sa lampe à présent. Il l'alluma et en dirigea le faisceau vers les combles.

C'était le tableau qu'il était venu voir : des chauves-souris, une douzaine au moins, accrochées aux poutres, leurs ailes soigneusement repliées contre leurs corps. Certaines avaient les yeux fermés, d'autres ouverts, et ils luisaient étrangement dans le faisceau lumineux. Cette vision le remplit d'allégresse.

Ce soir, encore une fois... du sang.

***

A neuf heures du matin Lou appela Roger Fullet.

— Désolé de te déranger un jour de Noël, vieux !

— Tu ne me déranges jamais. Et puis, tu viens de m'éviter une belle corvée ! Le train électrique du fils a déraillé, et toutes les voitures se sont décrochées. Si je reste à te parler un moment, le fiston aura tout remis en ordre quand je reviendrai...

— J'ai appris des choses très intéressantes à propos de l'affaire Berton Mitchell.

— Lesquelles ?

— Apparemment, la femme et le fils de Mitchell auraient été assassinés.

— Bon Dieu ! Quand ça ?
— Cinq ans après l'histoire de Mary.
— C'est impossible.
— As-tu vérifié dans vos archives s'il n'existe pas des dossiers séparés sur la femme et le fils ?
— Non, mais en supposant qu'il y en ait, les doubles devraient figurer dans celui de Berton Mitchell.
— Ça doit bien vous arriver de faire des erreurs au *Times*, non ?
— On n'aime pas l'avouer, mais c'est vrai qu'il y a parfois des négligences. Bon, qui est l'assassin des Mitchell ?
— Mary n'en sait rien.
— Et ça s'est passé il y a dix-neuf ans ?
— C'est ce qu'elle affirme.
— Ici, à Los Angeles ?
— C'est ce que j'ai compris. Roger, rends-moi un service, veux-tu ?
— Je ne travaille pas aujourd'hui, vieux.
— Je suis sûr que le *Times* ne s'arrête pas complètement de fonctionner même les jours fériés. Il y a bien une permanence. Tu pourrais téléphoner et demander ces renseignements pour moi, non ?
— C'est si important que ça ?
— Question de vie ou de mort.
— Que veux-tu savoir au juste ?
— Tous les renseignements disponibles sur ces meurtres... si meurtre il y a eu, bien sûr.
— Je te rappellerai.
— Dans combien de temps ?
— Deux heures environ.
Roger le rappela une heure et demie plus tard.
— Il y a effectivement un dossier à part concernant l'assassinat de la femme et du fils Mitchell. Mais on a omis d'en glisser la copie dans le dossier du père.
— Ça fait plaisir de savoir que l'administration laisse à désirer dans les grandes villes aussi...
— Pour en revenir à cette affaire, je dois te prévenir que ce n'est pas joli-joli.
— Raconte.

— Après le suicide de Berton Mitchell, sa femme Virginia et son fils Barry Francis ont loué une petite maison dans un quartier ouest de Los Angeles. D'après l'adresse, je dirais à un kilomètre et demi au plus de la propriété des Tanner. Et le 31 octobre à deux heures du matin, il y a dix-neuf ans, quelqu'un a mis le feu avec de l'essence. La maison a brûlé pratiquement de fond en comble, avec la mère et le fils à l'intérieur.

— Un incendie ! Le genre de mort que je redoute le plus.

— L'histoire m'a coupé l'appétit pour mon dîner de Noël !

— Je suis désolé, Roger, mais il fallait que je sache vite.

— Attends, il y a pire. Les corps ont été très gravement brûlés, mais le médecin légiste a pu conclure par la suite que la mère et le fils avaient été tués dans leur sommeil avant le début de l'incendie. Poignardés...

— Poignardés ?

— Virginia avait la gorge tellement tailladée qu'elle était pratiquement décapitée.

— Nom de Dieu !

— Le fils, Barry, a été lui aussi lardé de coups de couteau à la gorge et à la poitrine, et puis...

— Et puis quoi ?

— ... émasculé.

— Bon Dieu, j'ai l'appétit coupé à mon tour !

— Avant l'incendie, cette maison a dû ressembler à un abattoir ! A ton avis, quel genre de type peut commettre des atrocités pareilles ? Il faut être complètement déséquilibré pour aller aussi loin. Un taré !

— Est-ce que la police a réglé cette affaire ?

— Non. Il n'y a eu aucune arrestation.

— Des suspects, au moins ?

— Trois.

— Tu as leurs noms ?

— Je n'ai pas pris soin de les noter, parce qu'ils avaient tous des alibis vérifiés exacts par la suite.

— Alors, l'assassin peut très bien être encore en vie et en liberté. La police était sûre, pour les corps ?

— Que veux-tu dire ?

— Sûre de leur identité.
— Je suppose qu'ils n'étaient pas brûlés au point de ne pouvoir être identifiables. Et puis, c'était la maison où ils habitaient.
— Pour la femme, c'est à peu près certain. Mais on pourrait concevoir que l'autre cadavre était celui de son amant, et non du fils.
— Ils ont été trouvés dans des chambres différentes. Des amants auraient plutôt été couchés ensemble. Et puis, si Barry était en vie, il se serait manifesté il me semble.
— Pas si c'est lui l'assassin.
— Quoi !
— Ce n'est pas impensable.
— Tout est possible, c'est sûr, mais...
— Barry devait avoir vingt et un ans à cette époque, même vingt-deux. Tu ne trouves pas que ce n'est plus un âge pour vivre encore avec sa mère ?
— Pas du tout, Lou. On ne quitte pas tous le domicile familial à seize ans pour vivre sa vie, comme tu l'as fait. Moi, j'ai vécu chez mes parents jusqu'à vingt-trois ans. Dis-moi, pourquoi tiens-tu tellement à ce que Barry soit vivant actuellement ?
— Ça rendrait l'affaire en cours plus compréhensible.
— Tu es un trop bon journaliste pour essayer de faire coller des faits avec une idée préconçue !
— C'est vrai, tu as raison. Je me heurte encore à un mur, vois-tu.
— Dis-moi, qu'est-ce qui se passe exactement avec cette Mary Bergen ? dans quoi t'es-tu encore embarqué ?
— Je crains que tout ça ne finisse très mal, et je préfère ne pas en parler pour l'instant.
— Peut-être qu'au fond je n'ai pas envie non plus d'en entendre parler.
— Allez, va jouer avec votre train électrique.
— Je n'en ai plus tellement envie... Je me demande pourquoi ! En tout cas, sois prudent, Lou. Très prudent. Et... joyeux Noël quand même !

17

ILS écoutaient de la musique dans la salle de séjour de Lou, en attendant la suite des événements. Difficile d'imaginer un Noël plus triste, songeait Mary. Elle et Max n'avaient même pas réussi à se faire leurs cadeaux. Ceux qu'il avait choisis pour elle étaient dans les boutiques où il les avait laissés pour les faire emballer. Quant à Mary, bien trop préoccupée par la situation en cours, elle n'avait même pas trouvé le temps de faire ses achats.

Son moral remonta quand Alan téléphona à trois heures pour dire qu'il se trouvait à San Francisco chez une amie. Il les avait appelés au numéro de Bel Air, mais la gardienne lui avait dit qu'ils étaient chez Lou. Il semblait inquiet, et Mary atténua délibérément la gravité de la situation pour le rassurer. Il ne servait à rien de lui gâcher son Noël à lui aussi. Quand Alan eut raccroché, Mary se sentit à nouveau déprimée. Il lui manquait tellement.

Comme personne n'avait pris de petit déjeuner, ni de déjeuner, Lou servit le dîner de bonne heure, dès cinq heures. Au menu : poulet Kiev servi avec du riz, zucchini frits et farcis d'une mousse d'épinards, tomates farcies, et comme dessert des pommes au four.

Personne n'avait vraiment faim, et ils se contentèrent de grappiller dans leurs assiettes. Mary ne toucha pas au vin. Quand ils en furent au café, elle demanda à Lou :

— As-tu un oui-ja ici ?

— Oui, mais je ne m'en suis pas servi depuis des années.

— Sais-tu où tu l'as rangé ?
— Dans le placard de la chambre d'amis... je crois.
— Tu veux bien aller le chercher pendant que nous débarrassons la table, Max et moi ?
— Oui, mais pour en faire quoi, au juste ?
— J'en ai assez d'attendre que le tueur se décide à frapper encore une fois. Je voudrais essayer de précipiter les choses.
— Tout à fait d'accord, mais comment ?
— Quand Mary n'arrive pas à retrouver certains détails de ses visions, elle réussit parfois à stimuler sa mémoire grâce aux révélations magiques du oui-ja. Rassure-toi, elle ne fait pas de dialogue avec le monde des esprits. Les choses qu'elle veut savoir sont simplement des souvenirs oubliés, enfouis dans son subconscient. La planche et le palet du oui-ja servent en quelque sorte de support à ses questions, et de liaison avec ce subconscient impénétrable. Ça ne marche pas toujours, mais assez souvent toutefois pour que l'essai en vaille la peine.
— Je comprends, fit Lou. Les réponses de la planche par l'intermédiaire du palet et des lettres viennent en fait de Mary.
— Exactement.
— Mais je ne guide pas le palet consciemment, déclara Mary. Je le laisse se diriger à son gré.
— Ou plutôt, c'est ton subconscient qui commande à tes doigts, mais tu ne t'en rends pas compte.
— Sans doute, reconnut-elle.
— En quelque sorte, le oui-ja agit comme une lentille convergente, dit Lou en ajoutant un peu de crème dans son café.
— Exactement. Elle concentre mon attention, ma mémoire et mes facultés psi.
Lou but son café en trois gorgées, et se leva.
— Ça me paraît une expérience intéressante. De toute façon le pire est d'attendre que le couperet s'abatte sur nos têtes. Je reviens.
Il sortit en hâte et traversa le vestibule pour aller dans la chambre d'amis. Pendant ce temps, Max et Mary empilèrent les plats, les assiettes et les couverts dans l'évier de la

cuisine. Mary finissait d'essuyer la table en pin vernis quand Lou revint, tenant sous son bras un oui-ja complet.

Mary alla dans le séjour chercher son bloc-notes resté sur le sofa dans son sac.

— Il va falloir que je me décide à ranger le placard de cette pièce un de ces jours, remarqua Lou. La planche du oui-ja était littéralement enfouie sous des tas de cochonneries.

— Littéralement ? plaisanta Max.

— Littéralement c'est le cas de le dire puisqu'elle se trouvait sous des piles d'une revue littéraire new-yorkaise.

— D'accord, tu m'as bien eu !

Lou prit un bloc et un crayon dans un meuble et s'assit à la table de cuisine, prêt à noter les lettres que le palet leur indiquerait sur la planche.

Mary étala le oui-ja sur un coin de la table, et posa dessus le palet à la base garnie de feutre. Max s'assit à son tour, croisa les doigts et fit craquer ses jointures. Mary ouvrit alors son bloc à une page déjà couverte d'écriture.

— Qu'est-ce que c'est ? s'informa Max.

— Des questions que je veux poser.

Elle approcha une chaise et s'assit à angle droit avec Max, puis posa le bout de ses doigts sur un des côtés du triangle de matière plastique, tandis que Max mettait les siens sur un autre.

— Commence doucement, conseilla-t-il.

Elle était contractée, et c'était regrettable, car le palet triangulaire ne bougeait pas d'un millimètre si elle appuyait trop fort. Elle prit une respiration profonde à plusieurs reprises, essaya de détendre les muscles de ses bras, cherchant à ce que ses doigts deviennent indépendants, mous comme des chiffes.

Max, lui, n'était pas aussi nerveux et n'avait pas besoin de la même mise en condition.

Ayant fini par atteindre un état de décontraction relative, tant psychique que physique, Mary regarda la planche et demanda au oui-ja : — Es-tu prêt à répondre ?

Le palet indicateur ne bougea pas.

— Es-tu prêt à nous donner des réponses ? répéta Mary.

Toujours rien.

— Es-tu prêt à répondre ? insista-t-elle.

Cette fois, sous leurs doigts et comme s'il avait soudainement acquis une énergie autonome, l'indicateur glissa vers la case marquée « OUI ».

— Très bien, dit Mary. Autre question : nous recherchons un homme qui a assassiné au moins huit personnes ces derniers jours. Est-il toujours à King's Point ?

L'indicateur se promena un moment sur la planche puis revint au « OUI ».

— Est-ce que King's Point est sa ville natale ?

« NON »

— D'où vient-il ?

« DES JOURS DE NOTRE PASSE »

— Réponse obscure, fit remarquer Lou. Quelqu'un comprend ?

Mary s'efforça de reformuler la question de façon plus précise.

— Où habite le meurtrier ?

« BELLE », épela le palet lettre par lettre.

— Belle ? s'étonna de nouveau Lou. C'est la réponse à ta question, tu crois, Mary ?

— Une ville qui s'appellerait Belle ? demanda-t-elle, ou qui serait belle ?

Le palet ne bougea pas.

— Où habite le meurtrier ? redemanda-t-elle.

Le palet triangulaire désigna dix-sept lettres que Lou nota au fur et à mesure, puis il lut le message :

« LA VILLE A L'AIR BELLE », qu'est-ce que ça veut dire ?

Mary eut une impression de froid dans le dos, comme si un souffle glacé lui frôlait la nuque. Les réponses du oui-ja étaient moins précises, plus déroutantes que d'habitude. Normalement elles venaient des profondeurs mêmes du subconscient de Mary. C'est du moins ce qu'elle avait toujours cru, mais pas aujourd'hui. Ce soir elle sentait une autre présence, invisible mais toute proche.

— Ne nous laissons pas distraire, dit Max agacé qui se concentra sur le palet et demanda : Où vit le tueur, à King's Point ?

L'indicateur se promena sur la planche et se dirigea rapidement vers différentes lettres, que Lou nota aussitôt. Mais le mot était si simple que Mary n'avait pas besoin de le voir écrit.

« HOTEL »

— Lequel ? demanda encore Max.

Le palet resta immobile.

— Quel hôtel ? répéta Max.

« HOTEL », épela de nouveau le palet.

— Essaie une autre question, suggéra Lou.

— Cet homme a assassiné des jeunes femmes avec un couteau, commença Mary. Où l'a-t-il pris ?

— C'est sans importance, remarqua Max.

Le palet se promena sur la planche et épela :

« LINGARD »

— C'est toi qui lui as dicté ce nom, s'écria Max.

— Je ne crois pas, répliqua Mary très troublée.

— Alors pourquoi lui as-tu posé cette question ? Ça ne présente pas un grand intérêt pour nous.

— Je voulais voir ce qu'il allait répondre, justement.

Max l'observa longuement de son regard gris acier, et elle détourna le sien pour consulter les notes inscrites dans son bloc.

— Est-ce que je connais une jeune fille du nom de Beverly Pulchaski ? demanda-t-elle au oui-ja.

« ELLE EST MORTE »

— Mais est-ce que je l'ai connue ?

« ELLE EST MORTE »

— Et une autre nommée Susan Haven ?

« ELLE EST MORTE »

Mary sentit à nouveau le souffle glacé sur sa nuque, et frissonna.

— Et une autre, Linda Proctor ?

« ELLE EST MORTE »

— Marie Sanzini, alors ?

« ELLE EST MORTE »

Mary poussa un long soupir découragé. Les muscles de ses bras et de ses épaules se contractaient sans arrêt, malgré elle. Il lui était difficile de rester suffisamment détendue pour faire fonctionner le oui-ja. Elle se sentait déjà trop lasse.

— Qui étaient ces jeunes femmes dont tu as cité les noms ? demanda Lou.

— Les infirmières assassinées dans leur appartement à Anaheim. Quand j'ai eu la vision prémonitoire de leur mort, j'ai eu l'impression de connaître l'une d'elles, ou en tout cas de l'avoir au moins rencontrée. Mais si c'est vrai, je n'arrive pas à me rappeler dans quelles circonstances.

— C'est plutôt que tu ne *veux* pas t'en souvenir, rectifia Max.

— Et pour quelle raison ?

— Sans doute parce que tu nous apprendrais alors qui est le tueur. Et peut-être ne veux-tu pas le savoir...

— Tu es complètement fou. Je veux le savoir à tout prix.

— Même s'il existe un lien entre lui, Berton Mitchell et ces ailes mystérieuses ? Même si, pour identifier ce détraqué, tu es obligée d'arracher à ton subconscient ce que tu t'efforces d'oublier depuis si longtemps ?

Elle le regarda dans les yeux, et passa nerveusement sa langue sur ses lèvres.

— J'éprouve en ce moment un sentiment que je n'aurais jamais cru possible de ma part.

— Quoi donc ?

— J'ai soudain peur de toi, Max.

Un calme étrange régnait dans toute la maison, comme si le temps s'était arrêté tout à coup pour eux trois.

— Tu as peur de moi parce que tu penses que je vais te forcer à regarder en face ce qui s'est passé il y a vingt-quatre ans, dit alors Max d'une voix douce qui emplissait pourtant la pièce.

— Il n'y a que cela, crois-tu ?

— Quoi d'autre ?

— Je ne sais pas.

Max posa une autre question au oui-ja, sans quitter Mary de son regard perçant.

— Mary a-t-elle connu Rochelle Drake ?

« ELLE EST MORTE »

— Je le sais, dit Max avec une certaine irritation, son

regard inquisiteur sur Mary, l'étouffant, la paralysant. Je le sais, mais l'a-t-elle connue dans le passé ?

« MORTE » épela seulement le palet.

— Qui est cette Rochelle Drake ? demanda Lou.

Mary saisit cette diversion pour détourner les yeux. Elle avait les lèvres sèches, et son cœur battait trop vite.

— C'est la fille qui a été assassinée dans un salon de coiffure de Santa Anna il y a quelques jours, répondit Max. Je jurerais que j'ai déjà entendu ce nom. Pas toi ?

— Ça ne me rappelle rien, dit Lou.

En tout cas, moi je suis certain de l'avoir entendu avant que Percy Osterman l'ait prononcé à la morgue. Je ne crois pas avoir jamais rencontré cette fille, mais le nom me dit quelque chose.

— Moi, je ne me souviens pas d'elle, intervint Mary. Si je l'avais rencontrée avant, je l'aurais reconnue à la morgue.

A cet instant, le palet se mit à bouger et à décrire tout seul des courbes anarchiques sur la planche du oui-ja.

— Qu'est-ce qui se passe ? fit Max, surpris.

— Personne n'a posé de question, remarqua Lou.

Mary accompagna du bout des doigts les mouvements de l'indicateur qui se firent peu à peu moins désordonnés. Mais sur le coup, ses pensées trop confuses et sa frayeur intense l'empêchèrent de noter les lettres désignées à tour de rôle par le triangle de plastique. Dès qu'il eut arrêté sa course, elle retira ses mains. L'effort déployé pour éviter de se contracter l'avait épuisée.

— C'est un nom, annonça Lou qui avait tout transcrit sur le bloc, et le leva pour leur permettre de lire :

« PATRICIA SPOONER »

Patricia Spooner, songea Mary incrédule, et elle relut le nom avec effarement. Il lui semblait soudain qu'un serpent de glace était lové en son sein, dardant sa langue cristalline, son corps sinueux propageant des ondes de froid dans tout le sien.

— Qui est Patricia Spooner ? demanda Max.

— Ce nom ne me dit rien, répondit Lou.

— Moi je... je l'ai connue, dit Mary avec gêne.

— Quand ça ? demanda Max.

— Il y a une douzaine d'années.
— Tu ne m'en as jamais parlé.
— C'était une de mes amies, à UCLA (1).
— Une amie d'études alors ?
— Oui. Une fille ravissante.
— Pourquoi ce nom surgit-il aujourd'hui ?
— Je ne sais vraiment pas.
— Il vient de ton subconscient.
— Non. Ce n'est pas moi qui dirige le palet.
— C'est ridicule, s'écria Max.
— Je t'assure. Il y a quelqu'un... une présence, ici à nos côtés.
— L'indicateur nous a peut-être simplement révélé le nom de la prochaine victime, suggéra Lou pour désamorcer la dispute. Mary, es-tu restée en relation avec cette Patricia Spooner ? On devrait peut-être l'appeler pour voir si tout va bien.
— C'est une idée, dit Max. Qu'en penses-tu, Mary ?
— Elle est morte, annonça-t-elle.
— Oh, non ! s'écria Lou. Tu veux dire que le tueur nous a devancés ?
Mary hésita, cherchant ses mots, parlant avec difficulté.
— Patty... Patty est morte... depuis... depuis onze ans déjà.
Il ne faisait pas très chaud dans la pièce, mais Lou se mit à transpirer et passa sur son visage aristocratique sa grande main aux jointures proéminentes. Il était aussi pâle que Mary.
— Comment... de quoi est-elle morte, Mary ?
Mary frissonna et ferma les yeux, mais les rouvrit aussitôt pour chasser les images horribles, les images d'une violence inouïe qui venaient de surgir sur son écran mental.
— Elle a été... assassinée.
Les morts ne restent pas éternellement dans leur néant, songeait Mary, même pas très longtemps. Ils ressortent de leurs tombes. La terre qui les recouvre ne peut les retenir, pas plus que les remords, le chagrin, la résignation, la

(1) University (of) California, Los Angeles.

peur, ni l'oubli. Rien. Ils reviennent, tous. Tous. Berton Mitchell, Barry Mitchell, Virginia Mitchell. Ma mère, mon père... et maintenant Patty Spooner. Mon Dieu, empêchez qu'ils ne reviennent. Les morts m'ont hantée, poursuivie, toute ma vie. Je n'en peux plus.

— Assassinée, dit Lou atterré, dans un souffle.

— Patty et moi allions parfois à la messe ensemble. J'étais catholique pratiquante à l'époque. Il y avait une très jolie église avec un immense autel de bois sculpté, fait en Pologne et transporté ici au début du siècle. L'église était ouverte à toute heure du jour et de la nuit. Patty aimait y aller et s'asseoir dans la première rangée, tard le soir quand il n'y avait personne. Sa mère était morte d'une maladie de cœur quelques années plus tôt, et Patty allumait des cierges pour elle. Elle était très dévote. C'est... c'est dans ce lieu que ça s'est passé...

— Dans l'église ? s'écria Lou.

Max observait intensément Mary, et posa une main rassurante sur son épaule. Ce contact provoqua une réaction émotionnelle, et elle se mit à trembler violemment.

— Qui l'a tuée ? demanda Max.

— On ne l'a jamais su.

Lou s'accouda à la table, le visage tendu, le front soucieux.

— C'était ton amie. Tu n'as pas essayé d'utiliser tes pouvoirs pour découvrir le visage de l'assassin ? Son nom ?

— Si, bien sûr, dit Mary d'une voix faible. J'ai reçu quelques impressions, des fragments d'images. Mais c'est un des cas où je n'ai pas vu grand-chose. Patty avait été étranglée avec l'étole de soie blanche du prêtre. J'en ai reçu des ondes maléfiques, chargées d'une agressivité perverse. Pas d'images nettes. Seulement des formes indistinctes. L'église en semblait remplie, comme d'invisibles émanations du Mal. Le meurtrier avait saccagé l'autel, uriné dessus.

Lou se leva si brusquement qu'il renversa sa chaise, sans même y prêter attention, et se frappa le front d'une main, comme s'il luttait contre une idée inacceptable.

— C'est de la folie pure ! s'écria-t-il. Contre quoi nous

battons-nous ? Mary, est-il possible que le tueur de King's Point soit aussi le meurtrier de ton amie ?

— C'est le même style de perversion meurtrière, remarqua Max.

— D'une telle sauvagerie, et avec l'angle religieux, aussi. Dans ce cas, les racines profondes des crimes récents remonteraient à onze ans au moins... peut-être plus.

Mary comprenait son point de vue, mais curieusement elle n'avait jamais fait jusque-là le rapprochement entre la mort de Patty et celle des autres jeunes femmes.

Voyant l'effet que produisait sur elle le raisonnement de Lou, Max lui étreignit l'épaule pour la réconforter. Parfois, il n'avait pas conscience de sa propre force, et lui faisait un peu mal.

Dans un état d'agitation anormale chez lui, avec des gestes saccadés, Lou alla dans la cuisine, prit un grand verre dans un placard, une bouteille de Wild Turkey sur un plan de travail, et se versa un bon tiers de verre.

— Cette affaire devient de plus en plus complexe, dit-il, son verre à la main, en s'appuyant au pilier de l'arcade entre les deux pièces. Combien d'autres victimes ce maniaque a-t-il pu faire, dont nous n'avons jamais entendu parler ? Tout au long de tant d'années, combien de crimes restés mystérieux a-t-il accumulé ?

Lou avala une large gorgée de bourbon, puis reprit :

— Songez que cet être, que je me refuse à considérer comme humain mais plutôt comme une monstruosité de la nature, s'est promené partout violant et tuant sur son passage, sans aucune contrainte ni retenue, et cela pendant au moins onze ans. Je trouve ça terrifiant.

Un coup de tonnerre ponctua ses derniers mots, faisant trembler les vitres. La tempête annoncée pour la nuit de Noël arrivait.

— Si on demandait au oui-ja combien il y a eu de victimes, dit Max.

Mary faillit protester, expliquer que ses bras étaient tout contracturés, et elle trop fatiguée, vidée, et lasse, pour continuer. Mais elle savait aussi que la peur était la véritable raison de sa répugnance à diriger à nouveau le palet. Elle redoutait ce qu'elle risquait d'apprendre.

Si elle cédait aussi aisément à la panique, elle ne réussirait jamais à prendre confiance en elle. Or elle avait de plus en plus le sentiment, extrêmement pénible, qu'elle allait se trouver exposée à un plus grand danger, contre lequel Max ne pourrait pas ou ne voudrait pas la protéger.

Elle posa les mains sur le palet, et Max l'imita. Lou releva sa chaise, s'assit et prit son crayon.

Mary s'adressa au oui-ja : — Répondras-tu à d'autres questions ?

« OUI »

Le tonnerre éclata de nouveau au-dessus de King's Point. La lumière de la suspension au-dessus de la table vacilla, s'éteignit presque, puis brilla normalement.

— Nous savons que l'homme qui a tué Rochelle Drake a fait d'autres victimes. Combien ?

« TRENTE-CINQ »

— Bon Dieu ! Un nouveau Jack l'Eventreur, s'écria Lou atterré.

— Jack l'Eventreur n'en a jamais tué autant, affirma Max. Le oui-ja se trompe, c'est certain. Repose la question, Mary.

Elle lui obéit, d'une voix mal assurée.

« TRENTE-CINQ »

La lumière de la suspension vacilla de nouveau, et s'éteignit.

— Panne de secteur, annonça Lou.

— Je ne veux pas rester dans l'obscurité, avoua Mary.

— Si ça dure plus d'une minute, j'irai chercher des bougies.

Un incroyable feu d'artifice embrasa les fenêtres. Les brèves et aveuglantes zébrures blanc bleuté des éclairs donnaient de la scène une vision stroboscopique : Lou allongeant le bras en une demi-douzaine de mouvements saccadés pour prendre son verre de bourbon, Max tournant la tête vers Mary, comme dans un film qui saute.

Finalement, les éclairs se calmèrent, le tonnerre se transforma en un grondement lointain, et l'obscurité redevint totale. La pluie aurait dû succéder à l'orage, mais le ciel semblait retenir le déluge attendu. Moins d'une minute plus tard, les lampes émirent une lueur vacillante, puis la lumière brilla de nouveau.

Mary poussa un soupir de soulagement. Max, lui, avait hâte de reprendre l'interrogatoire du oui-ja.

— Demande quand le tueur va frapper à nouveau.

Mary formula la question.

« CE SOIR »

— A quelle heure ?

« SEPT HEURES TRENTE »

— Dans un peu plus d'une heure, annonça Lou.

— A quel endroit ?

« LA GRANDE PARADE DU PORT »

— Vous savez de quoi il s'agit ? demanda Lou d'un air sombre. Depuis trente ans une procession de bateaux illuminés et décorés a lieu dans les eaux du port. Tu étais au courant, Mary ?

— Maintenant que tu me le rappelles, oui.

— Tous les bateaux que vous avez vus hier y prennent part, et d'autres aussi dont King's Point n'est pas le port d'attache. Ils sont parfois cent cinquante, ou plus.

— Des grandes parades de ce genre ont lieu aussi à Long Beach et Newport Beach la semaine de Noël, dit Max, mais le défilé de King's Point est nettement le plus spectaculaire.

— Il y a des prix en espèces sacrément intéressants pour les bateaux les plus joliment décorés, expliqua Lou. C'est une donation faite par un riche amateur de navigation, féru de ce genre de manifestation. C'est vraiment un beau spectacle. La plupart des restaurants du port rouvrent pour l'occasion, avec une carte réduite bien sûr, mais les tables sont toutes retenues quinze jours à l'avance !

Munie de ces indications, Mary demanda au Ouija :

— Est-ce que le meurtrier en veut à quelqu'un en particulier dans cette grande parade maritime ?

« OUI »

— A qui ?

« IL A UNE CARABINE »

— Oui, mais à qui en veut-il ?

« IL VEUT TUER LA REINE »

— La reine ?

— La reine du défilé, expliqua Lou. C'est une cible facile. Elle se tient debout à l'arrière du plus gros bateau, généralement au milieu de tout le cortège, éclairée par un projecteur spécial.

— Et elle fait deux fois le tour du port, comme tous les bateaux, ajouta Max. Donc si elle ne se présente pas bien pour le tueur la première fois, il peut attendre le second passage.

A ce moment, le palet triangulaire se mit à bouger sous leurs doigts, sans y avoir été invité, et désigna une série de lettres.

« LA GALERIE DE JEUX DU COMPLEXE KIMBALL »

— Il sera sur la tour ?

« OUI LA TOUR KIMBALL »

— On a une heure pour l'empêcher d'agir, décida Max.

— Je vais appeler la police, dit Lou en se levant.

— John Patmore ? lança Mary d'un air sceptique.

— C'est lui le grand chef, rappela Lou.

— Mais tu crois qu'il t'écoutera après la fausse alerte d'hier soir ?

— Il le faudra bien !

Le tonnerre grondait encore au loin, et le vent s'était levé. Mary retira ses mains du palet et serra ses bras croisés contre son buste. Elle n'arrivait pas à se réchauffer.

— Et si Patmore accepte de mettre un homme de garde sur la tour ?

— Eh bien, c'est ce que nous voulons, non ?

— Vous ne croyez pas que ce sera une réédition d'hier soir ? Le tueur savait que nous l'attendions. Pourquoi pas ce soir aussi ?

Lou sembla ébranlé et surpris par la question. Il finit d'avaler son verre d'un trait pour se remonter, puis dit à Mary :

— Tu as peut-être raison. Peut-être nous devancera-t-il et n'avons-nous aucune chance contre lui. Si le oui-ja dit vrai, si ce type a réussi à assassiner trente-cinq personnes sans se faire prendre, c'est qu'il est particulièrement malin, très rusé, probablement trop pour nous. Mais il faut essayer quand même. On ne peut pas rester ici à discuter de la pluie et du beau temps pendant que cet énergumène continue tranquillement le massacre.

— Tu as tout à fait raison, dit Max.

Lou reposa son verre vide et se dirigea vers le téléphone dans le vestibule, tandis que Mary s'appliquait à décontracter ses mains, les ouvrant et les refermant en mouvements rapides.

— Tu as l'air épuisée, remarqua Max.

— C'est vrai.

— Nous nous coucherons de bonne heure ce soir.

— Si... nous nous couchons...

— Mais bien sûr. Il ne va rien nous arriver, chérie.

— J'ai d'affreux pressentiments.

— Tu as encore eu une vision ?

— Non. Seulement des impressions.

— Alors, essaie de ne pas y penser.

— Il y aura du sang versé ce soir, Max.

— N'y pense pas, et ne t'inquiète pas pour nous, dit-il avec douceur.

Elle pensait soudain à Patty Spooner, et à Rochelle Drake dans son casier à la Morgue... Et à nouveau elle eut l'impression d'une présence derrière elle, d'un souffle glacé sur sa nuque.

— Max, je ne veux pas mourir.

— Mais ne t'inquiète pas. Tu ne vas pas mourir.

— Tu as une telle assurance !

— Bien sûr. Il ne t'arrivera rien ce soir. J'y veillerai.

— Es-tu assez fort pour me protéger de la mort ? Max, te crois-tu plus fort que le destin ?

Un éclair aveuglant déchira le ciel, embrasant encore une fois les fenêtres et donnant à Max, l'espace d'un instant, un regard figé, sans expression.

***

— Allô oui, ici le poste de police de King's Point.

— Je voudrais le bureau des disparitions, je vous prie.

— Je vais m'occuper de vous, monsieur.

— Non. Je veux parler à un responsable de ce service, c'est clair ?

— Mais nous n'avons pas de service spécialement chargé des disparitions, monsieur.

— Comment se fait-il ?

— C'est la police locale, ici monsieur, et nous sommes en nombre réduit. Que puis-je faire pour vous ?

— Qui êtes-vous, d'abord ?

— Mme Newhart.

— Je m'appelle Ralph Larsson. Passez-moi un policier.

— Il n'y en a que deux de service ce soir.

— Un seul suffira.

— Mais ils font tous les deux leur ronde en ce moment.

— Ecoutez, c'est sérieux. Ma fille a disparu.

— Quel âge a-t-elle, monsieur ?

— Vingt-six ans. Elle...

— A quand remonte sa disparition ?

— Madame Newhart, j'habite à San Francisco. Je vous appelle de là en ce moment. Ma fille habite à King's Point. La dernière fois que je lui ai téléphoné, c'était il y a une semaine. Tout allait bien. Mais je crois que depuis, il s'est passé quelque chose, et je ne peux tout de même pas sauter dans ma voiture et faire quelques centaines de kilomètres pour aller voir sur place ! Elle devait m'appeler la veille de Noël et elle ne l'a pas fait. C'est très inquiétant.

— Elle est peut-être allée à une soirée ? Un réveillon, c'est normal.

— De toute façon elle aurait dû au moins me téléphoner aujourd'hui, mais toujours pas de nouvelles. Je l'ai appelée et ça ne répond pas. Et croyez-moi, ce n'est pas son genre d'oublier sa famille le jour de Noël.

— Avez-vous essayé d'appeler quelques-uns de ses amis ? Ils pourraient être au courant.

— Je ne connais pas les amis d'Erika.

— Des voisins, alors.

— Elle n'en a pas. Elle...

— Monsieur, tout le monde a des voisins.

— Elle habite dans un de ces trois pavillons au bout de la route pavée sur South Bluff. C'est la seule qui y vive à longueur d'année.

— Avez-vous pensé que votre fille est peut-être en train d'essayer de vous appeler, là, pendant que nous parlons ?

A votre place, je raccrocherais tout de suite. Et si elle n'appelle pas ce soir, rappelez-nous donc demain.

— Vous parlez sérieusement, madame Newhart ?

— Bien sûr. De toute façon, nous ne pouvons rien faire pour vous.

— Que voulez-vous dire ?

— C'est une règle, ici et dans la plupart des services de police, de ne pas ouvrir une enquête sur une personne disparue depuis moins de quarante-huit heures, s'il s'agit d'un adulte.

— Il faut une disparition de plus de deux jours pour que ça vous intéresse ? J'ai bien compris ?

— C'est le règlement.

— Mais comment voulez-vous que je sache si ma fille n'a pas disparu juste après son dernier coup de fil, il y a six jours de cela ?

— Vous avez bien dit qu'elle devait vous téléphoner hier soir ?

— Oui, et elle ne l'a pas fait.

— Donc officiellement pour nous elle n'a disparu que depuis hier soir.

— Bon Dieu, on croit rêver !

— Désolée, c'est le règlement.

— Et si ma fille avait dix ans au lieu de vingt-six ?

— Là, ce serait différent. Les mineurs, c'est différent. Mais votre fille n'est pas une enfant.

— Alors, vos hommes ne peuvent rien entreprendre avant demain soir ?

— C'est ça. Mais je suis certaine que vous aurez des nouvelles d'ici là.

— Madame Newhart, je m'appelle Ralph Larsson. Je vous l'ai déjà dit, mais je tiens à vous le répéter pour que vous vous en souveniez bien. Je suis avocat, un avocat réputé. A l'Université, j'avais comme camarade de chambre le gouverneur de cet Etat. Alors écoutez bien ce que je vais vous dire : si vos hommes ne vont pas sur-le-champ, c'est à dire ce soir même dans la demi-heure qui suit, faire un tour jusqu'au pavillon de ma fille et voir ce qui s'y passe, et si par la suite on devait découvrir qu'il lui est arrivé quelque chose entre ce soir et demain soir, je vous préviens que je me rendrai immédiatement à King's Point, que je prendrai le meilleur avocat de la ville, et que je consacrerai les prochaines années de ma vie à vous briser, vous et vos abrutis de supérieurs. J'intenterai un procès à votre police de merde, et je porterai plainte contre votre chef pour avoir institué des règles stupides et arbitraires. Et je vous jure, madame Newhart, que je vous attaquerai pour vous prendre jusqu'à votre dernier sou, et même tout ce que vous pouvez espérer gagner à l'avenir. Même si je ne gagnais pas le procès, vous serez ruinée rien qu'en payant vos propres avocats. Vous m'avez bien compris ?

*
**

Lou Pasternak était très en colère. Fou de rage. Le chef de la police lui avait raccroché au nez deux fois. Et la troisième fois, c'était sa femme qui avait répondu et lui avait dit qu'il était sorti.

— Sa cervelle tiendrait dans un dé à coudre, à ce Patmore, s'écria Lou.

— J'imagine qu'il ne veut pas faire surveiller la tour Kimball ? Il n'a pas digéré le lapin d'hier, dit Max.

— Ecoute, même avec un grain de bon sens il ne serait encore qu'un débile mental !

— Vous ne croyez pas qu'il faudrait appeler le shérif ? demanda Mary depuis la salle à manger.

— N'oublie pas que Percy Osterman n'a pas le droit de s'immiscer dans les affaires de la police locale, répondit Lou, sauf si Patmore en personne l'y invite.

— Mais quand un type a assassiné des gens dans tout le pays, est-ce que ce n'est pas considéré comme un cas exceptionnel ? Une sorte de chasse à l'homme générale ?

— Si un type attaque une banque dans un comté donné, saute dans une voiture et se tire dans une ville qui a sa police, le shérif du Comté et ses hommes peuvent le prendre en chasse et le traquer jusque dans l'autre ville. Mais dans le cas présent, c'est différent. Il n'y a pas eu de poursuite.

— Osterman réussirait peut-être à convaincre Patmore de coopérer à nouveau, suggéra Mary.

— Sûrement pas ! Pas après le fiasco de la nuit dernière, affirma Lou qui revenait vers la table avec son verre de bourbon.

— Bon alors, que fait-on ? demanda Max.

— Nous allons passer nous-mêmes à l'action et nous rendre à la tour, déclara Mary.

— Tu ne parles pas sérieusement ? fit Lou stupéfait.

— Il n'en est pas question le moins du monde, renchérit Max.

— Et qu'est-ce que vous proposez de mieux ? lança Mary. On ne peut pas rester ici à discuter de la pluie et du beau temps pendant que cet énergumène continue tranquillement le massacre...

Lou reconnut ses propres paroles, et ne trouva pas de réplique.

— Si nous restons ici à ne rien faire, reprit-elle, il va tuer la reine de la grande parade, et sans doute pas mal d'autres personnes par la même occasion.

— S'il pleut, la reine et sa cour seront obligées de se réfugier à l'intérieur du bateau, intervint Max. Elle cessera d'être une cible.

— Mais s'il ne pleut pas ?

— Ça ne devrait pas tarder.

— Tu accepterais de risquer des vies humaines sur des probabilités de ce genre ? demanda Mary sèchement. Puis, se tournant vers Lou : Il faut empêcher ce fou d'agir. Nous n'avons pas le choix.

— Ne crois pas que je souhaite qu'il fasse d'autres victimes, protesta Max. Mais enfin, nous ne sommes pas non plus responsables de ses gestes !

— Qui l'est, alors ?

Lou remarqua une détermination inhabituelle sur le joli visage de Mary. Ses grands yeux bleus reflétaient une résolution inébranlable, qu'apparemment ni lui ni Max ne pourraient fléchir. Il voyait bien que toute discussion serait vaine, mais il avait peur pour la jeune femme et se sentait obligé de lui opposer quelques arguments sérieux, à titre amical.

— Mary, cet individu est plus fort que nous.

— Pourquoi ? Il est seul contre nous trois.

— Mais c'est un assassin, ajouta Max, venant au secours de Lou.

— Et nous, pas, c'est cela ?

— Exactement.

— Max, sachant ce qu'il a fait et ce qu'il n'hésiterait pas à te faire s'il en avait l'occasion, serais-tu capable de lui tirer dessus en le voyant avancer vers toi avec une arme à la main ?

— Oui bien sûr. Ça, c'est de la légitime défense.

— C'est ce que je pense aussi, dit Mary. De la légitime défense.

— Mais ce détraqué est armé d'une carabine, rappela Lou, et d'un couteau sans doute aussi. Et nous, qu'avons-nous ? Nos mains ?

— Il y a un revolver dans la boîte à gants de la Mercedes, et Max a un permis, dit Mary.

— Tu as le droit de circuler avec une arme dissimulée ? fit Lou en regardant Max d'un air surpris.

— Oui, répondit Max qui se leva à ce moment pour aller dans la cuisine.

— Et comment as-tu pu obtenir un permis ? Généralement on ne le délivre qu'aux gens qui transportent des pierres précieuses ou des grosses sommes d'argent pour des raisons professionnelles.

Avant de répondre, Max se servit à son tour un double scotch.

— Nous avons travaillé sur une ou deux affaires avec le shérif du comté de Los Angeles, et il a vu dans quelles situations dangereuses Mary risquait de se trouver. Il savait que j'étais collectionneur d'armes à feu, et très bon tireur, et aussi que je n'étais pas le genre de type à m'énerver et mitrailler le premier venu par accident.

Max avala son bourbon d'un geste rapide et sec, trahissant la tension nerveuse que cachait son attitude étudiée, puis il acheva :

— ... alors le shérif m'a donné le permis de port d'arme.

Il rinça son verre sous le robinet, et revint s'asseoir près de Mary dans la salle à manger.

— Mais je ne vais pas charger ce pistolet et partir comme ça à la chasse à l'homme...

— Tu ne traquerais pas n'importe qui, coupa Mary, mais un monstre...

— C'est inutile d'insister, dit Max. Je refuse.

— Parlons-en plus à fond.

— Pas la peine. C'est décidé.

Lou remarqua à cet instant un éclair de colère dans les yeux de la jeune femme. De toute évidence, la résistance de Max ne réussirait qu'à durcir sa résolution.

— Parfait, Max. Dans ce cas, c'est moi qui vais prendre le revolver et j'irai toute seule.

— Mary, ne sois pas ridicule, je t'en prie. Tu ne sais même pas t'en servir !

Elle le regarda droit dans les yeux et dit lentement :

— On retire le cran de sûreté, on introduit une cartouche dans la chambre, on vise, on appuie sur la détente, et la cible s'écroule, c'est simple non ?

Lou savait à quel point Max pouvait se montrer buté par moments, et en voyant ses mâchoires serrées et ses épaules remontées il aurait voulu le prévenir de ne pas jouer ce soir son habituel rôle de père-amant décidant pour Mary de ce qu'il fallait faire ou ne pas faire. Car la jeune femme qu'ils avaient devant eux à cet instant n'était pas la Mary fragile et douce qu'ils connaissaient bien. Ses sentiments évoluaient d'une seconde à l'autre, se reflétant sur son visage, et l'expression dominante restait une résolution farouche. Elle prendrait sa décision, et ne suivrait l'avis de personne. Lou n'avait jamais senti une telle force en elle, mobilisée pour servir le but qu'elle s'était fixé. C'était fascinant à observer. Et Lou resta silencieux, incapable d'intervenir malgré son désir de mettre Max en garde contre une attitude de mâle autoritaire.

— C'est complètement absurde, s'écria Max. Je ne te donnerai pas le revolver.

— Eh bien je m'en passerai, mais j'irai quand même.

— Tu n'iras nulle part, décida-t-il d'un ton furieux.

Elle se leva, lui fit face, et le regarda droit dans les yeux, sans sourciller, comme pour lui prouver la force de sa détermination. Puis elle parla avec un grand calme, mais aussi avec une telle intensité dramatique que Lou en eut le sang glacé.

— Je me trouve aux prises avec quelque chose de si puissant et de si malfaisant que je n'arrive même pas à imaginer ce que c'est. Je suis comme un aveugle luttant contre un géant dont il ignore la taille. Mais ces derniers jours ont été un tel enfer pour moi, Max...

— Je sais, et...

— Non, tu ne peux pas comprendre. Personne ne peut.

— Mais si tu voulais...

— Ne m'interromps pas. Il faut que tu m'écoutes jusqu'au bout pour savoir ce que j'éprouve. Max, j'ai peur en m'endormant, et j'ai peur en me réveillant le matin. J'ai peur chaque fois que j'ouvre une porte, peur de me retourner, du noir, de ce qui pourrait arriver ou ne pas arriver... j'ai même peur d'aller seule aux toilettes ! Je ne peux plus vivre dans cette angoisse permanente. Je m'y refuse. Il y a un élément dans cette affaire qui la rend différente de toutes les autres, quelque chose qui est à l'œuvre à l'intérieur de moi-même et me ronge vive comme un acide. Cette histoire a affecté ma vie comme aucune autre ne l'avait fait jusque-là. Seulement voilà, j'ignore pourquoi. Et il faut que je sache. Max, je devine, je sens, je *sais* que si je ne poursuis pas cet individu avec toute l'énergie qui est en moi et toutes les méthodes dont je dispose, c'est lui qui va me traquer et m'acculer.

Le palet du oui-ja se mit à se déplacer sur la planche, mais Lou fut le seul à le remarquer. L'indicateur glissa jusqu'à la case « OUI », comme pour confirmer la prédiction de Mary.

— Si je ne prends pas l'initiative, reprit-elle, je perdrai le mince avantage que j'ai peut-être en ce moment. Je ne peux pas abandonner, Max. Si j'essaie de fuir, je n'irai pas loin. Je mourrai, je le sais.

— Et si tu te lances à la poursuite de ce psychopathe, si tu persistes à vouloir aller dans cette tour ce soir, tu mourras probablement beaucoup plus tôt.

— Peut-être, mais j'aurai au moins pris en main ma propre vie, ou ma mort. J'ai toujours eu peur de tout, depuis l'enfance, et j'ai toujours laissé quelqu'un d'autre chasser mon croquemitaine à ma place. Mais c'est fini... parce que cette fois personne ne peut m'aider. La réponse est au fond de moi-même, et si je ne la trouve pas rapidement je suis perdue. Je le sais. Il est grand temps que je cesse de me cacher derrière un rempart, derrière des hommes forts. Il faut que je prenne des risques. Si j'échoue, à moi et à moi seule d'en subir les conséquences, comme tout le monde. Si je suis constamment entourée, dorlotée, et protégée des coups dur de la vie, ma réussite personnelle n'a aucune signification. J'ai décidé que personne, pas plus Alan que toi, Max, et surtout pas cette partie de moi-même qui a encore six ans, cet enfant qui a besoin d'adultes, personne, tu m'entends, ne m'empêchera de diriger ma vie à ma guise, et de me conduire en être responsable.

Il y eut un moment de silence, après cette tirade, seulement rompu par la grande horloge qui sonna le quart.

— Encore quarante-cinq minutes avant qu'il tire sur la reine du cortège, annonça Lou.

— Alors, Max, que décides-tu ? demanda Mary.

— Il est temps de nous mettre en route, répondit-il simplement.

***

Du sang. Du sang comme des rubans emmêlés dans ses cheveux. Des taches sanglantes souillant ses seins lacérés. Du sang sur ses mains, ses bras, son ventre, ses cuisses, sur le canapé, le fauteuil, les rideaux, les murs. Des petites empreintes sanglantes de chat sur le tapis beige.

Réprimant son envie de vomir, Rudy Holtzman fit avec précaution le tour du corps mutilé d'Erika Larsson, puis alla dans la cuisine plongée dans l'obscurité, alluma, et appela le poste de police sur le combiné mural. Ce fut Wendy Newhart, l'opératrice de nuit, qui répondit.

— Je suis chez Erika Larsson, dit Holtzman d'une voix rauque et tendue.

— Et alors ?

Il se racla la gorge avant de reprendre :

— Les lumières étaient allumées quand je suis arrivé.

Personne n'a répondu à mon coup de sonnette, mais la porte était entrouverte et je suis entré. Elle... elle est morte.

— Oh Mon Dieu ! Eh bien, ce n'est pas moi qui préviendrai son père, s'écria Wendy Newhart dont les paroles se bousculaient. C'est hors de question. Il faudra trouver quelqu'un d'autre.

— Je crois que tu ferais bien d'envoyer Charlie ici avec l'autre voiture. Appelle le médecin légiste immédiatement. Et Patmore aussi, bien sûr. Dis à Charlie de se magner le train, je n'ai pas envie de rester seul ici !

— Elle est morte quand ?

— Qu'est-ce que j'en sais, moi ! Le toubib le dira.

— Enfin, c'était juste avant ton arrivée ? Disons, dans la demi-heure ?

— Mais pourquoi me demandes-tu ça ?

— Rudy, il faut que je sache. C'est tout récent, à ton avis ?

— Le sang est pratiquement coagulé et séché. Je ne peux pas te dire avec une précision parfaite, mais ça remonte sûrement à pas mal d'heures quand même.

— Dieu merci... Un petit miracle, quoi !

— Qu'est-ce que tu racontes ?

Mais elle avait déjà raccroché. Holtzman reposa l'appareil et au moment où il se retournait aperçut à quelques mètres de lui dans l'embrasure entre la cuisine et le séjour un chat noir dont le museau de fourrure blanche était taché de sang séché brunâtre. Holtzman s'avança et lui décocha un coup de pied, mais rata sa cible. Le chat s'enfuit en miaulant.

*
**

Ils arrivèrent sur le port à dix-neuf heures cinq. Max gara la Mercedes dans un coin du parking réservé pendant la saison aux clients d'un restaurant italien et à ceux du complexe Kimball. Ce soir-là, le côté restaurant était presque plein, mais l'autre à peu près vide.

Ils sortirent de la voiture, et Lou remonta les épaules en frissonnant. La tempête soufflant du Pacifique avait fait rapidement tomber la température des 20 degrés de l'après-midi à moins de 10. Un vent violent balayait toute la ville et faisait paraître la nuit plus froide encore.

— Je pense toujours que c'est moi qui devrais y aller avec Max, et toi rester ici où tu seras en sécurité, dit Lou à Mary.

— Il y a du danger partout, pour moi, répondit la jeune femme.

— Mais si tu t'enfermes dans la voiture...

— Nous disposons de deux armes contre l'individu que nous traquons, coupa-t-elle d'un ton impatient : les qualités de tireur de Max, et mes pouvoirs psi. Il faut que nous restions ensemble, lui et moi.

— Je n'ai pas plus envie que toi de la voir au cœur de la bataille, déclara Max en posant une main sur l'épaule de Lou. Mais elle a sans doute raison en pensant qu'elle ne sera ni plus ni moins exposée au danger dans un endroit que dans un autre. Et puis il est évident aussi que ni toi ni moi n'arriverons à la faire changer d'avis.

— C'est vrai, soupira Lou. Mais je me sens tellement inutile !

— Pas du tout. Il faut que quelqu'un reste dans la voiture pour envoyer un signal d'alarme, un ou deux coups de klaxon, si un étranger s'approche de la tour.

— Allez, on perd du temps, dit Mary.

Lou acquiesça d'un air malheureux, embrassa Mary sur la joue et fit promettre à Max de bien veiller sur elle. Tous deux se hâtèrent sous les rafales de vent pour traverser le parking en direction de l'énorme bâtiment désert à l'allure d'entrepôt, qui abritait des boutiques de souvenirs et de babioles diverses, des galeries de jeux, des snack-bars et des cafés.

Lou se glissa derrière le volant de la Mercedes et ferma la portière. Il apercevait déjà difficilement Max et Mary qui s'éloignaient au cœur de l'obscurité plus dense aux alentours de l'édifice aux bardeaux de cèdre. Un coup de vent brutal secoua la carrosserie et des éclairs trouèrent la nuit. Mais la pluie ne tombait toujours pas.

Lou s'installa plus confortablement, résigné à son rôle de guetteur. Si le tueur ne devinait pas les intentions de

Mary ce soir, comme il l'avait fait la veille, il s'approcherait probablement de la galerie Kimball ouvertement, avec assurance. Et si Lou apercevait un homme se diriger vers l'édifice, il mettrait le contact et alerterait Max de deux coups brefs d'avertisseur. Le bâtiment et sa tour n'étaient qu'à une cinquantaine de mètres de là, le long de la jetée de planches qui reliait sept ou huit commerces de ce côté du port. A cette distance, le son porterait facilement, et il y avait peu de chance que l'assassin le prenne pour un signal. Même si Mary était capable de prévoir l'heure exacte de son arrivée et la direction d'où il viendrait, le klaxon serait une confirmation utile.

Naturellement, le psychopathe pouvait aussi très bien avoir anticipé leur plan et se trouver déjà à l'intérieur de l'immeuble. Soudain mal à l'aise, Lou changea nerveusement de position. Il songeait à Patty Spooner, étranglée avec l'étole d'un prêtre, à Barry Mitchell, atrocement mutilé... Il regarda à droite et à gauche, jeta un coup d'œil dans le rétroviseur. Personne en vue. Il plissa les yeux pour essayer de percer l'obscurité plus dense aux abords du complexe Kimball. Mais rien ne bougeait.

*
**

Le chat noir était allé se réfugier sur le dernier rayon d'une bibliothèque murale, à plus de deux mètres de haut et à vingt-cinq centimètres au plus du plafond, dans la grande pièce de façade. Ses pattes de devant pendaient par-dessus le bord de la planche, et l'animal figé dans une complète immobilité jetait de ses hauteurs un regard soupçonneux et méprisant sur Rudy Holtzman.

Sale bête, pensait celui-ci, qui détestait les chats depuis toujours. Et l'imaginer en outre occupé à laper avidement le sang de la jeune femme assassinée lui donnait la chair de poule. L'animal émettait un grognement hostile, du fond de la gorge, comme s'il le défiait d'approcher.

Holtzman ne voulait pas attendre là, en compagnie de ce chat et du cadavre, pas même les quelques minutes que Charlie mettrait pour arriver avec l'autre voiture. Il décida de s'occuper en attendant, et traversa la petite entrée pour visiter la partie de la maison qu'il n'avait pas encore vue.

Dans la chambre la fenêtre était ouverte, et le vent agitait violemment un voilage très fin et un store de toile imperméable à demi baissé. Les récents orages avaient détrempé la moquette en y laissant de grosses taches.

Et brusquement, Holtzman se piqua au jeu du détective. Il étudia soigneusement la pièce, essayant de revivre mentalement les premières secondes de l'irruption du meurtrier dans la maison, car il savait que la fenêtre n'avait pas laissé pénétrer que la pluie. Son regard s'arrêta soudain sur un objet, avec un étonnement proche de l'incrédulité. Un de ces coups de chance pure, si rares dans les enquêtes policières. Très certainement, le pistolet était tombé de la poche de l'assassin sans que celui-ci s'en aperçoive.

Holtzman s'agenouilla sur le tapis humide, pour examiner l'arme de plus près, attentif à ne pas endommager d'éventuelles empreintes. Bien entendu si c'était le même type qui était l'auteur de la tuerie des infirmières et des gens du salon de coiffure — et selon Holtzman c'était tout à fait dans le style — les polices d'Anaheim et de Santa Ana devaient déjà posséder un bel échantillonnage d'empreintes. Jusqu'à présent elles n'avaient permis aucune identification tout simplement parce que le psychopathe n'était encore jamais apparu dans les fichiers de la police. Mais comme Holtzman mettait un point d'honneur à se montrer plus consciencieux que ses collègues, il sortit de sa poche de chemise un stylo à bille qu'il passa à travers le pontet du pistolet pour le saisir sans y toucher, de peur de détruire un indice éventuel, et le soulever jusque devant ses yeux.

C'était un modèle peu courant, un Colt 45 automatique mais pas de série ; un travail spécial, une pièce de collection au métal orné d'entrelacs de feuillages finement ciselés, et d'une frise d'animaux aux détails superbement fouillés — lapins, daims, faisans, renards — gravés en pleine course dans le sens du canon vers la culasse. Il aperçut ce qui semblait être une inscription dans l'acier, près des plaques de bois de la crosse, mais l'éclairage dans la chambre était faible, et les lettres minuscules, quelques millimètres à peine, dessinées avec maestria par le graveur. Incapable de lire, Holtzman se releva et s'approcha d'une lampe, toujours avec l'arme enfilée sur le stylo. L'inscription indiquait :

W. Thorben, graveur
Seattle 1975

Une arme de ce genre passait souvent entre bien des mains, les collectionneurs les achetant et les revendant à l'occasion des expositions, sans se préoccuper de faire les déclarations réglementaires aux autorités. Néanmoins, à partir du nom du graveur, et sous réserve que l'arme n'ait pas été volée, la police devait pouvoir retrouver l'homme qui l'avait fait graver par Thorben, et en suivant la filière arriver à celui qui l'avait perdue en passant par la fenêtre.

La tenant toujours devant ses yeux sans y toucher, Holtzman examina alors l'autre côté de l'arme et découvrit là aussi une autre inscription, à l'endroit où l'acier touchait le bois de la crosse. Il plissa les yeux pour la déchiffrer, puis la relut avec stupéfaction :

— Ça alors ! Pas possible !

Le hurlement d'une sirène retentit au loin, se rapprochant rapidement. Holtzman retraversa le vestibule et attendit sur le seuil de la porte qu'il avait trouvée ouverte en arrivant, sur le côté de la maison qui faisait face à la route d'accès en cul-de-sac.

Une voiture de patrouille, gyrophare en action, grimpait la longue côte qui partait de la ville, suivie de près par le break de Patmore.

A la lumière du globe de l'entrée, Holtzman lut encore une fois avec incrédulité la seconde inscription sur le Colt :

Exécuté pour
Max Bergen

18

AUTOUR du bâtiment, l'obscurité dense, aux profondeurs moelleuses, offrait maints recoins où se cacher.

Tenant la lampe torche d'une main et abritant l'ampoule de l'autre, Mary avançait parmi les ombres qui se mettaient à danser au moindre geste brusque, provoqué par des bruits imaginaires. Elle resta tout près de Max pendant qu'ils faisaient le tour de la bâtisse à la recherche d'un endroit par où le tueur aurait pu pénétrer. La nuit passé, la police était entrée avec une clef fournie par les propriétaires, un avantage dont ni eux ni lui ne bénéficiaient. Le psychopathe était forcé de s'introduire par effraction, et par conséquent de laisser une trace.

Mary était impatiente, et demanda plusieurs fois à Max de se hâter. Le cortège des bateaux illuminés avait déjà entamé son premier circuit autour du port. Parti du lieu de rassemblement en mer, il était encore assez loin dans le chenal, mais se rapprochait rapidement. A dix-neuf heures trente, la reine du défilé pouvait très bien passer devant la tour pour la première fois.

Du côté ouest, qui donnait sur le port et que longeait une passerelle en planches munie d'un garde-fou, ils découvrirent un carreau brisé à l'une des fenêtres de la cafétéria déserte et obscure.

— C'est lui qui l'a cassé ? demanda Max.

Elle orienta le faisceau de la lampe vers le sol, et examina la fenêtre endommagée dans la réflexion du halo, suivant du bout des doigts les nervures du cadre en bois qui avait soutenu la vitre. L'air de la nuit était déjà frais, mais il lui sembla soudain plus froid encore pendant qu'elle se concentrait pour capter les ondes psi qui se dégageaient de la fenêtre.

Flap... flap... flap...

Un frisson d'angoisse la parcourut tout entière. Elle serra très fort la torche, crispa ses mâchoires, mais refusa de s'abandonner à la panique.

— Tu sens quelque chose ? demanda Max.

— Oui. C'est lui, à travers ces ondes.

— Il est à l'intérieur ?

— Non. Il est venu hier... tard... plusieurs heures au moins après le départ de la police... je le vois... en fait, plutôt au petit matin... dans la tour.

Elle retira sa main du cadre, et le contact invisible fut aussitôt coupé.

— Mais il n'est pas encore revenu ce soir.

— Tu en es sûre ?

— Absolument.

— Mais il va arriver bientôt ?

— D'un instant à l'autre. Dépêchons-nous.

Flap... flap... flap...

« Ignore ce bruit d'ailes », se dit-elle avec force. « Max ne l'entend pas, lui, tu le sais bien. Ce n'est donc pas réel. Toi seule le perçois. Ce sont des impressions psi, c'est tout. Pas d'ailes. Rien au-dessus de la tête. Aucun danger. Pas d'ailes du tout. »

— Inutile de nous faire remarquer sans raison, dit Max. On pourrait nous apercevoir de certains restaurants sur le port. Mieux vaut éteindre ta lampe.

Elle obéit, et la nuit l'enveloppa brutalement. Max passa la main par le trou et chercha à tâtons le long du montant central le loquet commandant l'ouverture.

— Tu te rends compte que je suis en train d'entrer par effraction ? fit remarquer Max.

— Ça me semble être le terme légal, oui.

— Et ça ne te gêne pas ?

— Max, dépêche-toi je t'en prie.

Il fit pivoter les deux battants vers l'extérieur, sans le moindre bruit. Mary grimpa sur l'appui, à moins d'un mètre de la passerelle de planches, et retomba à l'intérieur de la cafétéria. Elle regarda autour d'elle, incapable de distinguer quoi que ce soit dans la pièce. Max, toujours à l'extérieur, jeta un coup d'œil alentour, puis la suivit, ferma la fenêtre et la verrouilla.

— Il fait encore plus sombre ici que dehors, murmura Mary. On va buter contre quelque chose à chaque pas si je ne rallume pas.

— En tout cas, fais attention à ne pas la diriger vers une fenêtre. Rabats le faisceau.

Elle ralluma, mais en masquant à moitié l'ampoule de sa main gauche.

La salle contenait une trentaine de tables, toutes vissées au plancher. Les sièges, impossibles à fixer, avaient été enlevés et entreposés ailleurs jusqu'à la réouverture au printemps.

L'unique entrée de la cafétéria, une double porte à petits carreaux assortie aux grandes fenêtres, donnait sur l'intérieur de la galerie dont le restaurant n'occupait qu'une petite partie. Le tueur avait dû faire sauter la serrure. Max poussa les battants qui grincèrent sur leurs gonds rouillés. Il s'arrêta un instant, l'oreille aux aguets, mais n'entendit que les craquements habituels d'un bâtiment désert.

— Tu es vraiment sûre qu'il n'est pas déjà là ?

— Certaine, je te l'ai dit.

Ses impressions psychiques n'étaient pas toujours complètes, mais elles ne l'avaient jusque-là jamais trompée. Et cette fois, elle ne pouvait se permettre une erreur de clairvoyance, car si le meurtrier se trouvait déjà dans les lieux et la guettait, elle n'avait aucune chance de lui échapper.

En sortant du restaurant ils se trouvèrent dans un couloir dont la courbure empêchait de voir les extrémités, et qui desservait une succession de petites boutiques de cadeaux, T-shirts fantaisie, objets en céramique, miniatures de verre, toutes vides et obscures. Ils le prirent sur la gauche pour constater rapidement que ce long corridor formait un demi-cercle débouchant des deux côtés dans la galerie principale, vide et sonore. L'immense salle, nue en hiver, serait à la saison prochaine remplie de billards électriques, de bowlings miniatures, de tirs, de jeux électroniques, et de stands de foire où l'on pouvait se faire dire la bonne aventure, ou dépenser dix dollars en petite monnaie pour gagner un animal en peluche qui en valait trois et l'offrir à sa petite amie.

Ils avancèrent jusqu'au centre de la salle, l'écho de leurs pas se répercutant d'un mur à l'autre, et jusque dans les combes du plafond en forme de dôme. Mary s'arrêta et dirigea le faisceau lumineux dans la direction que signalait Max. Elle aperçut une ouverture cintrée donnant sur une volée de marches et au-dessus de laquelle une pancarte indiquait : « Accès à la terrasse d'observation. »

Des cris, des battements d'ailes, un corps qui s'écroule sur les dernières marches et roule jusque dans la salle, des ailes, un corps qui se tord de douleur sur le plancher, des ailes, des ailes, et des cris de détresse étouffés...

Mary vacilla sous l'impact des images psychiques.

— Qu'est-ce qu'il y a ? demanda Max.

— Je vois...

Elle essaya de garder présente la vision, mais celle-ci disparut de son écran mental et refusa de revenir.

— Quelqu'un mourra en bas de ces marches ce soir, murmura-t-elle.

— Un de nous ?

— Je n'en sais rien.

— Ou le tueur ?

— Je l'espère.

— Ce sera lui, assura Max. Pas nous, crois-moi. Nous nous en sortirons vivants. Il le faut, et je le sais.

Mary, moins convaincue que lui, préférait ne pas y penser de peur de perdre courage.

— Où vaut-il mieux l'attendre, à ton avis ? demanda-t-elle.

— Moi au pied de cet escalier, toi en haut de la tour.

— Là-haut ? Ah non !

— Ah mais si !

— Je reste avec toi.

— Ecoute-moi, si Lou klaxonne pour nous avertir on

n'entendra sans doute rien d'ici. Mais toi, de là-haut, tu entendras.

— Pas question, je ne monterai pas.

— Au moins sur la plate-forme d'observation.

— Non, non, et non !

Elle recula d'un pas, et vit le regard de Max assombri par une vive colère.

— C'est moi qui sais manier une arme, dit-il durement. Si on en arrive à se tirer dessus, ta présence peut me gêner. Et si je dois faire vite, je ne veux pas perdre de temps à me demander si je risque de te toucher.

— Je ne suis pas idiote à ce point ! Je me tiendrai à l'écart.

Il la regarda sans répondre, l'air toujours furieux.

— Suppose que j'aie une vision pendant que je serai là-haut ? Quelque chose d'important. Comment t'avertir de ce qui va arriver ?

— Je serai ici, au bas des marches, à moins de vingt mètres de toi. Tu pourras me prévenir très vite, si besoin est.

— Ce n'est pas évident...

— Ecoute-moi bien, Mary, ou tu m'obéis et tu te postes là-haut, ou je te jure que je t'assomme d'un coup de poing... juste ce qu'il faut pour te neutraliser et te porter jusqu'à la voiture. Et on arrête tout.

— Tu ne ferais pas ça !

— Crois-tu ?

Elle savait soudain qu'il ne plaisantait pas.

— Et je le ferai parce que je t'aime, ajouta-t-il. Je ne veux pas que tu te fasses tuer bêtement.

— Moi non plus je ne veux pas que tu te fasses tuer...

— Parfait. Alors, suis mes conseils. Nous avons tous les deux une plus grande chance de nous en sortir si tu n'es pas à côté de moi à distraire mon attention en cas de coup dur.

Mary semblait agitée par des émotions contradictoires.

— Tu... tu vas le tuer ?

— S'il m'y oblige, oui.

— N'hésite pas. Ne lui laisse pas une seule chance. Il est trop fort. Tire à vue, sans attendre.

— Ça ne sera peut-être pas du goût de la police...

— La police, on s'en fout.

— Mary, vas-tu monter à la tour, oui ou non ? Nous n'avons pas beaucoup de temps à présent. Je ne reviendrai pas sur ce que je t'ai dit. Alors, à toi de décider, mais vite.

En partie parce qu'elle reconnaissait une certaine justesse à son raisonnement, mais surtout parce qu'en fait il ne lui laissait pas le choix, elle accepta sa solution.

Ils allèrent rapidement jusqu'au pied de l'escalier, et Max mit ses mains sur les épaules de Mary qui leva son visage vers lui pour un baiser.

— Quand tu seras là-haut, ne te promène pas pour regarder le paysage. Même la nuit on pourrait t'apercevoir d'en bas, et si ce fou te repérait il risquerait de faire demi-tour. Puisque tu prétends qu'il faut absolument en finir avec lui tôt ou tard, autant essayer que ce soit ce soir.

— Qui garde la lampe ? demanda-t-elle.

— Toi.

— Et tu vas rester dans le noir ici... avec lui bientôt ? dit-elle, à la fois soulagée, mais inquiète pour Max.

— Si j'allume une lampe quand je l'entendrai arriver, je deviendrai immédiatement une cible parfaite. Et puis, s'il n'a pas l'intuition que je l'attends, il ne va pas entrer dans un bâtiment aussi obscur et s'y promener sans lumière. C'est moi qui le repérerai grâce à sa lampe, j'en suis sûr.

Elle l'embrassa encore, puis fit demi-tour et s'engagea seule dans l'escalier pour monter les huit étages. Arrivée au sommet, elle éteignit la torche et resta immobile un moment dans le vent très vif, à regarder le cortège des bateaux illuminés dans le port. Puis se rappelant les conseils de Max, elle s'assit le dos au muret qui protégeait la plateforme.

La nuit... une vague lumière diffuse... mais très faible. Seule. Elle était toute seule. Non. Quelle idée ! Max était tout près.

Le vent s'engouffrait dans le beffroi en gémissant, et Mary se recroquevilla dans son manteau de cuir, regrettant de ne pas avoir mis un lainage en dessous.

Il allait bientôt pleuvoir, elle le sentait dans l'air. Elle poussa le petit bouton qui éclairait les chiffres de son cadran de montre, et une lueur rougeâtre apparut.

Les yeux...

Elle se rappela soudain les yeux, lumineux, rougeâtres, qu'elle avait vus dans la maison de Berton Mitchell, mais n'arriva pas à les associer à un visage. Les yeux... seulement les yeux... et le bruit des ailes... la sensation que des ailes la frôlaient partout... et les yeux encore... inhumains, avec un regard dément.

Elle eut un autre souvenir aussi, brutal, une petite voix quelque part dans sa tête, un chuchotement mais chargé d'intensité :

« *Je suis un démon et un vampire. J'aime le goût du sang...* »

Quelqu'un lui avait dit ces mots-là, cette phrase précise, dans le petit pavillon de Berton Mitchell, vingt-quatre ans auparavant. Qui donc ? Mitchell lui-même ? Sinon, qui d'autre ?

Malgré ses efforts pour concentrer ses facultés psi sur ce souvenir si vivant et essayer de le transformer en une vision sur son écran mental, elle ne parvenait pas à dissiper la sinistre pénombre qui noyait des images mouvantes et menaçantes. Le mystérieux visage de la créature qui lui parlait restait obstinément au-delà des limites de sa vision.

Mais la voix intérieure devenait plus forte, s'amplifiait, éclatait et la submergeait, bien que restant chuchotée. Les paroles cruelles, chargées de haine, se bousculaient maintenant, la bouleversant jusqu'au plus profond d'elle-même. « *Je suis un démon et un vampire. J'aime le goût du sang. Je suis un démon et un vampire, j'aime le goût du sang, je suis un démon et un vampire...* »

— Assez ! cria-t-elle à haute voix, mettant ses mains sur ses oreilles et se concentrant de toutes ses forces pour chasser la voix quelque part dans sa tête. Progressivement, elle s'affaiblit et finit par se taire. Mary s'affala en avant, encore tout étourdie.

« Je vais m'en tirer », se dit-elle pour elle-même, tout bas mais avec force. « Ça va aller. Personne ne sera tué.

Ça se passera bien. Tout sera fini ce soir, et après, tout ira bien. »

Lentement, elle reprit conscience de son environnement nocturne, le vent, le froid, l'obscurité. Quand elle avait allumé le cadran de sa montre elle n'avait finalement pas noté l'heure, tant son attention avait été détournée par le souvenir de ces yeux luminescents. Elle appuya de nouveau sur le bouton. Sept heures vingt-quatre. Plus que six minutes...

⁂

De lourds nuages noirs, effilochés et vaguement phosphorescents, progressaient silencieusement vers l'est. Le ciel resta muet pendant de longues minutes, comme si on avait tendu un dais épais au-dessus de la terre ; mais bientôt il explosa et s'embrasa de nouveau.

Le vent souleva un morceau de papier qui traînait sur la chaussée, le colla contre le pare-brise de la Mercedes quelques instants, et l'en arracha.

Lou se sentait envahi par un sentiment de malaise. Il se pencha sur le volant, essayant de percer les ténèbres violettes tout autour du bâtiment. Puis il les scrutait, plus les ombres semblaient se mouvoir, comme si elles prenaient vie. Simple illusion d'optique, bien sûr, mais qui le rendait nerveux. Il n'était pas fait pour le rôle de vigile, la patience lui manquait. Il consulta sa montre. Sept heures vingt-neuf.

Quelqu'un frappa trois coups secs à la vitre de gauche, tout près de sa tête. Lou se tourna d'un seul bloc. Un visage familier le regardait en souriant. A la fois déconcerté et un peu honteux de la frayeur qui avait dû se peindre sur le sien, Lou s'écria :

— Tu m'as fait sacrément peur !

Il chercha le verrou de sécurité, ouvrit la porte et descendit.

— Mais qu'est-ce que tu fais ici ?

C'est alors qu'il vit le couteau de boucher, trop tard.

⁂

Au 440 Ocean Hill Lane la plupart des pièces du rez-de-chaussée étaient éclairées, mais personne ne répondit au coup de sonnette de Rudy Holtzman.

Patmore tourna le bouton de la porte et s'aperçut qu'elle n'était pas verrouillée. Il l'ouvrit, et le vent s'engouffra dans le vestibule, dispersant une pile de courrier non décacheté posé sur une petite table. Ne voyant personne dans l'entrée, ni dans le séjour qui donnait dedans, Patmore passa la tête et cria :

— Pasternak ! Vous êtes là ?

Il n'y eut pas de réponse.

— Il est peut-être mort, suggéra Holtzman.

Patmore, qui était en civil, sortit d'une des poches de son pardessus une plaque argentée qu'il fixa à son revers, et de l'autre son arme réglementaire dont il dirigea le canon en l'air avant de pénétrer dans la maison.

— Nous n'avons pas de mandat, rappela Holtzman d'une voix hésitante.

Patmore s'arrêta pour lui jeter un regard significatif par-dessus son épaule, et lui dit d'un ton sans réplique :

— Rudy, magne-toi le train et ne te pose pas de questions !

*
**

L'obscurité, gluante... un goût de cuivre... et comme des barbelés enfoncés dans ses chairs. Sa langue lui faisait mal. Il s'était blessé en la mordant... le goût de cuivre... Il gisait à plat ventre sur l'asphalte du parking, près de la Mercedes, les bras étendus, en un geste de supplication, la tête de côté, une oreille collée au sol comme pour saisir les pas de l'ennemi.

Il entrouvrit les yeux. Une paire de chaussures à quelques centimètres de son visage, des mocassins de chez Gucci, qui firent demi-tour et s'éloignèrent en direction du bâtiment. Mais après qu'ils eurent disparu, il entendait encore le bruit des pas.

Il essaya de lever la tête, mais n'en eut pas la force. Il essaya aussi de se rappeler le nombre de coups de couteau qu'il avait reçus. Trois, quatre ? Ça aurait pu être pire, mais de toute façon les blessures étaient sûrement très graves. Il était en train de mourir. Il sentait ses forces diminuer progressivement, et quitter son corps.

« Quel imbécile je suis ! » pensa-t-il avec amertume. « Comment ai-je pu être aussi confiant. Pauvre idiot ! Une cervelle de moineau... et encore ! J'aurais dû me douter. J'aurais dû savoir qui était le meurtrier dès l'instant où le oui-ja a signalé que sa cible serait la reine du défilé de bateaux. Apparemment il n'arrivait pas à rester avec une femme plus de quelques mois. Et là il avait l'occasion de tuer une de ses anciennes amies. Peut-être en a-t-il tué d'autres avant ? Pourquoi ? oui pourquoi ? Mais qu'importe maintenant ? J'aurais dû deviner plus tôt. »

Il avait l'impression que des milliers d'insectes grouillaient à l'intérieur de son corps, lui piquant les entrailles et les dévorant. Il ferma les yeux et songea : « Je ne veux pas mourir. Je vais vivre. » Puis : « Pauvre idiot ! Crois-tu avoir le choix ? »

Le goût de cuivre. L'obscurité gluante. Ce n'était pas si terrible.

C'était même attirant. Et il se laissa flotter au sein de l'ombre accueillante, s'y enfonçant de plus en plus profond, loin de la douleur... loin de tout...

*
**

Sa curiosité en éveil, John Patmore feuilleta le carnet à spirales ouvert à côté de la planche du oui-ja sur la table de la salle à manger. Les pages quadrillées étaient couvertes d'une écriture nette, féminine, qu'il supposa être celle de Mary Bergen.

Elle avait surtout noté des questions et des réponses apparemment en rapport avec l'affaire sur laquelle elle prétendait faire une enquête. Pourtant, au milieu du carnet, une page ne contenait que ces mots gribouillés hâtivement : *Mary, sauve-toi ! Ta vie est en danger !* Le même message se retrouvait au milieu de la page suivante, puis sur une troisième, où il était suivi d'une nouvelle série de questions et de réponses :

Quand ai-je écrit cet avertissement répété ?

Je n'en sais rien.
Que signifie-t-il exactement ?
Je n'en sais rien.
De qui ai-je si peur ?
Je ne sais pas, je ne sais pas, je ne sais pas !
Suis-je en train de devenir folle ?
Possible.
Où m'enfuir pour être en sécurité ?
Nulle part.

Bizarre, tout ça, songeait Patmore avec une certaine inquiétude. Il avisa un petit bloc-notes à l'autre bout du Ouija et le compulsa.

D-E-S-J-O-U-R-S-D-E-N-O-T-R-E-P-A-S-S-E
DES JOURS DE NOTRE PASSE
B-E-L-L-E
BELLE
L-A-V-I-L-L-E-A-L-A-I-R-B-E-L-L-E
LA VILLE A L'AIR BELLE

Son regard alla de la planche du Ouija au palet indicateur, puis revint au bloc-notes. Il se rappelait avoir posé des questions à un gadget identique, même planche, même palet, quand il était petit, avec sa mère. Il continua de lire toutes les transcriptions sur le bloc, et quand il eut fini il pensa à Erika Larsson, se rendant compte qu'elle correspondait à la description de la femme dont Mary Bergen avait prédit la mort. Un peu à contrecœur, il dut reconnaître intérieurement que sa clairvoyance était sans doute une chose authentique.

— Holtzman !

Rudy Holtzman accourut, de l'autre bout de la maison.

— Il n'y a personne, nulle part ici, annonça-t-il.

— Max Bergen va tuer la reine du défilé de bateaux, annonça Patmore à son tour.

— Quoi ? Vous voulez dire, Jenny Canning ? s'écria Holtzman les yeux écarquillés de surprise.

— De toute évidence, Mary Bergen ne s'est pas rendu compte que l'homme qu'elle traque est son mari, lui dit Patmore qui consulta sa montre et ajouta : Il est peut-être déjà trop tard !

Et il fonça à travers le séjour encombré de livres, en direction de la porte d'entrée.

***

Marie Sanzini

Ce nom s'imposa soudain à Mary.

Marie Sanzini

C'était l'une des infirmières assassinées à Anaheim, et brusquement ce nom lui semblait familier. Elle le connaissait, mais sans pouvoir se souvenir où elle l'avait déjà entendu. Marie. Marie Sanzini... C'était agaçant. Elle ferma les yeux, essayant de revoir ce visage, mais l'image continuait de lui échapper.

Elle appuya sur le bouton de sa montre. Sept heures trente-trois. Toujours pas de signal de Lou.

Allaient-ils tous encore ce soir revenir bredouilles ?

***

Debout au bas des marches, dans l'obscurité totale, Max commençait à se sentir enfermé comme dans un cercueil. Mais quand il entendit grincer les portes de la cafétéria, sa claustrophobie fit place à une peur viscérale. Il rentra dans la galerie des jeux, le pistolet à la main. A trente mètres de lui, un homme sortit du couloir incurvé qui desservait le restaurant et les boutiques. Il tenait une lampe torche dont il dirigeait le faisceau devant lui, vers le sol, restant ainsi dans l'ombre.

Il n'est sûrement pas arrivé par le parking, puisque Lou n'a pas klaxonné, pensa Max. Il a dû se faufiler entre deux immeubles le long du port et suivre la jetée de planches.

Max comptait attendre que l'homme soit à une quinzaine de mètres pour lui enjoindre de s'arrêter, se donnant avec cette distance une certaine marge de sécurité et une liberté de mouvement. Et si le tueur tentait de s'enfuir, Max avait ainsi le temps de tirer plusieurs balles avant qu'il ait regagné le couloir.

Vingt mètres... dix-huit... quinze...

Mais ce fut l'homme qui parla le premier, d'une étrange voix basse et rauque :

— Max ?

Stupéfait de l'entendre prononcer son nom, Max avança d'un pas dans l'obscurité et demanda :

— Qui est là ?

L'autre se rapprocha, toujours abrité derrière sa lampe.

— Qui est là ? répéta Max.

— C'est moi, Lou, dit la voix enrouée.

Neuf mètres entre eux maintenant.

Max abaissa son pistolet.

— Lou ! Mais Bon Dieu, on ne va pas repartir si vite. Il est à peine plus de sept heures trente.

— Ça se passe mal, dit Lou comme dans un râle.

— Qu'est-ce qui ne va pas ?

Plus que trois mètres.

Et tout soudain, Max comprit que l'homme n'était pas Lou Pasternak.

Le tueur redressa brusquement la lampe en direction de la voix de Max, aveuglant celui-ci qui leva pourtant son revolver et pressa la détente deux fois de suite. Les coups de feu tonnèrent comme un canon dans l'immense salle au plafond élevé. Au même instant, et plutôt une fraction de seconde avant, le faisceau lumineux se redressa en décrivant de petits cercles sur la droite. « Je l'ai touché », pensa Max. Mais au moment où cette pensée lui venait, une lame se planta dans sa chair, comme un éclair jailli de la nuit, aussi dure et destructrice que le tranchant d'une bêche, lui causant une telle douleur qu'il lâcha son pistolet, comprenant trop tard que son agresseur avait créé une diversion avec sa lampe mais n'avait pas été touché. L'énorme couteau fut retiré pour être replongé brutalement en plein ventre. Max pensait à Mary, à son amour pour elle, au fait qu'il n'allait pas pouvoir lui venir en aide. Il réussit à s'accrocher désespérément à la tête de son adversaire, lui arrachant quelques poignées de cheveux, mais dans la violence du geste son pansement tomba et la couture se rouvrit. Il ressentit une vive douleur, isolée des autres, et maudit inutilement l'arête tranchante du cric, cause de cette blessure. La lampe tomba, roulant à quelques mètres de lui en projetant des ombres folles alentour. Le couteau se retira de son corps, et Max tenta de saisir la main qui le tenait, mais la manqua. La lame l'atteignit une troisième fois, et une nouvelle douleur fulgurante le fit reculer en chancelant. L'homme s'acharnait sur lui à présent, le frappant à la poitrine. Max comprit que sa seule chance était de faire le mort, et il s'écroula lourdement. L'homme trébucha sur son corps parfaitement immobile, et alla ramasser la lampe pour pouvoir le regarder. Max entendait son souffle court. Le tueur se pencha sur lui, lui décocha un coup de pied dans les côtes qui faillit le faire hurler ; mais il réussit à ne pas bouger ni respirer, bien qu'étant quasiment à bout de souffle. Puis l'homme fit demi-tour, et se dirigea vers l'escalier. Max entendait le bruit des pas sur les marches et se sentait soudain tellement inutile, vaincu, comprenant qu'il ne pourrait jamais récupérer son arme, monter derrière l'autre et aller au secours de Mary. On ne voyait ce genre d'exploit qu'au cinéma. La douleur irradiait atrocement dans tout son corps et son sang coulait à flot sur le sol. Pourtant il devait absolument aider Mary. Donc il n'allait pas mourir, non, il ne mourrait pas. Mais c'était pourtant bien ce qu'il semblait en train de faire...

***

Mary se releva en hâte, au bruit des coups de feu, alla jusqu'au haut de l'escalier, et quelques instants après entendit les pas.

— Max ?

Pas de réponse.

— Max ?

Seulement des pas qui montaient.

Elle recula sur la terrasse, s'éloignant de l'escalier jusqu'à ce qu'elle sente le parapet contre son dos.

Flap... flap... flap..

Marie Sanzini.

Le visage de Marie lui apparut soudain, et elle le reconnut cette fois.

Rochelle Drake... Elle la connaissait aussi.

Et Erika Larsson. C'était le nom de la blonde aux cheveux mousseux, la blonde évanescente, aux traits délicats, de sa vision dans le miroir. En fait, Mary les avait toutes reconnues dès le début de cette affaire, mais elle avait refoulé cette évidence dans son subconscient. Maintenant si elle voulait pousser plus avant son investigation, la réponse l'attendait, toute proche. Mais elle refusait encore de regarder la vérité en face. C'était pour elle une impossibilité. Elle s'efforça pourtant de se rappeler sa ferme détermination de puiser son courage en elle-même, et de résoudre seule ses problèmes. Déjà vaincue ? Elle n'arrivait même pas à se faire honte, et en cet instant elle aurait accepté sa propre faiblesse, sa dépendance envers autrui et la prolongation de son ignorance du passé, contre une chance de s'enfuir.

Elle entendait les pas continuer leur lente progression dans la cage de l'escalier. Prise d'une peur panique, elle restait le dos collé au parapet, les yeux rivés sur la dernière marche.

— Mon Dieu, non ! Je ne veux pas savoir, s'écria-t-elle d'une voix aiguë et tremblante. Non, par pitié !

Un éclair aveuglant déchira le ciel, suivi du tonnerre. L'orage éclatait enfin, d'abord de larges gouttes éparses, puis un déluge brutal, des trombes d'eau dévastatrices venant de l'océan. Des rafales de pluie poussées par le vent s'engouffraient sous l'avancée du beffroi, et de grosses gouttes s'écrasaient sur le manteau de cuir de Mary, mouillant ses longs cheveux. Mais elle ne s'en préoccupait pas. Sa seule angoisse venait de ce passé qui maintenant s'obstinait à refaire surface contre sa volonté :

La salle de séjour de chez Berton Mitchell. Des fenêtres aux stores de papier fort, tirés presque au ras des appuis. Des rideaux au crochet. La seule lumière, grisâtre, filtrait du dehors, par cet après-midi couvert. Les coins de la pièce remplis d'ombre, les murs jaune clair, un grand canapé marron foncé et deux fauteuils assortis, un plancher en pin et des carpettes indiennes tissées.

Une petite fille de six ans allongée sur le sol, ses longs cheveux sombres reliés par des rubans orange en une double queue de cheval. Une robe beige avec des boutons et un liseré vert pomme. Moi. La petite fille, c'est moi, sur le dos, hébétée, ne comprenant pas, un côté de mon visage très douloureux, et aussi la nuque. Qu'est-ce qu'il m'a fait ? Mes jambes sont écartées, mes chevilles attachées chacune à un pied d'un des gros fauteuils ; mes bras tirés derrière ma tête, attachés aussi aux pieds de l'autre fauteuil. Impossible de bouger. J'essaie de relever la tête pour voir ce qui se passe. Mais je ne peux pas.

Peut-être que Mme Mitchell va venir me détacher. Non, c'est vrai, elle est partie en visite dans de la famille avec Barry. Berton Mitchell, lui, est dans le jardin. Il taille des haies.

J'ai peur… si peur… Des pas… Ah, ce n'est que lui. Pas de raison de s'effrayer. Seulement lui. Mais que veut-il ? Que fait-il ? Il s'agenouille près de moi. Il tient un oreiller… un gros oreiller de plume… il le pose sur ma figure, et voilà qu'il appuie… fort… ce n'est pas un jeu amusant, ça… pas amusant du tout. C'est pénible ça fait peur… Pas de lumière, pas d'air… je crie, mais l'oreilller étouffe ma voix. J'essaie de respirer mais rien n'entre dans ma bouche sinon de la toile. Je me tords dans mes liens. Papa ! Au secours ! Enfin, il retire l'oreiller… Il rit… je respire un grand coup, et je me mets à pleurer. L'oreiller s'abat brutalement de nouveau. Je tourne la tête mais sans pouvoir me dégager. Le tissu me rentre dans la bouche. C'est écœurant. J'ai le vertige, et mon corps semble ne plus rien peser. Je sens que je meurs. J'appelle mentalement papa, de toutes mes forces, je pense à lui si fort… mais je sais bien qu'il ne peut pas m'entendre. L'oreiller s'écarte, un air frais et délicieux caresse mon visage, se précipite dans mes poumons brûlants… et l'oreiller s'abat une fois encore… m'étouffe… et au dernier moment, juste quand je vais m'évanouir, il le retire. A chaque fois il me laisse un instant de sursis quand je commence à étouffer. Je me sens au bord de la folie, et lui ricane en me torturant... finalement, il enlève l'oreiller pour de bon et le jette au loin. Le jeu ne l'amuse plus.

Mais il en a d'autres en réserve, pires encore :

Il saisit ma tête entre ses mains... ses doigts sont des griffes d'acier... la douleur dans ma nuque est décuplée... atroce. Il tourne ma tête de force sur le côté, se penche sur moi... je sens son souffle court sur mon visage, un sifflement de serpent... il redescend vers mon cou si vulnérable... ses lèvres s'y collent... il pince la peau entre ses dents, mord violemment, arrache un lambeau de chair qu'il avale... je crie de douleur... une douleur aiguë, insoutenable... je me débats... les liens tiennent bon. Il applique sa bouche sur la plaie... et aspire... aspire le sang. Quand enfin il redresse la tête et me lâche, je réussis à tourner la mienne et je le vois, me regardant avec un sourire diabolique, du sang tout autour de sa bouche et un peu sur les dents.

Il n'a que neuf ans, trois de plus que moi, mais son visage est déformé par une haine d'adulte. Je pleure, et m'étrangle à moitié en voulant parler :

— Qu'est-ce que tu me veux ?

Il se penche encore, à quelques centimètres de mon visage, et son haleine porte l'odeur de mon propre sang.

— Je suis un démon, et un vampire, me dit Alan avec l'emphase de l'enfant qui joue la comédie, mais il ajoute d'un ton très sérieux, j'aime le goût du sang.

Mary poussa une sorte de cri d'épuisement, comme si elle avait enfin réussi à ouvrir une porte trop lourde, après des heures d'efforts. Le faisceau d'une lampe électrique se promena vers le haut de l'escalier.

Alan mit le pied sur la terrasse.

Il dirigea la lumière vers elle, mais pas dans ses yeux.

Et ils se dévisagèrent.

— Salut, petite sœur ! dit-il avec un large sourire.

Je suis toujours écartelée sur le sol. Alan revient... il a mis des gants... il transporte une boîte en bois, avec un couvercle grillagé. Il passe la main à l'intérieur par une petite trappe maintenue fermée par un ressort. Il saisit quelque chose qu'il sort lentement... une petite créature sombre dont la tête dépasse de sa main... des yeux brillants... c'est une chauve-souris... une de celles qu'il trouve dans le grenier du manoir. Elle ne paraît pas avoir peur de lui... elle semble presque apprivoisée... pas sauvage du tout...

On lui a pourtant défendu de s'amuser avec les chauves-souris... elles sont sales. Papa lui a déjà dit de les relâcher... Il tient la bête d'une autre manière maintenant... elle bat des ailes, mais se montre plutôt docile. Il la tient à deux mains, en lui laissant les ailes libres. Flap... flap... flap... Il la met au-dessus de ma tête, à une vingtaine de centimètres... puis la rapproche lentement jusqu'à ce que les petits yeux brillants soient juste devant les miens... je le supplie d'arrêter, d'éloigner la créature, de la remettre dans la boîte... au contraire, il la rapproche encore, jusqu'à ce que les ailes membraneuses frôlent mon visage, et le frappent de plus en plus fort, avec des claquements de petites gifles... flap... flap... flap... !

Le tonnerre roulait au-dessus du port, et Mary en ressentait les vibrations comme si elles traversaient réellement son corps, chaque grondement résonnant au plus profond d'elle-même.

Le passé et le présent étaient deux abîmes entre lesquels Mary se trouvait en équilibre sur le mince fil tendu qu'était son contrôle de soi. Il lui fallait faire un intense effort d'attention et de volonté pour empêcher sa raison de sombrer, emportée par le flot des souvenirs horribles. Elle ne pouvait même pas parler à Alan, incapable de former les mots, d'émettre un son.

Sans l'éteindre, Alan posa sa lampe sur le sol tout contre le muret, là où les planches étaient abritées de la pluie. Il avait une carabine en bandoulière sur l'épaule gauche, et fit glisser la bretelle pour la déposer par terre aussi.

Mais il avait gardé le couteau de boucher à la main. Il ramassa la lampe qu'il dirigea en l'air, vers l'intérieur du toit en forme de cône.

— Regarde, Mary, lève la tête. Allez, il faut que tu voies ça. Regarde.

Elle obéit et eut un mouvement de recul inutile car elle était déjà plaquée contre le muret.

— Elles ne sont pas toutes là en ce moment, dit Alan. Certaines sont parties chasser, bien sûr, mais la plupart sont restées car elles ont senti la pluie dans l'air. Tu les vois, Mary ? Tu vois les chauves-souris ?

Je n'ai que six ans et je suis allongée sur le plancher, écartelée et attachée. Alan tient la chauve-souris à deux mains et la fait monter entre mes jambes, sous ma robe. Elle pousse des cris aigus. Moi je pleure, je m'étrangle, je supplie. Alan remonte ma robe très haut. Il transpire, il est tout pâle, les lèvres tremblantes. Il n'a pas du tout l'air d'un garçonnet de neuf ans, mais d'un être diabolique.

Le bout des ailes effleure mes cuisses nues, me chatouillant d'abord, puis me griffant douloureusement. Je suis beaucoup trop jeune pour comprendre certaines fonctions encore mystérieuses de mon corps, trop jeune pour imaginer quels plaisirs et quelles souffrances il me procurera plus tard. Mais là, pourtant, je suis envahie par une peur instinctive, primitive, terrifiée à l'idée de cette créature touchant cette partie intime de mon corps. C'est bien plus odieux à supporter que de la voir près de mon visage. Je me débats, essayant sans succès de donner des coups de pied à Alan. Les ailes battent toujours dans l'étroit espace entre mes cuisses. Et soudain ce que je redoutais le plus arrive : Alan pousse la bête tout contre ma chair, elle se tortille, mordille et griffe en poussant des cris aigus, et il essaie de la faire pénétrer de force en moi. Je hurle, l'écume aux lèvres, je sanglote, la chauve-souris se débat et crie aussi, et Alan a du mal à la maintenir, mais il appuie brutalement, de toutes ses forces, et tout à coup une douleur, fulgurante, atroce, me déchire.

Les souvenirs étaient pour elle une torture physique autant que morale. Elle avait refusé de leur ouvrir la porte de son conscient pendant vingt-quatre ans, et au cours de ces années ils avaient acquis une force inimaginable. Ils la martelaient maintenant comme des poings serrés. Elle avait mal partout, refoulait une envie de vomir, vacillait sur ses jambes. Elle se mit à pleurer.

Alan reposa la lampe sur le sol et fit passer le couteau dans sa main droite.

Le couteau de boucher de Richard Lingard.

Max avait raison : l'arme n'avait pas été ramassée par un fantôme. Mary avait refusé de regarder la vérité en face, incapable de la supporter. Elle s'était donc persuadée que la disparition du couteau ne pouvait s'expliquer que par l'intervention de forces surnaturelles.

— J'ai tué Max, dit Alan.

C'était certainement la triste vérité, mais elle ne voulait pas en tenir compte, pas maintenant. Les larmes, le terrible chagrin devraient attendre leur tour, si elle-même survivait pour s'abandonner à sa souffrance. Pour le moment, il y avait une situation à régler.

La plate-forme avait cinq mètres de large, et seulement trois mètres de planches mouillées séparaient à présent Mary d'Alan. Il lui parla, d'une voix basse, à peine au-dessus du crépitement monotone de la pluie :

— Il est temps que j'achève ce que j'ai commencé il y a vingt-quatre ans.

Quand ils avaient demandé au oui-ja d'où venait l'assassin, le palet leur avait fait cette réponse : « LA VILLE A L'AIR BELLE ». Ce n'était pas une traduction tout à fait exacte de « Bel Air », mais en tout cas un à-peu-près qui aurait dû suffire à les mettre sur la voie. Comment avait-elle pu ne pas comprendre ?

Elle n'avait pas voulu, tout simplement.

A leurs pieds, le faisceau lumineux, réfléchi par la peinture brillante du muret, mettait en relief le menton, les joues et le nez d'Alan, jetant des ombres étranges sur son visage qui ressemblait ainsi éclairé par en dessous à ces masques effrayants portés par les sorciers à l'occasion de rituels sanglants. Il tenait le couteau devant lui, mais ne s'approchait pas.

— Je savais que tu viendrais ce soir. Nous sommes si proches, petite sœur. Nous sommes unis par les liens du sang, mais plus encore par la souffrance. Je l'ai infligée, tu l'as subie. La douleur nous lie l'un à l'autre par un ciment beaucoup plus solide que l'amour. L'amour est un concept créé par l'homme, mais il n'existe pas, il n'a pas de sens. Tandis que la douleur, elle, a une réalité. Grâce à ces liens si étroits je savais que je pourrais entrer en contact avec toi à distance, sans utiliser la parole, et t'amener à me poursuivre. Depuis lundi, tous les soirs, j'ai fait une séance de méditation pour me mettre en état de transe légère. Une fois mon esprit dégagé et moi bien détendu, je m'appliquais à t'envoyer des pensées, des images des crimes que j'allais commettre. Je voulais déclencher tes visions. J'y suis arrivé, n'est-ce pas ?

C'était vraiment un malade mental, en pleine crise de démence, et pourtant il se montrait si calme et parlait d'une voix si mesurée.

— J'ai réussi, dis Mary ?

— Oui.

Il semblait satisfait.

— J'ai surveillé la maison de Lou. Quand tu es arrivée, j'ai su que tu étais sur ma piste.

Une rafale de vent particulièrement violente souffleta Mary à cet instant, faisant redoubler le martèlement de la pluie torrentielle sur le toit creux du beffroi.

Alan avança d'un pas.

— Arrête-toi ! cria Mary prise de panique.

Il obéit. Certainement pas parce qu'il avait peur d'elle, ou avait tout à coup décidé de l'épargner. Non. Il s'arrêtait parce qu'il voulait, et avait même un violent désir, de la voir trembler devant lui, et de la tuer très lentement.

Si elle entrait dans son jeu, elle gagnerait quelques minutes, et trouverait peut-être même un moyen de lui échapper !

— Si tu voulais me tuer, pourquoi ne l'as-tu pas fait lundi soir au motel, avant le retour de Max ?

— C'était trop facile. En te mettant sur ma trace ça devenait un jeu plus amusant.

— Amusant ? Tuer, c'est un jeu ?

— Le plus amusant de tous !

— Tu es vraiment malade !

— Non, je suis simplement un chasseur et tous les autres sont du gibier, répliqua-t-il avec un calme parfait.

C'est mon but dans la vie, ce qui lui donne un sens, il n'y a aucun doute là-dessus. J'ai tué depuis toujours. Ça a commencé avec les insectes.

Mary se souvenait. Elle avait peut-être quatre ans, Alan, sept. Il y avait une mante religieuse dans un bocal. Alan avait dévissé le couvercle, aspergé un peu d'essence à briquet sur la bête et jeté une allumette enflammée. Pendant des années il avait été à la chasse aux insectes dans le seul but de les torturer avec des produits chimiques, des lames de rasoir, des aiguilles, ou par le feu.

— C'était toi qui tuais nos chats et nos chiens ? demanda-t-elle.

— Oui, et tous les autres petits animaux familiers.

— Berton Mitchell n'y était pour rien, donc ?

Alan se contenta de hausser les épaules avec mépris.

— Mais ces saletés d'insectes ne m'amusaient plus assez, dit-il, en avançant d'un autre pas.

— Stoppe !

Il obéit encore une fois, toujours souriant.

Le matin même elle avait confié à Max que la tendance au mal n'était peut-être pas une chose qui s'acquiert en route, déclenchée par l'exemple. La plupart des intellectuels étaient convaincus que les motifs profonds des actes antisociaux violents devaient être cherchés dans les foyers désunis, les traumatismes de l'enfance, l'indifférence des parents, ou leur incapacité d'éducateurs. Les sociologues affirmaient que les criminels étaient avant tout engendrés par des systèmes sociaux basés sur l'inégalité et l'injustice. Les psychologues, eux, semblaient enracinés dans leur conviction que l'explication de toutes les neuroses et les psychoses se trouvait dans les travaux de Freud ou de Jung. Mais il n'était pas interdit de penser que certains individus étaient marqués dès le début, contaminés, corrompus sans espoir d'amélioration, avant même que leur environnement ait eu la moindre influence sur eux. Etait-ce là une vieille notion réactionnaire ? Elle avait pourtant lu de nombreux documents sur l'homme XYY, type de criminel par déviation génétique qui avait fait l'objet de sérieuses recherches scientifiques depuis quelques années. Il était possible que certains êtres naissent moins civilisés que la majorité, pour des raisons d'ordre chimique ou génétique encore obscures.

C'était une théorie dangereuse, car susceptible d'être mal interprétée et déformée. Tout groupement raciste en l'adoptant pouvait désigner n'importe quelle minorité haïe, comme preuve vivante d'infériorité génétique. En réalité, si cette théorie s'avérait exacte, les individus ainsi défavorisés à la naissance se trouveraient bien évidemment répartis sans distinction de race, de religion, de sexe ou de pays.

Le mal, inné...

De la mauvaise graine...

Mary regardait Alan et pensait que cela s'appliquait exactement à lui : un être pas comme les autres, à la fois plus et moins qu'humain.

Une chauve-souris sortit de la pluie pour aller se réfugier sous le toit. Le battement de ses ailes membraneuses fit sursauter Mary. *Flap... flap... flap...*

— Je voulais te retrouver ici, dans cette tour, dit Alan, parce qu'il n'y a pas de chauves-souris dans les autres. Je pensais bien qu'elles te rappelleraient ce qui s'est passé il y a vingt-quatre ans.

... alors il retire la chauve-souris d'entre les jambes de la petite fille. La créature est morte, le cou brisé, couverte de son sang et de celui de Mary, qui a si mal. Alan laisse tomber la bête dans la boîte où il l'avait prise, et revient vers Mary qui ne peut même plus crier, ni se débattre, toutes ses forces et sa volonté dissoutes. Il se met à la marteler à coups de poing, partout, sur le ventre, la poitrine, le cou, le visage... une pluie de coups qui la plonge dans le néant... et quand elle revient à elle quelque temps après, il est debout au-dessus d'elle, armé d'un couteau qu'il a pris dans la cuisine des Mitchell et qu'il lui enfonce d'abord dans le bras, puis dans le flanc. Le couteau... Mon Dieu, pitié... le couteau.

***

Des blessures nettes, propres, sans bavures. La lame enfoncée et ressortie sans taillader ni déchirer. Max explorait de ses mains les dimensions des trous sanglants dans sa chair, et ne trouva pas de large plaie béante par où ses entrailles risquaient de s'échapper. Si mince fût-elle, c'était quand même une consolation. Mais il perdait énormément de sang. Ses vêtements étaient poisseux, ses mains collantes, et une tache tiède s'élargissait autour de lui sur le sol. Dans l'obscurité, la perte de sang devait paraître beaucoup plus abondante qu'elle n'était en réalité. Max avait l'impression d'en perdre des litres.

Il s'accorda quelques secondes de répit, mais avant que le bruit des pas se fût éloigné dans l'escalier, il avait réussi à se mettre à quatre pattes.

Ses blessures à la poitrine et au ventre lui causaient sans relâche de violents élancements, et la douleur lui coupait la respiration. Il avait l'impression qu'un couteau était encore planté dans chaque plaie. Mais son appareil respiratoire ne le faisait pas souffrir et ses poumons n'avaient donc pas été atteints. Encore une chance relative.

Il se traîna en rampant dans son propre sang, cherchant à tâtons à gauche puis à droite le pistolet qu'il avait laissé tomber et le trouva d'ailleurs assez facilement.

Il s'appuya d'une main au mur le plus proche pour s'aider à se remettre lentement debout malgré la douleur qui irradiait dans tout son corps avec la régularité de décharges électriques. Jamais il ne réussirait à monter l'escalier de la tour. Il arrivait à peine à avancer en terrain plat. Les marches le tueraient. Et puis si par miracle il atteignait la plate-forme, son escalade serait tellement bruyante que le tueur n'aurait qu'à l'attendre et lui tirer dessus dès qu'il poserait un pied sur la dernière marche.

La seule éventualité était d'aller chercher du secours. Direction le parking, et la Mercedes. Aussi vite qu'il pouvait. Avertir Lou.

Conscient de la valeur que prenait chaque seconde pour Mary, il s'aida encore une fois du mur et avança en chancelant dans l'immense salle obscure. La tête lui tournait, et il avait un peu perdu le sens de l'orientation, mais il pensait savoir de quel côté se trouvait le long couloir desservant les boutiques et le restaurant. De toute façon, il ne pouvait se fier qu'à son instinct.

Chaque pas provoquait une explosion de douleur dans son ventre. Il avait l'impression d'avoir parcouru des kilomètres, et se demanda même s'il ne tournait pas en rond. Mais au moment où le désespoir commençait à l'envahir, il passa un coin et se trouva dans un couloir moins sombre que la salle grâce à une vague lueur blafarde qui venait des illuminations du cortège nautique dans le port, reflétées dans les fenêtres de la cafétéria, filtrant au travers, et se diffusant jusqu'aux portes vitrées à petits carreaux.

Max avançait dans le couloir en se tenant le ventre comme pour refermer ses blessures. Il franchit la porte du restaurant, se traîna entre les tables et s'écroula sur les genoux devant une fenêtre donnant sur la jetée de planches et le port. Elle était fermée, et il ne se sentait pas la force de la soulever.

Il tenta de se persuader que l'amour donnait des forces et qu'il lui fallait les puiser dans le sien pour Mary. Que possédait-il, qu'était-il sans elle ? Rien.

Au-dehors, un éclair déchira le ciel telle une lame étincelante qui sembla, l'espace d'un instant, cristalliser les larmes de pluie le long de la vitre.

*
**

Le chef de la police locale, John Patmore, se pencha sur le corps étendu de Lou Pasternak et le retourna sur le dos, examinant à la lumière de sa lampe le visage et les vêtements maculés de sang.

— Bergen l'a eu. Poignardé ! annonça-t-il.

— Il est mort ? demanda Holtzman.

Son chef chercha le pouls à l'un des poignets, froid et inerte.

— Je crois que oui, mais il vaut mieux appeler une ambulance de toute façon. Il pourrait y avoir d'autres victimes.

Holtzman courut à la voiture.

*
**

Seulement deux ou trois mètres de planches mouillées entre elle et Alan. Il fallait continuer à le faire parler, car dès que la conversation cesserait de l'intéresser il se servirait du couteau. Et puis, même si elle devait mourir incessamment, elle voulait connaître certains autres détails du passé.

— Ainsi, Berton Mitchell ne m'a jamais touchée, dit-elle.

— Jamais.

— Et j'ai donc envoyé un innocent en prison.

Alan acquiesça de la tête, en souriant, comme si elle lui avait fait un compliment.

— Et il s'est suicidé à cause de moi, poursuivit-elle.

— J'aurais bien aimé le voir se balancer au bout de sa corde.

— J'ai plongé sa famille dans la honte.

Alan rit franchement cette fois.

— Et pourquoi ai-je fait ça ? Pourquoi dire qu'il m'avait violentée alors que c'était toi ?

— Tu es restée quatre jours en salle de réanimation, expliqua Alan. Quand le danger a été écarté et que tu n'as plus eu besoin des appareils, ils t'ont transportée dans une chambre seule.

— Je me souviens.

— Papa et moi avons pratiquement vécu là pendant deux semaines. Même notre mère a réussi à lâcher sa bouteille pour venir te voir un jour sur deux. Je jouais le rôle du grand frère très inquiet et attentif pour un petit garçon de neuf ans.

— Les infirmières te trouvaient adorable.

— J'ai été souvent seul avec toi dans cette chambre d'hôpital, parfois quelques minutes, mais quelquefois pendant une heure.

Une autre chauve-souris fuyant la tempête alla se réfugier sous les combles du beffroi.

— Tu avais les lèvres et les gencives tellement enflées et couvertes de points de suture que tu n'as pas pu parler pendant huit jours ; mais tu *entendais*, et tu étais consciente la plupart du temps. Alors dès que j'étais seul avec toi, je te répétais inlassablement ce que je te ferais si tu me dénonçais. Je t'ai dit que je recommencerais avec les chauves-souris, et que cette fois je les laisserais te déchiqueter, dit-il avec un regard maléfique. Je t'ai dit aussi que je te forcerais à les manger vivantes, en leur coupant la tête avec tes dents, et à les avaler, si tu parlais de moi. Je t'ai conseillé d'accuser Berton Mitchell, dans ton intérêt...

Mary tremblait des pieds à la tête. Elle devait pourtant se dominer, se tenir prête à agir rapidement si elle en avait la moindre occasion. Mais malgré tous ses efforts, elle ne parvenait pas à réprimer ses tremblements.

— Et puis, il s'est passé une chose étrange, reprit Alan. Tu leur as dit que c'était Mitchell le coupable, mais à ce moment-là toi tu le croyais vraiment. J'avais réussi au-delà de mes espérances. Je t'avais atteinte profondément, jusque dans ton subconscient, et j'avais réalisé un petit miracle. Tu en étais venue à croire que c'était vraiment Berton Mitchell qui t'avait fait tant de mal. Sans doute parce que tu étais incapable d'accepter la vérité, de supporter de vivre sous le même toit que moi après ce que je t'avais fait subir, tu t'es persuadée toute seule que j'étais innocent, moi, le grand frère dévoué et affectueux, et que le vilain bourreau était quelqu'un d'autre.

— Mais pourquoi, tout ça ? demanda-t-elle abattue. Pourquoi me torturer ?

— Je voulais te tuer. J'ai cru que tu étais morte, quand j'ai quitté la pièce.

— Et pourquoi voulais-tu me tuer ?

— Je trouvais ça amusant.

— C'est tout ? Simplement parce que c'était amusant ?

— Je te détestais, aussi.

— Qu'est-ce que je t'avais fait ?

— Rien.

— Alors, pourquoi cette haine ?

— Je déteste le monde entier.

— Tu as tué la femme et le fils de Mitchell.

— Oui, ça me semblait une idée intéressante de liquider toute une famille.

— Pourquoi ? Parce que tu trouvais ça « amusant » aussi ?

— J'aurais voulu que tu voies la maison brûler !

— Mon Dieu ! Quand je pense que tu avais à peine quatorze ans !

— C'est un bon âge pour tuer, tu sais. Et n'oublie pas que j'avais voulu te supprimer quatre ans plus tôt. Ecoute, quand je t'ai crue morte... quand j'ai retiré le couteau pour la dernière fois... Mary, tu ne peux pas savoir ce que j'ai ressenti. C'était bon, et c'était normal. Tout me semblait naturel, comme si ce n'était pas la première fois et que j'avais déjà poignardé des centaines de gens auparavant. Et je n'avais que neuf ans...

Il s'approcha un peu, et ses chaussures crissaient sur le plancher mouillé. Mary relança en hâte la conversation, dans une tentative désespérée.

— Tu as tué aussi Patty Spooner. C'est vrai, n'est-ce pas, Alan ?

— C'était une sale garce.

— Non. Une gentille fille.

— Une vraie salope, je te dis.

— Pourquoi as-tu profané l'autel ?

De toute évidence, la question l'intéressait.

— Eh bien, tuer Patty dans cette église c'était... différent... très spécial... Ce soir-là, j'ai su que j'étais vraiment un démon, et un vampire. J'ai compris que ma mission était de détruire tout ce qui était sacré, ou même simplement bien et bon.

— Tu as tué Marie Sanzini.

— Oui, et ses trois copines.

— Pourtant tu l'as aimée, à une époque.

— Non. Je la fréquentais, c'est tout.

— Et pourquoi la tuer ?

— Pourquoi pas ?

— Tu as aussi assassiné Rochelle Drake.

— Oui, et ne me dis pas que je l'ai aimée elle aussi.

— C'est toi qui me l'as dit, jadis.

— Je t'ai menti. Je n'ai jamais aimé personne.

— Pourquoi as-tu tué le patron du salon de coiffure et sa femme ?

— Ils me gênaient.

La corne d'un bateau retentit au loin, sur l'eau.

— Et tu as tué Erika Larsson... et maintenant tu vas assassiner la reine du défilé de Noël dans le port.

Il jeta un regard vers les bateaux illuminés qui avançaient lentement à travers la pluie froide et hivernale.

— L'orage l'aura obligée à abandonner le pont. Il faudra que je m'occupe d'elle une autre fois.

— Mais qu'est-ce qu'elle est donc pour toi ?

— Tu ne sais pas qui c'est ? Jenny Canning.

— Oh, Mon Dieu, pas elle, par pitié. Si charmante, si douce.

— Ce n'est jamais que la dernière en date de ma collection de salopes. Du gibier comme les autres.

Il semblait commencer à se fatiguer. Il regarda la lame dans sa main et se passa la langue sur les lèvres.

— Tes amies te laissent toujours tomber, il me semble, remarqua Mary.

— Quand ce n'est pas moi...

— Pourquoi n'arrives-tu pas à en garder une ?

— Pour des questions sexuelles. La tendresse, ça m'assomme. Et elles veulent toutes que je sois tendre. Ça dure quelques semaines, au plus quelques mois. Après, je ne peux plus.

— Qu'est-ce que tu veux dire ?

— J'aime la brutalité en amour, dit-il d'une voix rauque, presque un grognement bestial. Plus c'est brutal, plus ça me convient. Au bout d'un certain temps, le plaisir de la nouveauté s'émousse, le corps de la fille a moins d'attrait, et la seule façon pour moi d'arriver à jouir c'est de les brutaliser, de les faire souffrir. Alors, ça les refroidit. Ça et le reste...

— Quel reste ?

— Elle ne me laissent pas boire leur sang.

Mary le regarda, les yeux écarquillés, choquée.

— Parce que quand c'est le bon moment, j'aime bien jouir et boire leur sang après...

— Tu les blesses ?

— Non, pas du tout. Je parle du sang de leurs règles.

Mary ferma les yeux, écœurée, bouleversée. Mais elle

l'entendit qui bougeait et les rouvrit aussitôt. Il fit deux pas en avant, et il n'y avait plus entre eux que la longueur du couteau.

⁂

Max se laissa glisser de l'appui de fenêtre sur la jetée en planches, et cette courte descente lui parut durer une éternité. Pendant un long moment après, ses blessures le faisant atrocement souffrir, il se sentit irrésistiblement attiré par un néant accueillant. Mais une fois encore, pensant à Mary et à l'amour qui décuple les forces, il parvint à ignorer la douleur et à se mettre debout tant bien que mal. Son pistolet, toujours dans sa main gauche, semblait peser une tonne et il voulut le lâcher mais ne réussit pas à détacher de la crosse ses doigts tout engourdis et crispés.

Il regarda le cortège de bateaux joliment décorés et illuminés, qui glissaient lentement dans le port à travers le rideau de pluie. Il trouvait ce spectacle très beau, mais se souvint brusquement qu'il n'était pas là pour s'attarder au plaisir des yeux, et s'engagea sur la promenade en planches, avançant péniblement, chaque pas lui coûtant un effort bien plus grand que le précédent, chaque mètre gagné représentant une étape triomphale.

Tout alentour, l'obscurité intense palpitait comme un immense cœur. Il tourna le coin du bâtiment et aperçut à une trentaine de mètres deux hommes qui s'approchaient avec des lampes torches.

Lou ? Et qui d'autre ?

Il essaya de crier, mais aucun son ne sortit de sa gorge.

⁂

Les yeux d'Alan semblaient éclairés de l'intérieur, des yeux bleus comme ceux de Mary, mais d'un bleu peu commun, plus dur, avec l'éclat froid et meurtrier de la lame qu'il tenait dans sa main.

— Combien de victimes à ton actif ? demanda-t-elle.

Au lieu de répondre il posa le bout de ses doigts glacés

sur la tempe de Mary, contre laquelle le sang venait battre, puis suivit le contour délicat de son visage jusqu'à la pointe du menton, et remonta en lui effleurant les lèvres.

— Tu as tué plus de trente-cinq personnes, c'est bien ça ? reprit-elle, toujours incapable de maîtriser son tremblement.

— Comment le sais-tu ?

— Si tu as fait tant de victimes pendant toutes ces années, je ne comprends pas pourquoi on ne m'a pas lancée sur ta piste plus tôt.

— La police a réclamé ta collaboration pour plusieurs de mes crimes, mais tu as toujours refusé. C'est moi qui te conseillais d'éliminer certaines affaires sous un prétexte quelconque, et tu m'écoutais. A vrai dire, je pense que tu soupçonnais la vérité sans vouloir te l'avouer.

— Tu as voulu me tuer quand j'avais six ans. Pourquoi avoir attendu vingt-quatre ans avant de te décider à recommencer ?

— Au départ, j'avais l'intention de te liquider quelques mois après ta sortie de l'hôpital. Il fallait bien ce temps pour calmer les esprits et ne pas réveiller les soupçons. J'avais en tête un accident minutieusement préparé, expliqua-t-il en lui caressant doucement le front. J'avais imaginé de te jeter du haut d'un grand escalier, et de dire que tu avais raté une marche et que tu t'étais tuée en tombant. Et puis finalement, j'ai abandonné cette idée au profit d'une noyade dans la piscine.

— Et pourquoi n'as-tu pas mis ce projet à exécution non plus ?

— C'est que... en attendant de pouvoir le faire sans prendre de risque je me suis aperçu que tu avais découvert des facultés psi. Du coup tu me fascinais. Je voulais voir jusqu'où ce genre de phénomène pouvait aller, et comment tu réagirais.

— Si Max est mort je vais avoir besoin de ton concours, lança Mary en désespoir de cause. Il me faut un guide pour me diriger au cours de mes visions.

— Petite sœur chérie, je ne suis quand même pas aussi naïf ! s'écria-t-il en riant.

— Tu crois que je te donnerais à la police ? Je me suis

tue pendant vingt-quatre ans, pourquoi veux-tu que je parle maintenant ?

— Parce qu'avant, tu ne savais pas consciemment que j'étais le meurtrier, voilà pourquoi.

Il posa la main sur sa poitrine, et elle tressaillit.

— Adorable petite sœur, murmura-t-il en serrant le couteau.

— Alan, ne fais pas ça.

*
**

Tenant sa lampe torche d'une main, son revolver de l'autre, remontant ses épaules pour éviter, sans succès, que la pluie glacée ne lui tombe dans le cou, Rudy Holtzman longeait le grand bâtiment aux côtés de son chef, John Patmore, quand celui-ci s'arrêta brusquement.

— Qu'y a-t-il ? s'inquiéta-t-il d'un ton tendu.

— Un homme, là, devant nous.

Holtzman releva le faisceau de sa lampe et éclaira une silhouette qui s'avançait, à une quinzaine de mètres à peine.

— C'est Bergen, dit Patmore.

Bergen titubait, comme un homme ivre.

— Attention, il a un revolver.

L'espace d'une seconde, Rudy Holtzman eut la vision du corps atrocement mutilé d'Erika Larsson dans la maison sanglante, et il revit aussi Lou Pasternak étendu sur l'asphalte du parking. Alors il leva son arme et tira.

L'impact de la balle envoya Max Bergen rouler au sol.

*
**

Alan s'était plaqué contre Mary, et lui enserrait le cou de sa main gauche. Elle se répétait intérieurement qu'elle devait résister, se défendre. Elle avait une forte personnalité, c'était évident, sinon elle se serait réfugiée dans la folie vingt-quatre ans plus tôt. Mais elle avait surmonté cet épisode tragique, prouvant ainsi sa force de caractère. Elle avait même trouvé un moyen de survie en exploitant ses facultés paranormales. Elle devait donc être capable de se mesurer à Alan, de lutter.

Il lui avait appliqué la lame contre la joue, comme pour la marquer, la pointe juste sous l'œil droit.

— Si tu devenais aveugle, crois-tu que tu aurais toujours tes images de clairvoyante ? Je me pose la question en ce moment.

Et soudain, la réaction de Mary se déclencha. Sa peur s'évanouit subitement, faisant place à un débordement de colère et de haine plus violentes que toutes ses émotions antérieures. Une haine empoisonnée, accumulée depuis vingt-quatre ans, refoulée dans son subconscient, explosa comme une bombe. Elle détestait Alan, le méprisait profondément, il lui faisait horreur et n'avait pas le droit de vivre. Il n'aurait jamais dû naître, exister. Elle n'avait qu'une idée en tête à présent : trouver le moyen de le faire souffrir, de le torturer comme lui l'avait fait avec elle. Elle ne se souciait même plus de savoir si elle en sortirait vivante. Peu importait. Avant tout, il fallait s'emparer de lui, lui attacher les pieds, les mains, et lui infliger tous les sévices qu'elle avait subis, jusqu'à ce qu'il pleure de douleur. Et surtout, elle voulait le livrer aux chauves-souris, les voir se coller sur son visage, le lacérer, le couvrir de morsures. Et elle les lui enfoncerait dans la gorge toutes vivantes et palpitantes.

Là-haut sous le toit conique, dans l'obscurité des combles, les chauves-souris se mirent soudain à s'agiter et à pousser en chœur de petits cris stridents.

Alan leva les yeux, surpris, pour voir une de ces créatures piquer droit sur lui et s'agripper au col de son pardessus en battant violemment des ailes contre son cou.

Mary n'en croyait pas ses yeux. Car c'était son œuvre. Alan la lâcha aussitôt pour attraper l'animal qui se débattit sauvagement avant qu'il parvienne à s'en débarrasser.

Sa main saignait.

Dans toutes ses visions récentes, à chaque fois que le visage du meurtrier allait lui apparaître, Mary avait éludé cette confrontation en déclenchant des manifestations de poltergeist. C'était elle bien sûr qui avait fait voler la collection de chiens en verre du docteur Cauvel à travers son cabinet ; elle, qui avait dirigé par psychokinèse les évolutions du revolver dans leur chambre, l'attaque des mouettes dans le restaurant, et catapulté les objets dans la salle de bains de Lou. Au bout du compte, Max avait vu juste.

Et maintenant, elle allait utiliser ses pouvoirs à nouveau pour commander aux chauves-souris.

Une des créatures piqua à son tour, et s'accrocha au visage d'Alan qui poussa un hurlement et eut beaucoup de mal à l'empoigner pour s'en débarrasser. Mais il dut lâcher le couteau, ce faisant. Du sang coulait de son front dans ses yeux, et avant qu'il ait pu reprendre ses esprits trois autres l'attaquèrent, avec force cris stridents et violents battements d'ailes. L'une s'emmêla dans ses cheveux, et les deux autres se plaquèrent contre sa gorge.

— Tuez-le, ordonna Mary.

Alan tournait sur lui-même comme une toupie, en battant l'air de ses bras pour essayer de se dégager de ses assaillants, et se dirigea en zigzaguant vers l'escalier.

A cet instant toutes les créatures aux ailes membraneuses quittèrent les poutres des combles pour foncer en piqué sur lui, lacérant et labourant son visage à coups de dents et de griffes, sans qu'il parvienne à s'en débarrasser cette fois. Il y en eut même une qui s'engouffra dans sa bouche pendant qu'il hurlait.

Il descendit l'escalier en titubant, se heurtant aux murs de la cage. Mary ramassa la lampe et le suivit. Les chauves-souris ne lâchaient plus leur proie à présent, et leurs cris se faisaient encore plus perçants et furieux. A la cinquième marche, il trébucha, tomba et roula jusqu'au palier suivant. Ayant réussi à se relever, il reprit sa descente, arracha une créature accrochée à son nez, essaya de se protéger les yeux de son bras replié, tomba de nouveau sans pouvoir retenir un grand cri, referma la bouche sur une autre bête qui s'y était engouffrée en grimpant de son menton, et dont il recracha des morceaux en s'étranglant et en suffoquant, puis dégringola la dernière volée de marches pour aller s'écraser dans l'obscurité de la galerie de jeux déserte.

Mary arriva à son tour au bas des marches, franchit l'arche du passage et se pencha sur Alan.

Il ne bougeait plus du tout.

L'une après l'autre, les chauves-souris se détachèrent de son corps inerte, tournoyèrent un instant au-dessus avant de s'envoler dans la cage de l'escalier, en direction du beffroi.

ÉPILOGUE

PLUS TARD...
APRÈS...

Il était midi, et le soleil de décembre brillait à la verticale au-dessus du cimetière, sans projeter d'ombres sur le gazon. Il passait dans l'air un souffle glacé qui ne venait pas de l'océan, mais se dégageait des tombes, des gens endeuillés, et surtout du cercueil de bois sombre, très simple, suspendu au-dessus du trou béant.

Lorsque le treuil se fut mis en marche et que la boîte oblongue eut disparu dans la cavité, Mary s'éloigna d'un pas rapide entre les monuments de granit et de marbre, en direction des grilles de fer forgé. Elle était seule, sans un bras pour la soutenir, sans une présence à ses côtés, comme elle l'avait voulu.

Elle s'installa au volant de la Mercedes et laissa un moment son regard errer sur les collines et sur la mer, au loin, en attendant que ses mains aient cessé de trembler.

Elle avait enterré Alan la veille, et malgré ce qu'il avait été et ce qu'il avait fait, elle l'avait pleuré. Mais aujourd'hui, cette seconde cérémonie était encore bien plus triste. Mary avait l'impression d'avoir perdu une partie d'elle-même. Pourtant, malgré son immense besoin de se soulager par des larmes elle réussit à les refouler et à contenir ses sanglots. Une dernière tâche l'attendait, avant de s'abandonner à son chagrin.

Elle mit le contact, et la voiture l'emmena loin du cimetière.

*
**

Le soleil filtrait à travers les stores, zébrant d'ombre et de lumière la chambre d'hôpital. Max était assis dans le lit, une épaule soigneusement bandée, un bras en écharpe. Il avait les traits tirés, le teint cireux, les yeux caves, mais il accueillit Mary avec un tendre sourire.

Elle l'embrassa et s'assit sur une chaise près du lit. Ils restèrent silencieux un long moment, main dans la main, puis elle lui raconta l'enterrement de Lou, et quand elle eut fini elle posa sa tête sur le bord du lit et laissa enfin couler ses larmes. Max lui massa doucement la nuque, lui caressa les cheveux, et murmura des paroles tendres. Mais elle se mit à sangloter encore plus fort, en une crise inévitable. Elle pleurait la mort de Lou, qui laissait un vide irremplaçable dans sa vie, et ce faisant, pleurait un peu sur elle-même. Et puis, son désespoir ne pouvant durer éternellement, elle finit par se calmer peu à peu, et ses larmes par se tarir.

Ils écoutèrent un programme de musique classique à la radio, incapables l'un et l'autre de parler. Et plus tard, au cours du dîner qui leur fut servi dans la chambre, Mary sentit ses paupières s'alourdir, et étouffa un bâillement.

— Excuse-moi, je n'ai pas beaucoup dormi récemment.

— Tu as eu d'autres cauchemars ? demanda-t-il, inquiet.

— Pas du tout. Au contraire, j'ai fait de beaux rêves, comme cela ne m'était jamais arrivé ! Je me suis réveillée à quatre heures et demie du matin, euphorique et débordante d'énergie, et je suis allée faire une longue promenade.

— Une promenade, toute seule la nuit, toi ?

— Cela ne me gêne pas d'être seule, maintenant, répondit-elle en souriant. Et l'obscurité ne me fait plus peur.

OUVRAGES DE LA COLLECTION « TERREUR »

Iain Banks
Le seigneur des guêpes

Clive Barker
Secret Show
Le royaume des devins

William P. Blatty
L'Exorciste : la suite

Robert Bloch
L'écharpe
Lori
Psychose
Psychose 2
Psychose 13
Contes de terreur

J. R. Bonansinga
Black Mariah

Randall Boyll
Froid devant
Monssstre
Territoires du crépuscule

Marion Zimner Bradley
Sara

Ramsey Campbell
Envoûtement
La secte sans nom
Soleil de minuit

Cathy Cash Spellman
Dans les griffes du diable

Matthew J. Costello
Cauchemars d'une nuit d'été
La chose des profondeurs
Né de l'ombre

Martin Cruz-Smith
Le vol noir

Thomas Disch
Le caducée maléfique

Katherine Dunn
Un amour de monstres

Jeanne Faivre d'Arcier
Rouge flamenco

John Farris
L'ange des ténèbres
Le fils de la nuit éternelle

Raymond Feist
Faërie

Christopher Fowler
Le diable aux trousses

Ray Garton
Crucifax
Extase sanglante

Christopher Golden
Des saints et des ombres

Linda C. Gray
Médium

William Hallahan
Les renaissances de Joseph Tully
Tully

Barbara Hambly
Le sang d'immortalité

Thomas Harris
Dragon rouge
Le silence des agneaux

James Herbert
Dis-moi qui tu hantes
Fluke
Fog
La lance
Les rats
Le repaire des rats
L'empire des rats
Le survivant
Sanctuaire
Sépulcre

Shirley Jackson
Maison hantée
La loterie
Le cadran solaire

Graham Joyce
L'enfer du rêve

Stephen King
La part des ténèbres
Salem
Dolores Claiborne

Andrew Klavan
Il y aura toujours quelqu'un derrière vous
L'heure des fauves

Dean R. Koontz
Le masque de l'oubli
Miroirs de sang
La mort à la traîne
La nuit des cafards
La nuit du forain
La peste grise
Une porte sur l'hiver
La voix des ténèbres
Les yeux des ténèbres
La maison interdite
Fièvre de glace
Lune froide
La cache du Diable

Steven Laws
Train fantôme
Gideon

Tanith Lee
La danse des ombres
Le festin des ténèbres

Charles de Lint
Mulengro
Symphonie macabre
Les murmures de la nuit

Bentley Little
Le postier

Charles McLean
Le guetteur

Robert Marasco
Votre vénérée chérie

Graham Masterton
Démences
Le démon des morts
Le djinn
Le jour « J » du jugement
Le miroir de Satan
La nuit des salamandres
Le portrait du mal
Les puits de l'enfer
Rituels de chair
Transe de mort
Manitou
La vengeance de Manitou
L'ombre du Manitou
Le trône de Satan
Apparition
La maison de chair
Les guerriers de la nuit
Les rivages de la nuit

Robert McCammon
L'heure du loup
La malédiction de Bethany
Scorpion
Le mystère du lac

Michael McDowell
Les brumes de Babylone
Cauchemars de sable

Andrew Neiderman
L'avocat du diable

John Pritchard
Les sœurs de la nuit

Garfield Reeves-Stevens
Contrat sur un vampire
La danse du scalpel

Anne Rice
Chronique des vampires
1. Entretien avec un vampire
2. Lestat le vampire
3. La reine des damnés
4. Le voleur de corps
La momie
Le lien maléfique

Anne Rivers Siddons
La maison d'à côté

Fred Saberhagen
Un vieil ami de la famille
Le dossier Holmes-Dracula
Les confessions de Dracula

John Saul
Cassie
Hantises
Créature

Peter Straub
Ghost Story
Julia
Koko
Mystery
Sans portes, ni fenêtres

Michael Talbot
La tourbière du diable

Bernard Taylor
Le jeu du jugement

Sheri S. Tepper
Ossements

Thomas Tessier
L'antre du cauchemar

Thomas Tryon
L'autre
La fête du maïs

Jack Vance
Méchant garçon

Lawrence Watt-Evans
La horde du cauchemar

Chet Williamson
La forêt maudite

Paul F. Wilson
La forteresse noire
Liens de sang
Mort clinique

Bari Wood
Amy girl
Double vue

Bari Wood/Jack Geasland
Faux-semblants

T. M. Wright
L'antichambre
Manhattan Ghost Story
L'autre pays

XXX
Michèle Slung présente :
22 histoires de sexe et d'horreur
Dernières Nouvelles de Dracula

Douglas E. Winter présente
13 histoires diaboliques
L'année de la terreur

Achevé d'imprimer en janvier 1997
sur les presses de l'Imprimerie Bussière
à Saint-Amand (Cher)

POCKET - 12, avenue d'Italie - 75627 Paris Cedex 13
Tél. : 01-44-16-05-00

— N° d'imp. 2647. —
Dépôt légal : 2e trimestre 1982.

Imprimé en France